SAME PLACE, SAME THINGS
—— Tim Gautreaux ——

死水恶波

〔美〕蒂姆·高特罗 著 程应铸 译

著作权合同登记号　图字 01-2021-6601

Tim Gautreaux
SAME PLACE, SAME THINGS

Copyright © 1996 by Tim Gautreaux
Published in agreement with Sterling Lord Literistic, through The Grayhawk Agency Ltd.
Simplified Chinese edition copyright © 2023 by Shanghai 99 Readers' Culture Co., Ltd.
All rights reserved.

图书在版编目(CIP)数据

死水恶波/(美)蒂姆·高特罗著;程应铸译. —
北京:人民文学出版社,2023(2025.1 重印)
(短经典精选)
ISBN 978-7-02-018171-1

Ⅰ.①死⋯　Ⅱ.①蒂⋯②程⋯　Ⅲ.①短篇小说-小
说集-美国-现代　Ⅳ.①I712.45

中国国家版本馆 CIP 数据核字(2023)第 154340 号

总 策 划	黄育海
责任编辑	朱卫净　骆玉龙
出版发行	人民文学出版社
社　　址	北京市朝内大街 166 号
邮政编码	100705
印　　刷	凸版艺彩(东莞)印刷有限公司
经　　销	全国新华书店等
开　　本	889 毫米×1194 毫米　1/32
印　　张	10.5
字　　数	195 千字
版　　次	2013 年 3 月北京第 1 版
印　　次	2025 年 1 月第 2 次印刷
书　　号	978-7-02-018171-1
定　　价	79.00 元

如有印装质量问题,请与本社图书销售中心调换。电话:010－65233595

目录

001	死水恶波
028	晚间新闻令人胆寒
058	赌桌上的调味酒
092	梅兰·勒布朗求婚记
116	思想的领航员
138	空路不堪望
173	灭虫人
200	沟中小蛙
235	合法偷窃
257	劫持
284	返航
304	悔

死水恶波

水泵修理匠哈里·林特尔是个行事谨慎的人。他看见乡间狭窄的车道上布满又干又硬的车辙，便扳下变速排挡，想让车子缓慢通过。他开的是辆老掉牙的福特，道上隆起的土脊摩擦着车底的轮轴，使得结构单薄的车轮重重地弹跳起来。一群乌鸫鸟从路边死寂的灌木丛中窜出，在天空盘旋而去，宛如撒出去的一把砾石。此刻，他正在思忖，沿着这条路还要开多久才能抵达那个妇女居住的农舍，他在客栈接她电话的时候，她没有告诉他准确方位，好像她对自己家的具体位置不甚了然似的。道路两旁是草莓田，被炽热的太阳烘烤着。当地居民告诉他，这里已有七个星期没下雨了。

落光了叶子的树枝伸向路心，擦着他的车头灯。卡车后面尘土漫天飞扬，形成一片浓浓的烟雾，如同妇人在扑粉化妆，沿路的灌木林被涂染得灰白灰白，看上去好似火山熔岩稠厚的喷流。显然，此地遇上了一个罕见的旱年。

不一会儿，他的车在一幢外墙安有挡雨板的农舍前停下。农舍前面有一道倾斜的篱笆，是用带倒钩的铁丝编成的。他推开车门，走下车来，可是不见屋里有人出来招呼，他砰的一声甩上车门，又故意狠狠放声咳嗽。他长期在此地奔波谋生，对这一带农村的习俗有足够的了解，他知道村民们不喜欢陌生的不速之客出现在他们的门廊下，如果你是他们的亲戚或邻居那当然例外。尤其在当前的萧条时期，对他们而言生活是如此艰难，简直没有什么人值得相信。最后，他不得不按响车上的喇叭，他发现一扇窗子里总算有了动静。大约过了半分钟，一个妇人走出来，身上穿着薄棉布做的居家便服。

"你是水泵修理匠吗？"她问道。

"正是，夫人，敝人名叫哈里·林特尔。"

她仔细打量着他，仿佛他是市集上一只她权衡是否购买的山羊。

快要跨出门廊的时候，她回过头看了看屋后的那片农田。

"顺着这条小路走一会儿，你准能碰到我丈夫，他正在试着修理那台水泵呢。"

他很反感她说到"丈夫"两字时脸上露出的冷漠表情。碰上那种蔑视自己丈夫的女人，他总感到很不舒服。她走出门廊，经过前院一片长度约莫十五英尺①的草地，草地上长满了野生的蓟和苜蓿。

---

① 1英尺约合0.3米。

她小心翼翼向水泵匠走来,他觉察到她对自己持有戒心。面对困境中的穷人,他常有如坐针毡的感觉,在这个州奔走了很多地方,各色各样的人他都遇到过,由于贫穷,由于世事的艰难,他们丧失了内心的自尊和自信。虽然他自己也是个穷人,至少就金钱而论他是和他们相同的潦倒者,可他不一样,他从不因此而羞愧,更不气馁。她注视他的眼睛。"你猜,我有多大年龄?"

她看上去像四十岁的光景,如果真是这样,要比他小四岁。可是对于农家妇女,你很难看准,所以还是不说为好,哈里在心中盘算。

他注视着她,她的头发呈黄棕色,眼睛是灰色的。她苗条而瘦弱,但是在她打量着人的眼神中可以看出她性格中还有强悍的一面。

"夫人,我是来修理水泵的,您的水泵是哪种?有什么故障?"

"我丈夫,他马上就回来,你想知道什么他全会告诉你。但是,现在我想弄清楚你究竟来自什么地方。我从没听到周围有谁谈到过你。"

她的头发打了个松松的结,披在后面,她娇柔地举起手摸了摸头发。这一动作让哈里眼睛为之一亮。他想,她还年轻,她的年龄该是三十五岁上下。

哈里·林特尔斜靠在车门上,右手插在衣前的口袋里。他脱下草帽向后甩去，草帽越过他的肩膀落在车窗里的前座上。"我是密苏里人。"他边说边用一只手梳理他黄铜色的短发。

她的表情依然带着强烈的疑问。"在密苏里没有水泵可修？"她问，"要不，是你老婆让你在外流浪？"

"我妻子死了，"他回答，"干我这号营生，只要哪里出现干旱天气，而且当地的水泵工又忙不过来，或者哪里压根儿没有修理匠，机会就有了。我便会跑来占据这一空缺。"

他看着她，又把目光移向她那座墙面斑驳的屋子，他发现窗格上碎了几块玻璃，用硬纸板挡着。

"那么，为什么你不留在自己老家，去把握机会呢？"

他眼睛定定地看着她，她最后那句话带有几分机智，这是他从未在一个女人身上看到过的。

"您丈夫在哪里？夫人，五十一号公路那边还有活在等我，那可是支付现金的啊。"

"耐着点性子，我说过，他马上就来。"她叉起双臂，朝他迈近一步，"我只是好奇，为什么外乡人会跑到路易斯安那州这鬼地方来。"

"我总是跟着干旱走。"他说，直起身子沿着栅栏走到一个出口，这里通往一条私人车道。车道上满是高高低低的车辙。妇人尾随在他后面，她的双手滑落到臀部，抚平自己打皱的衣角。"上个星期我在得州，正干着一揽子好买卖，结果，一场覆盖墨西哥和得州的大雨下个通宵，毁掉了我的生意。因为雨后泵水的活少了，当地的修理匠能够应付过来。"他顺着这条小路放目望去，路边的农田一派惨状，庄稼全都无精打采地耷拉着脑袋，了无生机。"上个月我在佐治亚州北部，在那之前我在阿拉巴马州奔波，忙着抢修水泵。要不是我，那些人哪能让自己的辣椒田碧绿碧绿的。喂，我说，你男人究竟在哪儿？"

"除了我丈夫和两三个来此地找他做交易的买主，我从没见过其他什么人。"她开始打量他的衣着，她看得哈里不自在起来。哈里穿的是卡其布的衬衫和裤子，他敢肯定，在她眼中他衣服的整洁是无可挑剔的，而且上面没有补丁。也许，在她周围还没有谁的衣服像这样不打补丁呢。她身上的居家便服看上去像是用褪色的窗帘缝制而成的。"得州，"她说，"我在报纸上看到你的广告，当时我就觉得你是个周游世界和四海为家的人。"

"不，夫人，"他说，"我是个浪迹天涯的谋生者。"他看出她脸上充满疑惑，知道她不可能懂得这两者的区别。她和他遇到过的许多人确实有所不同，她看上去多虑，而且对他紧逼不舍地刨根摸底，这让他甚感厌烦。在这一带，很少有人关心他从哪里来，他们只要确认他是哈里·林特尔就足够了，他们知道，任何失修的农用水泵和引擎，不管它的年份和类别有何不同，只要经他修理，无不手到病除。

他走进农田,约在四分之一英里①前方的地方,有一排树是农田的边界。这时,那妇人却快步返回屋里。水泵匠看见有一根电线从屋里拖出来,穿过一棵楝树,然后再穿过沿沟的一长排柳树,他猜这根电线准是通往一台电动水泵。发觉那个妇人没跟着他,他心中倒有些失落起来。

他一边走一边环顾农庄四周。一切都糟透了。一台泰坦牌拖拉机引起他的注意,它被隐在野草丛里的木块托着,头部已被撞瘪。一把锈蚀不堪的盘形耙子废置在拖拉机后面,如果整理一下的话,它准还能用。左边,空旷的地里,两头患浮肿病的奶牛在摆动尾巴。

他走到一排火炬松旁边,它们稀稀疏疏,形成这片农田的边界,松树上寄生了许多黑莓。汗水从他湿透的衬衫上滴落下来。从这排树再过去约莫两百英尺,有一个人正弯腰伏在一台马达上,背正对着水泵匠。哈里放声呼喊,径直朝他走去,但那人并无反应。他想此人一定是在专注地检查皮带驱动装置。这个农夫模样的人斜靠着一台钢架,钢架挂在一口敞开的井上。"喂。"哈里走上前去打招呼,但是农夫不答话,像是睡着了,虽然他处于强烈的阳光下,

---

① 1英里约合1.6千米。

但是他的汗衫还是湿得像一块洗碗布。哈里蹲下来，察看水泵和它的安装方式。他看见水泵用螺栓固定在钢架上，但没有绝缘装置。两根电线悬落在井中。他期待这个人会挪动一下身体，但是这个人没有任何动静。哈里跪了下来，用手指背轻轻地碰了一下钢架，没有被电击的感觉。于是他放心地用手臂抱住这个人，用力将他拖下马达，再将他翻过身来。他死了，毫无疑问是触电身亡的。他的手指被烧焦，黑色的污迹残留在他的裤脚上。他抱着侥幸心理去触摸这人颈上的动脉，但什么也没有感觉到。他坐下，久久地端视这个人的脸，那是一张阔而扁平的脸，尽管他已经死了，但是那脸上还留着愤懑和厌烦。哈里皱起眉，可恨的干旱！他用目光扫视周围的农田，仿佛它们对农夫的死负有责任似的。然后他站起身来，走回那座农舍。

刚才和他说话的妇人此刻坐在门廊里的一张摇椅上，在凝视自己的那片旱田。她看见修理匠，脸上露出微笑，但笑得很勉强。

哈里·林特尔擦了擦下巴。"您这里有电话吗？"

"没有，"她说着用右手把头发抚平，"五十一号公路路口有家商店，那里有。"

他不想将这个噩耗告诉她，他觉得还是由别人来告诉她比较好。"您有什么女性朋友住在附近吗？"

她警觉地盯着他，那双灰色的眼睛睁得圆圆的。"你为什么问这些问题?"

"我当然有理由。"他说着钻进那辆硕大的表面灰尘蒙蒙的卡车,极力装出什么也没发生。他想让自己赶紧逃离,逃离她那即将爆发的悲哀。

"你转弯过来的头一幢屋,那是玛丽家,可是,那儿也没电话呀。"

"待会儿见。"他边说边推上了离合器。

上了公路,他找到玛丽,他要求玛丽去传话给那个妇人,说她的男人死了,死在水泵边。这个老妪只是点点头就走回自己屋里,然后在儿子的陪同下走出去了。她脸上冷漠的表情令哈里大为困惑,对于邻居的死,她怎么如此无动于衷?

在那家商店里,哈里打电话给县里的治安官报警。他领着司法人员回到农庄的出事现场,向他们详述了他的发现经过。司法人员察看了那具尸体,然后仰面看着赤日炎炎的天空,对水泵修理匠说,他可以去忙自己的生意,下面的事由他们处理。

哈里和一个司法官走出农田,经过农舍时,哈里竭力不让自己把目光投向农舍,可是他不能够控制他的耳朵不去听。奇怪,他竟然什么也没有听到,既没有刺耳的哭喊,也没有激昂情绪平息后低沉沙哑的嗓音。门廊的台阶上,两个妇女正在平静地交谈,气氛就像是讨论草莓价格那样寻常。当哈里钻进车里的时候,那个死了男人的寡妇用谨慎的目光审视他。他坐在车里，想起刚才闻到空气中有一股淡淡的香水味，他下意识地朝窗外张望，仿佛要找出香味的来源。

那天他修理了六台引擎，为几个小农庄解除了燃眉之急，使田里的作物免于枯死。这些活都是他的同行应付不了的难题，如定时器齿轮爆裂、调速器磨损、防水罩壳破裂等。让他心烦的是，每到一处总有人会问他，是不是他发现了那个触电的男人，当他作出肯定的回答后，那些神色阴郁的农人便会快快离开，扔下他独自把活干完。在下午的晚些时候，他用便携式锻铁炉加热一个引擎头，他细心观察金属的颜色变化，以此判断它是否达到了铜锌合金的焊接温度。就像期待女人脸颊上的红晕一样，他期待他希望的颜色快点显现。当这样的颜色一出现，他马上用熔化了的铜焊条填补引擎头上的复杂裂缝。这时，一个干瘦的农夫用老鹰觊觎小鸡的目光盯着他，他的双臂在褪了色的牛仔布衬衫前面交叠着。"没那么快能修好。"他冷冷地说。

时间已近黄昏，哈里拉动飞轮，引擎虎气生生地转动起来，通过一根厚重的砰砰作响的管子将小溪里的水抽到了田里。溪水染着落日淡淡的余晖。农夫的脸上绽出了微笑，他用嗫嚅不清的口音说："如果你修不好它，我们会将你赶出这个教区。"

"为什么？"哈里反问，开始用心地清洗他的双手。

"异乡人发现一个死人,这可不是什么好兆头。"

"那总比让他老婆发现好吧,是不是?"

农夫塞给他几张纸币,转身向储放杂物的小木棚走去。"没什么事情能吓到那个女人。"他最后说。

八点三十分,他回到贝尔·佩珀旅馆,旅馆由六座粉红色外墙的小木屋组成,每座木屋嵌着一个椭圆形的大窗子。旅馆接待处还设有一个小小的餐厅,此刻正在营业,可是哈里已累得胃口全无。

他坐在那张吱吱摇晃的床上,视线越过公路落在铁路上,一列当地的行李车隆隆地驶过,在经过一个交叉口时鸣响了汽笛。再远处是另一个种植蔬菜和水果的农场,也许有十二英亩①的面积,中间散落着一座座锡皮顶的小木屋。他心中思忖,世上有多少妇女,她们没有丈夫,孤身守着这些木屋艰难度日,更可悲的是那个触电者的遗孀,她没有孩子来分心,来减少她的孤独。他有孩子,他在十七岁那年就结了婚,育有两个女儿和一个儿子。如今,四十四岁的他过着单身生活,因为他妻子五年前死了。他在密苏里的一个小镇上长大,在那里没有足够的活可供他干,于是他外出闯荡,在南方和西南方一带漫游,寻找别人修不好的机器。

他的目光穿过椭圆形的窗子停留在自己的卡车上。他想,自己

---

① 1英亩约合0.4公顷。

是幸运的，至少可以到处浪游，去见识大千世界，有机会遇到形形色色的人，然后根据自己的心情，或带着遗憾和他们道别，或快快活活地挥手离去。他深情地凝视着他的福特卡车，那后面带栅柱的车斗里放着锻工钳、焊接工具、便携式锻铁炉、装零件的盒子、活动扳手、插座、煤块、密封材料，等等。所有这些东西被一块绿色的防水油布盖着，油布系在两边的栅柱上。他可以抵达任何地方，并且使用这些工具修理任何东西，除非受到天气的阻挠。

第二天一早，他就出门去接这天的第一桩活。他注意到，早上的天空就像是一块被加热到蓝灰色的金属片。他在一座农舍边停下，一个蓄着浓密小胡子的小个子男人从后面走了出来，一路上说着骂人的脏话。哈里将他的帽子抛入车内，用手梳理着头发，他从没遇到像这样讨厌异乡人的家伙。小个子农夫吐了一口痰在福特的轮胎上，要他把车开到农舍后面的田里。"我的麦考密克牌水泵不起火了。"他说。

哈里启动他的福特卡车，开进农田，卡车前端引擎盖上方的景象映入他的眼中。约莫两百码[①]远的地方，一个妇人的后脑进入他的视线，然后慢慢远去，她走在一片杂草丛生的荒田里。"那是谁？"

---

① 1码约合0.9米。

他问道,指着前面两块地之外的地方。

农夫伸长脖子望去,但是没认出是谁,两片农田中间夹着一小块荆棘丛,那女人的身影最后隐没在荆棘丛里。"不知道是谁。"农夫说着挠了挠三天没有刮过的下巴。"但是,一个女人像这样无所事事地闲荡,肯定是心有烦恼,"他对哈里说,"当一个女人想入非非的时候,得留着点神!好了,干你的活去。"

白昼热得如同一个熔炉,他的皮肤带着汗水,通红通红,像被火烤过似的。到中午时分,他已经在这方圆半英里的地方修好了三台水泵。五十一号公路沿线分布着一个个小型的农庄,水泵运转发出砰啪砰啪的响声,这响声不时地传入他耳中,使他感到快慰。他在一块草莓地里刚修完一台停摆的名牌水泵,这时他看见一个妇女沿着铁路的路堤走来,她的右臂勾着一个篮子,她就是触电农夫的妻子。哈里以期待的心情等着她走近,当她离他只有几步之遥时,哈里抬起头注视她,两人的目光迎面相遇,她眼睛的颜色和晦暗的旧镍币很相近。此刻,哈里不得不暗暗在心中承认,这个女人看他的那种目光很让他慌乱。对于世上各式各样的机械,哈里·林特尔无不了如指掌,可是对于女人,他没有捉摸她们的能力,他倒是希望能有一本手册可以作为指导。

她走到他跟前,把篮子放在他的活动扳钳上。"你差不多准备吃饭了吧?"

他用一块浸泡过煤油的布块擦拭着双手。"你从哪儿过来的?"

"这里离我家不远。"她说。他注意到她穿着件新衣服,是棉布的,有几个地方像是被荆棘扎过。她跪下来打开篮子,揭开上面的婴儿被褥,然后抽出几块三明治来。他挨着她在干焦的草地上坐下,一棵柳树投下的阴影刚好落在他们身上。

"对于你的男人我很遗憾,"他说,"我应该自己告诉你的。"

她忙着用手在篮子里翻腾。"那个女人和我一起料理好了一切,你是个好人,做了所有你能做的事情。"有好一会儿他们没有说话,只是默默地吃着食物。一列伊利诺伊中枢号货运火车从远方轰隆而来,硕大的发动机奏出低沉的音乐,它的汽笛声充塞在午后的空气中,猛烈地上下震荡。它那所谓红鸟的火车头向着北方轰隆轰隆地驰去,后面拖着上百节装载草莓的冷藏车厢,它们是当地许多农民整整一年的收成。"那趟列车误点了,"她说,"最近,好像所有的火车都不准时。"她咬了一口三明治,心不在焉地咀嚼起来。

"我向那些让我修理水泵的家伙打听你的男人,可是他们不想谈论他。"他咬了一口三明治,尽量掩饰自己脸上的尴尬。三明治干硬难咽,火腿的味道怪怪的,像是在冰盒里放了很久,他暗自思忖,她为她丈夫准备的食物难道也是这样? 是不是会好些?

"他新奥尔良人,不是本地人。因为草莓的事情,没有人喜欢他,他曾经试图销售劣质的克朗迪克斯草莓,在装货的站台上被人打断了腿。"

水泵匠摇着头。"打断一个农民的腿,这太野蛮了。"

"他是咎由自取,他卖坏草莓毁了当地农民的名声。"她注视着手上的三明治,好像她是第一次看到它,然后将它丢入篮中。"他懒得要死,太懒散了,他不愿意起早采摘,他不愿意准时装运发货。"

哈里担心她马上就会哭出来,但是,像那片旱田,像那条沿着铁路的砾石小道,她的脸始终是干的,没有被眼泪湿润。他突然想知道她是怎样料理丈夫后事的。"你老公的丧礼怎样?"

"验尸已经结束,得到验尸官的同意,今天早上玛丽的采摘工帮我把他埋了。"

这就是人生的结局,他悲哀地想道。一个人半辈子在太阳下辛劳,然后被自己的女人埋在工具棚的后面,像一条狗一样。他想扔掉手中的三明治,但是他觉得此刻他比过去几周的任何时候都要饿,所以他又咬了一口。这妇人用目光上上下下打量着他,他知道她在想什么。他开始拿自己和她的丈夫作比较,他的个子要高大些,人们经常夸他有一张讨人喜欢的脸。这使他稍感安慰,他猜那些人可能是想告诉他:他还没有丑到不堪入目的程度。

一只聒噪不停的乌鸦将她的目光吸引过去,哈里乘隙偷偷打量起她来。她的衣服很合身得体,如果她是另一个女人,不是一个刚死了丈夫的女人,他可能会向她提出约会。一排浅淡的雀斑散在她鼻子两侧,今天,她的头发没有束在一起,而是散披在肩膀上。他感到心中冒出一股莫可名状的烦恼。

"你叫什么名字?"他问。

"艾达。"她连忙回答,好像这个问题她已经期待很久了。

"谢谢你的三明治,我得起身赶路了。"

她的目光顺着铁路延伸。"不论什么时候,你想去哪里就能去哪里,这真不赖。我敢打赌,你一定跑遍了所有的地方。"

"我还有更多的地方要去。"他弯腰收拾他的活动扳手。

"你为什么这么匆忙?"她问道,将她修长的双腿伸入干萎的草丛。哈里禁不住对这双腿端详了一会儿。

"女士,这一带的树在风中倾斜,人们都会想知道它们怎么了。你认为看见我们的人会怎样想呢?"

他走向卡车,将工具归入它们该放的盒子里。他发动引擎,引擎支撑着一个带有铸铁曲柄的飞轮,他又退后听了听排气管的声音。那女人看着他的一举一动,看着他做完这一切。当他驾车驶出农田的时候,他感觉到她的目光还在他身后紧跟不舍。

晚上,哈里在贝尔·佩珀旅馆的餐厅用完晚餐,他喝了口咖啡后抬起头,感到眼前一亮,只见艾达经过一道玻璃门走了进来。她在擦洗得干干净净的松木地板上走过来,像是进入一个经常光顾的地方。她走进哈里所在的火车座,在他对面坐下,随手把一瓶色泽鲜艳的草莓酒搁在桌上。她的头发刚洗过,还喷了茉莉香型的香水。

哈里有些局促不安,一对农民夫妇看着他们,店主玛丽看到这瓶酒的时候,噘起了她的下巴。

起初他对她的出现感到很是不快,他不喜欢有什么意外让他吃惊。但是,当她问及他的旅行见闻时,他注视她的皮肤,她的皮肤并不是他原先想象的那样粗糙,他注视她的头发,它们是黄棕色的,他还注视她那双眼睛,她眼睛中充满了对他的欲望。

他很奇怪她怎么忍受得了这种了无生气的死水生活,踏在泥土小路上,日复一日地熬到今天,这种生活是他不能想象的。他们彼此感到新鲜,她好奇于他的浪游生涯,而他则对她死水般平静的单调生活感到不解。

他不擅长聊天,可这妇人却有这样的本事,她能一个接一个地提出涉及阿肯色州和佐治亚州的话题,她听他讲述山里的种种见闻,这些故事对她而言既新奇又遥远,就像是关于中国或月球的传说。他想说的是密苏里州和他的孩子们,但她的发问接踵不断,让他无暇开始这个话题。在谈话停顿的片刻,她朝玛丽那边瞥了一眼说:"这里到处有那种人,他们会说,如果你接近我,就等同于惹上了麻烦。"她将双手合在一起，搁在绿色桌布的当中。

他看了看周围，心想，有关她自己的事她几乎什么也没说。"你说你的丈夫是新奥尔良人，可你还没有告诉我你来自哪里呢。"

她拿起杯子，呷了口草莓酒。"我这就要说了，几年前我在这里露面，人们看见我总是守在那一小块地里，从不出来喝酒、跳舞或做别的什么事。他们对我是一无所知。至于我来自什么地方，这无关紧要，你说是吗？"她啜了一口酒，目光越过他的杯子，向他投去嫣然一笑。"你喜欢跳舞吗？"她急切地问。

"勉强会走几步，"他说，"不过我倒要问你，今天下午你带着三明治跟着我跑到田里，这是为什么？"

艾达咬着她的下嘴唇，想了想，然后直截了当地回答："也许是因为我想改变生活。"哈里看着窗外，吹起了口哨。

时间流逝，他们慢慢耗空了桌上的那瓶酒，她起身去洗手间，他跨出餐厅进入笼罩着浓浓夜色的停车场。他停步舒展了一下身子，让绷得紧紧的肌肉得到放松。艾达从后面跟上来，伸出双臂搂住他的腰，在他脸上重重一吻。然后她转过身，脸带微笑，沿着幽暗的公路朝自己家走去。

哎哟，她嘴唇上那股草莓酒的气味可真温热，真甜美！哎哟，真……他出神地回味着。

夜深了，他躺在床上，开着窗。窗外是一片农田，在旅馆四周向远处伸展绵延好几英里，他听到农田里传来水泵引擎运转的声响。那种有规律的震动声对他来说真是太奇妙了，就像是从远处传来的脉搏，他根据这些声音——水泵发出的声音，就能够判断出它们的型号和类别。他听到一台松下引擎的声音，它时而运转时而停摆，在启动后不久它就会慢下来，在惯性的作用下慢慢转了几圈后又会重新转动。他又听到远处一种摇摆不稳的运转声，他判断这是一台费尔班克斯·莫尔斯牌水泵，它配备一台磁马达作动力，磁马达有故障，在以固定不变的频率震动。当它跳断后，速度逐渐放慢，最后慢到近于静止，一旦它重新启动，那虎虎生风的声音又回来了。他还听出来，在公路对面沟渠里低声吟唱的是一台小型的麦考密克牌水泵。在这万物沉睡的静夜，无数台水泵在迎战干旱，这些砰砰不绝于耳的响声就像是非实弹训练的步枪射击。这时，通过纱窗飘进一些排气管散出的煤气味。

他想起了那个农夫的遗孀，最后他不得不暗自承认，在夜色中她的模样显得很漂亮。她此刻正在做什么呢？他思忖道。在看书？基于某种直觉，他认为可能性不大。在做缝纫？缝制什么——旅行用的衣服？她会不会采取很多妇女惯常的做法，正在计划卖掉田产搬回老家？她该是入睡了吧，在睡眠中她是否容易惊醒？他想着，翻了个身，让脸对着墙壁，这时，他听到床垫的弹簧在吱吱作响。

他试图调整自己的思绪，迫使自己回忆在家乡度过的夜晚，那时他二十四岁，有了妻子和三个孩子，但是什么也进不了他的脑海。接下来，他的意识渐渐模糊起来，脑海浮现出他摇荡病中婴儿以及帮助妻子做甜玉米罐头的一幕幕场景，就这样，没过多久他就进入了梦乡。

第二天早晨，天空无风无云，显得严酷死板，像是当铺老板的冷漠面孔。八点钟的时候，温度达到九十一度①，哈里在阿米特焊好了一根活塞杆，然后驱车南去。当他经过艾达家的那条车道时，他极力克制自己不去看下面满是车辙的路面。昨天夜里他梦到过她，这就足够了，他想。日子如此艰难，他能够拥有的也就仅仅是梦幻而已。沿着这条路开了半英里，他为一台老旧的丹·帕奇牌引擎浇制几个新的巴氏合金轴承座。农场主让他单独干活，因为他们还要监督一批缺乏经验的采摘工。九点半钟的时候，他刚开动锻铁炉的鼓风机，艾达在北面出现了，她带着一个清澈光亮的玻璃壶，里面装的是鲜柠檬汁。

"我想你肯定渴了。"她说，将玻璃壶和一只小杯递给他。

"你真是个善解人意的女士。"他说着顺手给自己倒了一杯饮料。他出神地看着她苗条的腰，还有她飘逸的长发。

---

① 华氏温度，约合33摄氏度。

"当我乐意的时候,我会很友善。"她一只手搭在哈里潮湿的肩上,过了一会儿又慢慢滑下。

在锻铁炉旁,哈里一边干活一边和她攀谈。他试着和她谈论自己的孩子,可是她像是丝毫不感兴趣。她所关切的是他去过哪里,他要去哪里,她想知道旅行生活是什么样子,不同地域的人各有什么特点。"每天夜里你都住在旅馆里吗?"她睁大了眼睛问。

到哈里结束修理的时候,她已经谈了很多,她告诉哈里她刚埋掉的丈夫是她的第三任。她告诉哈里她是怎样的孤陋寡闻,还从未去过一百英里之外的地方。她还表示,如果她的余生不再和草莓产生瓜葛,她会很开心。"有时候,我想算了,就这样日复一日地待在同一个地方,做同一件事情,直到死去。早晨起床,然后守在一扇窗边,看着窗外一成不变的锈栅栏,要不再换一扇窗,面对那棵总是那个样子的柳树,厌烦了,就再换一扇窗,张望那片农田打发时日。在同样的地方,重复着同样的事情,所有这些就是我的生活。"她听见远处传来火车的汽笛声,她循声望去,用目光去追逐那久久不散、令她心迷神醉的声音。

和不幸的人相处,哈里·林特尔总会有一种不知所措的窘迫感。他想起很多年前,那时他和妻子都年轻,当他用粗大的双臂抱住哭泣的妻子时,妻子的抽泣便会停住,但是他始终不明白这是为什么。看着艾达微微凹陷的脸颊,他感到很难过,他不知道能为她做些什么。他想,如果他提出,她会不会在卡车里和他亲热,她会不会马上和他一起上公路,去田纳西州,去佐治亚州,甚至去因为干旱需要他修理水泵和风车的任何地方。这样做会是个错误吗?

一辆小型卡车穿过铁路驰来,三个穿连身工作服的人下了车,他们一见哈里就喋喋不休地嚷了起来,他们告诉哈里,往西六英里远的一块旱田里有一台重型水泵,它出故障停摆了,整整过去了一个星期,可还没人能够把它修好。这几个人对艾达都不理不睬,当哈里收拾工具、弄熄锻铁炉的时候,他发现艾达已经离开了。她走上那条歪歪斜斜地延伸到铁路上的泥土小路,逆着回家的方向朝南走去。她的脚上穿着一双浅咖啡色的鞋子,举步时,她尽量避开路面上隆起的土丘。

他装完车便发动引擎,但他并不是按那三个人指点的路线向西行驶,而是向北驰去。他转入那条去艾达家的小路,在车轴和路脊的碰撞声中他把车子开到了她的屋前。他走到农舍后面,他看到艾达田里的草莓在烈日的晒烤下变得惨白失色,就像被沸水浇灌过一样。他回到屋边,看见一个保险丝盒固定在后面的外墙上,他打开盒子,发现里面的保险丝已经熔断了,尽管它是特别粗的规格。他用口袋里的折叠式小刀挑开面板,看见一根控制电路的开关线在盒子底部通过一个小孔穿入屋内。

他发现前门没锁,就走进屋去。他注意到屋里的陈设很简单,只有一张上了深色清漆的椅子，两张粗陋的小桌，一张破旧得快要散架的沙发。窗子是脏的。他来到厨房，找到墙上启动水泵的电闸，贴近仔细察看，发现电闸竟然是闭合着的。他知道许多使用电动水泵的农家都像这样，装有室内启动开关。但是，艾达丈夫出去检修水泵前一定会扳下闸刀切断电源的。他回想那天在田间出事现场，他没有看到任何电闸。

他在铺着油布的餐桌边坐下，眯起眼睛顺着前面的窗子望去，看到的是生锈的栅栏。再注视旁边一扇窗，外面有一棵柳树。啊，真是这样的，他想。他转过身，探视后窗，透过后窗的玻璃，一片农田映入他的眼中。靠近那台破旧的拖拉机，有一个新近堆起的土堆。他垂下头，将脸埋在两只手里，剧烈地颤抖起来，就像一个刚从可怖事件中逃生的幸存者。

接下来的十天，他都在县里四处奔波。干旱把野兽都逼出树林觅水。排水渠道的底部干得出现了扭曲的裂纹。他目睹一个个中暑的采摘工被抬出草莓田。其间，艾达只找到他两次，他对她的态度是礼貌的，静静听她叙述她怎样度过一个个夜晚，她怎样守着窗子打发日子。她穿的还是先前的衣服，但洗干净且熨烫过。有一次她邀他去她家吃晚餐，他回拒说整个晚上他都有活，没有时间。

回到旅馆，他不再去餐厅，早早地上床，让自己沉湎在对妻子的思念中，这于他是很痛苦的事，但他必需借助这绵绵不绝的冥想来进入睡梦。他回忆妻子烹饪时厨房里弥漫着的温馨气息,他追忆妻子的每一次抚摸都饱含温柔和体贴。这种美好的感觉一直留驻在他心中,教会他懂得珍惜。

星期四的清晨,天还没有亮,西南方向的一阵咚咚的巨响将他吵醒。起初,在睡眼蒙眬中他以为是有人敲门。但是,当这声音再次滚动而下降临这个地区的时候,他听出来那是雷声。天色刚蒙蒙亮的时候,雨开始倾盆般地倒下,到了八点钟他还待在房里。他凝视窗外,一片片水花从公路上的坑洼里飞溅而起,又被狂风吹刮成一团团浓浓的水雾。路上的积水至少有三英寸[①],根据天色判断,这雨还会更大。是离开的时候了。

来到餐厅,店主玛丽没有向他转告任何有关修理的预约电话,这种情况还是头一回。哈里结清了账,给她一个拥抱,然后驾着那辆嘎嘎作响的破车向北驰去,他后面的车斗上盖着一块新的油布,油布被绷得紧紧的,雨水不断从上面溅落下来。

公路顺着铁路向前伸展,沿线坐落着一些小镇。他确实选了个上路的好时间,路上不怎么堵车,尽管时有小吨位货车和他抢车道,偶尔还会遇到慢悠悠的农家四轮马车挡他的道。此刻他感到有点头晕目眩,这是这些天来从未有过的。当他超越在水汪汪的路面

---

① 1英寸约合2.5厘米。

慢速行驶的车辆时，他小心地按响喇叭。他想，离开这个地方是对的，他应该到杰克逊或孟菲斯去，在那里可以暂时栖身在一个供膳宿的私人公寓里，然后翻阅报纸，查看上面的气象消息，直到搞清楚哪些地方久旱不雨，哪些地方炎热难耐，那就是他要去的地方，那里肯定有大量失修的水泵和瘫痪的风车等着他。

大约是中午时分，他把车停在麦库姆南边一家餐馆的前面，他绕到车后面，注意到油布一角上的绳子松开了。他掀开油布朝里察看，令他大为意外的是，艾达在里面仰起脸和他对视，她那双棕色的眼睛里隐含着深不可测的阴郁。"当我听到雨点在屋顶上狂跳，我就知道你会离开，"她说，"你能够去任何地方，可我不能。"

哈里眼睛定定地对着她看了很久，他力图听清楚她到底在说些什么。他若有所思地将视线移开，朝着公路的两个方向放目远望，细长的电话线杆排列在泥泞的红泥路边。然后他的视线又落到餐馆的门口，他发现餐馆已经关门，前门上了挂锁。最后他钻到油布盖住的车斗里，在艾达旁边的一个工具箱上坐下，黑暗中散发着难闻的油腻味。"你不能和我一起走。"他坚定地说。

"千万别这样说，"她说着伸出双臂松松地搂住他的脖子，"你想去哪儿就能去哪儿，我还是第一次遇到像你这样的人。"她的口吻不是央求，而像是在陈述一个事实。"我能跟你走，我会对你好的，林特尔先生。"

他注视她的眼睛,他心里明白她是醉心于他所享有的自由,周游世界的自由,而不是倾心于他本人。她那双眼睛似乎已经被他看透,她是想通过卡车上的一个窗口去观望整个世界。"你想去哪里?"最后他说,"我不能带你走。"

她迅速松开双臂。"你这话是什么意思?想把我像一台破机器一样扔在路边?我之所以要和你一起离开,是有原因的。"

哈里·林特尔向她斜靠过去,握住她的手,他想起他曾经这样来安慰妻子。"如果我能够帮助你,我会捎你一程,"他说,"但是我不会对你做那种事。"当他这样说的时候,他有些担心她会哭出来,但是她仅仅摇摇头。

"你的心简直跟石头一样硬。"她对他说。

"不,女士,"他驳斥,"我曾经爱过一个好女人,我也会去爱另一个女人,但那不可能是你,因为你杀死了你的男人。"

她的眼睛似乎跳动了一下,残留在嘴角上的温柔消失在了恐惧和绝望的冷酷表情中。

他掏出钱包。"我去给你买张车票,送你回南边,出了车站你可以走回家。"他还没有松手,她就一把抓过纸币,直起身,一只手甩到背后,像是去摸索她手提箱的手把。哈里瞥了一眼自己那只空空如也的手,然后转过身准备爬出车斗,外面下着毛毛细雨。他听到回过火的活动扳手被拿起的声音,随后,好像有一颗炸弹落在他的头上炸开。他倒在车斗的底板上，痛得在煤渣和电线上打滚。他不能控制自己的手和脚，他冒着金星的眼中映入一幕场景：她站在对面，俯视着他，那种眼神就像在察看一条被打晕的鱼。"我还从未遇到一个能让我长久容忍的人，"她对他吼道，"我很高兴，我得到了属于我的一切。"

他的脑袋嗡嗡作响，热烘烘的像是一台锻铁炉。他试图爬起来，迷乱的眼睛冒着火星，他用双臂撑起自己，迎面而来的是那个女人挥起的拳头。他那把最大的活动扳手握在她拳中，闪烁着微光，就像是一个飞来的霹雳。疼痛如一阵自外星而来的特强风暴，他感到他的后腰眼碰撞在卡车的后挡板上，地球像飞轮一样转动起来，他的脸在和沙砾及黏土摩擦碰撞，一条铜色的血水流经他的鼻子和嘴角。他神志模糊，他脑中仅有的东西是那把泛着银光的活动扳手。渐渐地，他意识到他的四缸引擎在排放废气，后来，在一个小丘顶上，刺鼻的废气味消失在一阵齿轮的碰撞声中。再后来是长久长久的静默，他脑中一片空白。某个地方像是有一头奶牛在呻吟。像是有一辆车驰来，他怀着期待，但车没有停下。他感觉到一种微妙的声息进入耳朵，那是一阵风吹过他周围的草地。

将近黄昏，他听到一只鸽子在电话线上啾啁，他的思维被慢慢激活。他想，她会在哪里卖掉他的卡车？她会到哪个镇搭乘火车？然而这些都无关紧要，她只不过是一个向往新奇世界、渴望摆脱死水生活的女人,可悲的是以前她从未有机会踏足外乡。而他,幸运得多,虽然萍踪浪迹,但永远立足在自己的目的地上。

他的一只眼睛开始张开,他看着天上的云彩,觉得这些高挂在天际的宇宙碎片就像是未来的一项浩大修理工程,正在等着他,等着他……

晚间新闻令人胆寒

杰西·麦克尼尔驾驶火车头的时候正醉着酒,他的工作是在五十号铁路干线上拖运一列满载化学物品的火车,这是个待遇不错的工作,但责任重大。此刻,火车头笼罩在浓浓的夜色中,它轰轰隆隆,像是一阵风暴;它风驰电掣,在闷热的路易斯安那州境内穿越。他注视前方,火车头的车头灯把路轨照得通亮通亮,路轨仿佛成了两根上英里长的银矛,直穿这片仅有松树存活的沙土荒原。一个无名的村落从远处逼来,石棉墙锡皮顶的民居一座接着一座,沿着铁路排列开来,宛如一只只叮在狗脊梁上的跳蚤。他曾经不下千次驾驶火车头从这里经过,后面总是挂着上百节装载着丙烷和乙烯氯化物的车厢。可是,他从来没有像今天这样频繁地接触空气制动器。通常他没事可做,只是在通过交叉道口前按一下汽笛,然后呼啸而过。对于路易斯安那州铁路交叉道口的数百民众而言,这飞驰而过的火车只不过像是腹中的一阵肠气痛,引起的不安和骚动只在瞬息,很快就化为乌有,被他们抛到了脑后。在昏暗的驾驶室里,他伸手去触摸汽笛的杠杆，但是没有抓到。他记起三十分钟前，他躲在引擎室里匆匆地豪饮了半夸脱威士忌。他现今五十岁，最近像是着了魔似的想做一些连自己也说不清楚的事，比如喝上半升酒，然后去驾驶一列满载化学物品的火车，并准时抵达密西西比州的铁路干线进行中转。对装载这类危险品的火车，开车的司机无不谈虎色变，称之为"滚动的炸药库"。他有时候在昏昏的瞌睡中行车，因为在他将火车加速到限定的速度以后，所有他必须做的事就是鸣响那该死的汽笛。火车在路轨上奔驰，它不可能迷路，也不会闯入路边的牛群。

杰西瞥了一眼他的副驾驶，副驾驶正在他旁边监看公路上的一长排汽车，公路在边上沿着铁轨伸展。每趟行程至少有一次在通过交叉道口时，他会将脑袋靠在摇起的窗口，这时他的马裤往往脏脏的，他会调弱火车头前面的无线电广播，注意一辆跟着一辆的汽车，让火车安全地从道口掠过。杰西再次伸手抓住汽笛的杠杆，将它按下，送出一串含有五次鸣叫的汽笛声。这汽笛声足足波及方圆一英里的范围，搅醒人们的睡梦。铺在砾石上的交叉道口在月光的映照下闪烁着微光，随着车轮的滚动，飞快地向后退去。火车捣碎了小镇的宁静，杰西注视着窗外漆黑的夜空，觉得脑子在轰轰作响，闷闷沉沉、像雷鸣般的声音在他脑中滚过。他禁不住笑了起来，他笑此刻自己是多么自由，他笑没多少人关心他正在做什么，他笑这天地万物中的他是多么的被人漠视。他是一个渺小的名不见经传的司机，日复一日地拖运着乙炔氧化物、苛性碱、氯气、乙酸抗爆剂等化合物。他是一个仅被他的更年期妻子和财务公司所透彻了解的人。

随着一阵颤动，散置的扳手和便餐盒在强烈的抽搐中向前飞了起来，杰西也被从座位上弹起，酒瓶越过他的头顶扎入窗外那片充塞着隆隆巨响的黑暗中。火车在颠簸中前行，就像有一只巨手从后面抓住了它，把它当玩具一样摇晃耍弄。他斜着身探出窗外，回头朝火车的尾部望去，火车头后面挂着一节节罐车，差不多足足排了一英里长。他看到三十几节车厢的后面腾起一团旋动的火花，顿时他的心像是被利斧劈成两半，直蹦到肩胛骨下面。他屏住气息，感觉不到自己还有心跳。一根制动软管在某处断裂，制动器在一声长长的尖叫中被卡住。他记起操作要领，赶快关闭节流阀。火车在路轨上蹦蹦跳跳地前行了四分之一英里，这时他看见远处一节白色的罐车侧面朝上翻转过来。后来他又发现，列车断成了两截，后面的部分几乎就像一台手风琴，而他所处的车头部分则瘫痪在镇外漆黑的树林里。此刻，杰西还带着六七分醉意，眼前所见使醉眼蒙眬的他意识到一场灾难发生了，即便他曾经像石头一样的清醒冷静过，即便他驾车时总不忘在裤后袋里塞一本《圣经》，但是灾难还是发生了，真真实实地发生了。

黑色的火车头在颤抖中停顿了一下,当后面脱轨的挂车啪地将一个个罐车翻到路轨上的时候,它又重重地弹跳起来。副驾驶和乘务员跳下车向隆隆的轰鸣声奔去。杰西小心地从火车头的阶梯上攀下去,他双手插入口袋,思忖现在自己该怎么办。该怎样向人们解释这一切?很快,满装化学品的罐车开始爆炸,把天空映得通明,像是正在燃放烟火似的。巨大的气流掀起车轮,把它们抛向铁路边的一座建筑,顷刻工夫,那座建筑便在一团凶险的橘黄色火球中化为乌有。

杰西的耳中回响着一阵他甚感异样的踏步声,沉重而急促,这声音其实是从他自己脚底发出来的。他正沿着铁路向北狂奔,石块和粉尘在空中纷纷乱乱地飞扬和散落。他跑到一个地方,放慢了速度,从这里他拐入下面的公路,这时,踏在公路的沥青路面上,跑起来要轻快多了。他跑着,直到累得喘不过气来,直到他觉得自己的心脏像是个重重出击的拳头,才停下步来。他转身抬头望去,只见天空中闪动着一片明亮的烟雾状火光,一种巨大的难以言喻的恐惧攫住他,他踉跄地向后退步。他看见横交路上一辆北行的老旧卡车向他驰来,他兴奋地伸出拇指。

杰西搭乘这辆卡车抵达下一个路边的偏僻小镇,尽管远离了出事现场,但是他还能看见地平线上那片可怖的光亮。载运木材的卡车司机是个好心人,免费将他送到州际公路,此刻他面临两个选择，一是北上，到更远的荒林沙丘去，那片穷乡僻壤是曾经养育过他的故乡，他熟悉那片土地，那里最常见的是带有防雨墙的原旨派基督教堂，还有就是漫山遍野患了白霉病的蔓草。要不，他还可以选择南下，到外来者的沼泽地、罪恶之都新奥尔良去，他只要越过公路上的安全岛踏上南去的小路，到了新奥尔良就没人能够找得到他。

过了一会儿，一辆黑色的轿车渐渐驶近，他下意识地翘起拇指。他想，如果他有足够的时间消除身上的酒气，让自己的神志清醒过来，他就可以向公司的官员报告，谎称事故的发生是因为他患了记忆缺失症，或者说是由于躁郁症发作，要不，还可以把自己的失手往阿尔茨海默病上推，由于这些原因，今天他像个傻瓜似的搞不清自己在做些什么。对他这样一个犯了傻的人，他们又能怎样呢？炒他鱿鱼？那他倒是无所谓，反正他不缺钱用，他那座木屋贷款也还得差不多了，他之所以出来工作只是为了打发时间，只是为了摆脱卢琳——他妻子——没完没了的骚扰。皮肤像是干瘪果脯的她，总是拿着一把刷子在他身后漆这漆那，或者修理什么东西，让他烦不胜烦。但是，如果他们发现他是因为喝醉了酒而胡乱驾车，那他可能会卷入一场司法诉讼，也许他会被罚一笔数目不菲的罚款，而且，如果哪一天他还想重操旧业，他们是决不会再雇用他的，要再驾驶火车就只能去开一辆上了发条绕着圣诞树打圈圈的玩具火车了。

使他感到意外的是，黑色轿车在他身边停下，很快，他就被允许上了车，驾车的是一个名叫兰布鲁斯科的年迈天主教神父，处于半退休状态，目前在圣路易斯大教堂代替一个休假的助理神父。车在向南行驶。

"你失业了？"神父问道，加速超过前面一辆载运砾石的卡车。

"是的，"杰西一边回答一边透过挡风玻璃注视天空，"我是个木匠。"

"噢，约瑟就是个木匠。"

"约瑟是谁？"

神父扫视了一下他的后视镜。"约瑟，耶稣的父亲。"

杰西皱了皱眉，后悔发问，起初，当神父提到约瑟的时候，杰西还以为他是指来自密西西比州麦库姆的约瑟·维金斯。"哦，是的，约瑟是木匠。"杰西说。

"你上教堂吗？"

"是，有时候去，我是原旨派基督教徒。"

"你现在不是去原旨派基督教堂吧？不，你休想，我不会载你去那里听布道。我是说真的，我可不是在驾着车说梦话。"神父朝杰西转过他那谢了顶的脑袋，抿起嘴微笑着。"告诉我，木匠先生，你认为天主教教徒敬奉偶像吗？"

杰西向他作了明确的回答，他认为不是这样，他在做礼拜时结识的一个朋友就是天主教神父。

"你在你们教堂里施行过全身浸泡的洗礼吗？"

"从头到尾都浸泡，我们有自己特殊的水槽。"

"从那以后你的生活有所改变吗？"

杰西沉默了一会儿，他朝窗外极目望去，好像在那条路的尽头他可以窥见自己生活的变化。"神父说像我这样的状况可能需要一些时日。"

他和神父谈论了一个半小时迂回布道者以及为什么修女没有闲暇。

凌晨两点钟，杰西走进一家名叫"快活之夜"的汽车旅馆，它位于新奥尔良航空公路上。接待员是个年轻的亚裔男子，问他是想住十五元一夜的简易房，还是想要一个配有床上取暖器、每夜租金六十元的房间。"傻瓜才会为了一个睡觉的地方花上六十元呢。"杰西在心中盘算，他付给柜员十五元外加税金。谢天谢地，幸亏他恰好把自己的工资兑换成现金，并截留了几百元放在身上以作卢琳表弟远道来访及油漆房子的花销。他进了房间便立刻打开电视搜索新闻频道，他一个一个频道切换下去，直到刻度上的最后一个频道，而这时屏幕上出现的是一个活色生香的色情场景。他气得按下关机的按钮，然后他的手指又像被灼伤一样飞快地弹跳起来。

他环顾四壁和窗子，墙壁上的镶板大部分都扭曲变形了，窗子靠天花板的上半截窗洞没有安装铁栅，显得很是怪异。他想，明天他要去打电话讲述他编造好的故事，然后事情就会按照他的讲述以非常粗略的轮廓流传开来。尽管胸有成竹，但他还是在极度焦虑中等待着第二天的到来。他脱下工作服，爬上床，床垫嘎吱嘎吱地颤动，中间深陷下去。

第二天早晨他被膀胱里满满的尿液胀醒，这正好让他赶上八点钟的晨间新闻。当他摆弄选台旋扭时，脑中闪过一个个疑问：火车的失事会被报道吗？大火现在该被扑灭了吧？也许要等到傍晚他们才能把事故沿线清理完毕吧？

但是，当电视屏幕跳到四频道时，杰西被眼前的图像惊呆了，那里简直是撒旦的地狱，那是从直升机上拍到的镜头。五十余节车厢倒在一起，并燃起冲天大火，黑色和绿色的浓烟滚滚腾起，直冲天际，足足有一英里之高。路轨两旁的粮仓、堆栈、商店映在一片琥珀色的火光中，很快就被这来势凶猛的大火吞没。杰西向后退着步，用一只手托住脑门。他想呼喊，他想发出"难道这就是上帝的旨意？"之类的诘问，可是他的嘴巴就像被堵住似的，连一个字也吐不出来。然后，描绘画面的播音员告诉公众，当地镇上的居民已被疏散一空，从破裂的罐车里流出的十几种化学品的混合物，让一支支消防队无法靠近事故现场。城镇的沟渠里到处流淌着乙烯基氯化物和油漆溶剂液。接着，播音员又向观众报道，列车的司机杰西·P.麦克尼尔从事故现场失踪，据推测他进入了列车出轨地点东面的一片森林里，目前民防队队员正带着几组猎犬在那里进行搜寻。

杰西听到电视机里传出他的姓名，犹如遭到当头棒击，他重重地坐到嘎吱作响的床上。他只是个小人物，在这世上恐怕不会有超过四十个人知道他的存在，可是现在倒好，他臭名远扬，他的名字就像那列爆炸的火车，在整个地区被闹得家喻户晓了。为什么？他甚为纳闷，难道通报他的姓名有那么重要吗？各县的治安官们正在像搜索罪犯一样寻找他。新闻报道完毕后他关掉了电视，他最想知道的是，如果此刻对他测试的话，他的血液里是否还会含有酒精？他决定先饱吃一顿早餐再说。他跨出房间，很快就来到公路对面，这里坐落着一排门面破旧、用条形玻璃和金色砖块装饰的商店。他走入一家烟雾腾腾的小餐馆，在柜台边坐下，前面一个架子上搁着咖啡壶，再上面的一层放了一台沾满油污的电视机，它正在闪闪烁烁，发出嗡嗡的响声。一个当地的电视频道正在播放火车的事故现场，镜头是从地面拍摄的。一位神情庄重的播音员列出二十种令人听而生畏的有害化学品，它们正在燃烧，正在外溢，或者正在引起爆炸。他还提到列车司机，描绘司机是一个体格中等的男子，红色的头发总平直地朝后梳理。根据目击者的描述，所知司机的最后行踪是在出事地点的北面，其时他正搭车离开。餐馆女招待一个个都全神贯注于屏幕上的电视新闻，谁也没有注意到杰西已缓缓地转身离开柜台，并向门口走去。出了门，他继续抑制自己的心跳，他焦虑不安，觉得脑袋像是被点燃了似的，担心接下来就会有人把目光落到自己身上，担心有人认出他来。他的视线在布满灯光的公路上来回游走，他想借此排遣时间，消除内心的恐惧。小餐馆隔壁是一个鸽笼式的小室，那是一家小小的理发店。他侧身进了门，走到里面，看见一个模样像意大利人的男人，一面用磨刀皮磨手中的剃刀，一面看着放置在墙角搁板上的电视。杰西在一张椅子上坐下，心里盘算该如何开口让他把自己的发型做成另一个全新的样式。他想，也许让部分头发倒向一边比较好，不过，只要不同于他曾经甚为炫耀的平直朝后的发型，而且头发颜色不是深红色的都行。理发师面带微笑，拿起剪刀在空中咔嚓咔嚓地空剪了两下。

"嘿，在你的想象中，出事的火车是什么样？相当混乱，是吗？"他用梳子慢慢地梳理杰西的头发，似乎很是欣赏他的发型。

杰西警惕地看了看理发师，他讨厌新奥尔良人动辄装模作样用大城市人的腔调唬人，不过在他木讷的耳朵听来，他们的发音的确和纽约人很是相近。"我没有听到火车出事的消息。"杰西说。

理发师晃动着他的脑袋。"哦，是呀，你刚从林区来吧？你来自密西西比州，对吧？那里现在是捆扎干草的季节，一切都乏味透了。"

杰西发现自己在点头表示赞同,他暗自庆幸对方认错了他的身份。正在这时电视屏幕上现出一张他的照片,那是一张面部表情严肃的报名照,是他进公司工作时拍的。"瞧这儿。"杰西连忙开腔,他抓住理发师的手臂将对方的目光从电视机上引开。"你能不能给我做一个时髦些的发型?这样也许能让我显得年轻些。"

理发师吸口气,缩起他的双颊,对着杰西的头端详起来,那种神情就像是一个有身价的艺术家在凝视自己的作品。"好,伙计,我可以洗掉你的发油,修短你的头发,弄点尖尖的造型出来,这种发型更有生气。"他让他的剪刀又发出一声咔嚓的响声。"不过,这下你林区的朋友可要把你看作是一个信奉共产主义的摇滚歌星了,或是把你当作其他什么类似的角色。"

杰西深深地吸了口气,他的目光越过理发师的肩膀,注视电视屏幕,满载化学品的火车在熊熊燃烧,火焰中心强烈的白炽光在颤动。"照你说的剪吧。"他说。

剪好头发后杰西又回到隔壁的小餐馆,花了整整一个上午时间阅读报纸,中午的电视新闻足足用了五分钟报道火车事故。这时,他作了一个决定,暂时不打电话和公司联系,他想再等几天,直到这一切都成为过去,直到这一事件在人们记忆中开始变得淡薄起来。所以，在一切恢复平静之前，在笼罩那个不幸小镇的毒性烟雾消散之前，他还要继续徘徊在航空公路沿线，在"快活之夜"旅馆里藏匿。他是颇费踌躇才作出这个决定的，因为一生中他很少面临如此艰难的抉择。作为一个司机，很多年来他一直驾驶着同一列车，走着同一条路线，近年他发现自己很难像往常那样看清楚在驾驶室窗外掠过的电线杆和甜橡树。同样，通向他家那条路上的那些长势不佳的松树和他的小屋本身，也变成模糊不清的景象。

视力退化使得杰西感到自己已经不能参与重要的事务，这就是为什么他不再去投票选举，不再去更新他的驾驶执照，每年只是在复活节去一次教堂。这时，他脑中浮现出一座用胶合板搭建的教堂，坐落在一条土路的尽头。他想，不知他邂逅的兰布鲁斯科神父会对这座教堂作何评价。

下午，他看电视里的肥皂剧，以此打发时间，他吃惊于剧中的人物能够抓住每一个细节来制造令人发噱的喜剧效果。他想，他的妻子卢琳也许正在看同样的节目，她的膝上准是搁了一杯咖啡，一个烟头被捻灭在托盘里，想着想着，他禁不住笑了起来。然而，中午的新闻播报又让他的心情黯淡起来，他期待着看五点钟的新闻节目，因为他希望听到播音员告诉观众，险情已经过去、人们正在返回家园、铁路大约会在一天之内修复之类的好消息。

在等候晚间新闻的时候，杰西深深陷入沉思，他想人生不就像铁路上的扳道器，可以让命运的轨迹发生变化？大多数伤者是能够痊愈的，大多数人都能变得好起来，不管怎样，随着时间的推移，今天的特大新闻到了明天就成第三十版上的小豆腐块了。他平躺在床上，观赏着因漏雨而残留着污痕的天花板，还有装配错误的墙面镶板。他想，要是哪一天这个房间被重新装修过，那时还会有谁知道它曾经是如此陋败不堪。他相信事情总会改观。

在汽车旅馆的客房里，杰西正面对那台布满刻痕的电视机发愣，当地方新闻开始在屏幕上显现时，他的脸色顿时凝重起来，他简直不敢相信眼前的镜头是真的。小镇正处于危急之中，它上方的天空充满乌黑乌黑的烟雾，这烟雾还在不断地飞旋和扩散，把好几英里范围内的天空全都染黑。撞翻了的列车残骸堆成了一个小丘，它的中央闪动着一团可怕的红棕色烈焰。新闻主持人陈述说，列车的副驾驶指控事故发生时火车司机正在醉酒驾车。杰西的一只手捏成拳头。"狗娘养的，"他对着电视吼道，"那个毒虫只知道整日整夜地抽大麻。"

播音员在继续他的报道：地区的治安部门已对肇事司机签发了逮捕令，而铁路运营当局则雇用私家侦探查寻该外逃雇员的下落。接下来又播报：由于残骸最上面的一节罐车装满易爆的丙烷气体，加之另有两节罐车已经破裂，溢出的化学品混合起来，有产生芥子气体的危险，所以消防队员无法靠近，只能无奈地任罐车燃烧。听到最后这段让人谈虎色变的报道，杰西惊骇得张开了嘴巴。他惴惴不安，害怕极了。这到底是为什么？为什么所有的事情都归咎于他？他屏住气息，注视着电视中一连串的空中镜头，只见接天的火光朝城镇的方向推移过去，这时又一节罐车爆炸了，恐怖！如同世界末日正在降临，一条火龙蹿向长空，把铁路东面一个木屋集聚的贫困社区映得通明。他在铺着廉价长绒地毯的地板上坐下，强打起精神，让自己镇静下来，继续面对电视新闻里一幕幕可怖的图像。

新闻节目一结束，他就赶紧用打颤的手关掉电视，他的姓名再次上了广播，怕是传遍了两个州的每一个角落。他们有什么理由逮捕他？列车是自己脱轨分离的，这也许是起因于某个车轮的轮缘爆裂，也许是因为铁路的某段路轨发生断裂。他绝对没有超速。总之，没有谁讲得清错在哪里，即使比利·格雷厄姆①来操纵火车头，事情同样会发生。他离开客房，越过公路，买了副纸牌，然后返回客房，在靠窗的一张小桌上发牌玩起单人纸牌游戏，想借此将自己的思绪从这可怕的事故中引开。玩了一会儿，他摸到红桃八，便将它压在红桃九上，这时他多么希望能像往常在家里一样，从他肩膀上探出来妻子的那张脸，指点他哪张牌出错了。

---

① 比利·格雷厄姆（1943—2023），美国著名职业摔跤手。

第二天他醒来，躺在床上睁开眼睛对着电视机黝黑的屏幕愣了半晌，最后决定起来刮一下脸。他不想再看新闻，每一次的新闻广播都刺伤了他的自尊心，令他产生疑惑，判断不了自己究竟是个什么样的人，还会做出什么样的事情。他搭上一辆去法国区的巴士，来到杰克逊广场，坐在一条锻铁制成的长凳上。令他感到奇怪的是这里的人一点也不像他贫困故乡的朋友。杰西开始怀念他的故乡——路易斯安那州的古姆伍德，他想起那里一条条红黏土的沟渠，还有松节油挥发出来的气味。周围，很多貌似瘦弱的男人穿着宽松下垂的衣服，显得怪里怪气，这是以前他不曾见识过的。他羡慕这些人能够默默无闻地生活在自己的世界里，而他，在一个瞬间，他突然觉得自己就像面前那座溅满鸽粪的安德鲁·杰克逊[①]雕像，高高耸立在人们的视线中，无法隐身。

他在法国区消磨了整整一天，带着他那张轮廓清晰的脸进出于古董店和酒吧，他还渴望去超市买一瓶烈性的威士忌，但又踌躇而止。每回他走过自动售报机，看到印在报纸头版浓烟滚滚的照片，心中就会一阵剧痛。他懊恼极了，脑中掠过一个念头：自己是否该去警署自首？

---

① 安德鲁·杰克逊（1767—1845），美国第七任总统。

回到汽车旅馆,他开始躲避电视里的地方新闻,有意识地把电视调定在全国性的电视台上,认为只有这些电视台播放的才是真正重要的新闻,才是震撼全国的大事件,至于一列短途货车,在一个地图上找不到的无名小镇脱轨燃烧,这样的消息是肯定上不了新闻的。但是,当哥伦比亚电视台晚间新闻的标题出现在一个封面故事镜头上方时,杰西痛苦地发出一声短促的尖叫。

出现在屏幕上的是他妻子卢琳,她的鼠灰色头发在风中颤动,她正在回答一个记者的提问。"他抛下这列炸毁的火车跑到哪里去了,我无从知道。"她嗤之以鼻地说,并用一根手指指向摄像镜头。"但是这一点儿也没让我吃惊,"她对外界吐露,"不,先生,不管他做什么,都不会让一只胆小的猫咪吃惊。"他把两手放在头发短如毛刷的头顶上,手指相互交错在一起。在屏幕里,卢琳站在一条泥巴路上,她看上去很强健,也颇引人注目。电视镜头移到一个新闻主持人身上。杰西心中充满感激,因为他有些担心她会揭他的短,谈到她侄子来帮他油漆屋子,而他却不肯支付报酬。如果这样的话,那么每一个美国人,无论他们是什么人,无论他们穿红色、穿白色或是穿蓝色的衣服,都会知道他是个出奇的懒惰鬼,连自己的客厅都懒得油漆。这个穿蓝色运动衫的主播压低了声调,神情凝重地播报,内容包括外溢化学品的白色烟雾怎样滚滚翻腾,侵入一个养鸡场后毒死了上万只母鸡,还有当风向改变时,三个消防队员怎样来不及逃避有害气体而严重受伤等等。

"但是，最大的疑团，"新闻节目主持人继续说，"就是五十岁的机长，来自路易斯安那州古姆伍德的杰西·麦克尼尔从事故现场逃离，下落不明。关于他的失踪有多种推测，他的同事披露，麦克尼尔由于年过五十，加上面临婚姻和家庭等问题的困扰，精神陷于压抑沮丧的状态。我们暂且不论他到底有什么理由，总之，后面这幕事故场景，它的破坏和污染还在继续扩大，其规模是美国铁路史上绝无仅有的。现在，我们来看路易斯安那州东南部的现场报道。"屏幕上又出现现场的转播图像，摄像机的镜头里出现一口旧平底锅，杰西认出这是他火炬松街住宅里的物件，他把眼睛睁得大大的，看见自家的庭院，草坪荒秃了大半；他看见自家的屋子，摄像取景的角度使它看上去像是一个没有完全被遮盖的鞋盒；他还看见他那靠墙而建的汽车棚，它的顶部用松木和稻草建成，在微风中颤动，显得破败不堪。他想象所有的美国人都在说："这就是他五十岁后所拥有的最好状态？"接下来他看见卢琳坐在沙发上，后面挂着一幅很大的海上风景画，她正在和记者谈论自己的丈夫。还有什么比这更糟，杰西想，由卢琳·麦克尼尔来向整个英语世界介绍他，这是多么荒唐。她是什么人？她只不过是个一支接一支抽着烟、玩着纸牌的凶悍老妇，最大的抱负就是招来她那个没读完小学的鸦片鬼侄子，把他们拥有的屋子漆成像大海泡沫一样的绿色。

她斜靠在沙发上,他看见她的格子花纹衬衫紧贴在肩上,她看上去思路清晰缜密,全然不像平时那样邋遢、懒散、漫不经心,他还从未看到她像这样。"有时候他也会有一点儿出格,"卢琳说着从嘴角吐出一缕烟雾,"我的意思并不是说他是个坏人,如果你懂我的意思,我是说,当他心烦意乱的时候,他习惯喝一点儿酒。"

杰西像一根路轨似的直直地跳了起来。"如果不是和一个恶毒刻薄的鳄龟结婚,谁会去借酒浇愁?"

卢琳注视着摄像镜头,宛如听到了他的牢骚。"我只是希望他能把所有这些麻烦抛到脑后,快回家帮着把客厅油漆一新。"

"客厅,"杰西喊道,猛地从身边抽出他的两个拳头,"我的名字上了全国性的电视台,而你倒好,能够想到的就是漆掉那些该死的廉价镶板,那不都是去年你执意要弄上去的!"

卢琳对着镜头露出讥嘲的微笑,镜头移开,接在后面播放的是一系列火车残骸的镜头,还有一些有关化学品、伤员、政府检查小组的详细报道。环保局的探员现在正在追寻杰西·麦克尼尔,当地山地俱乐部的主席,一个衣着时尚的三十岁妇女,口气坚定地声称杰西已被视作危险的罪犯,相信最终一定会被寻获并绳之以法。

"我哪里得罪了你?"杰西愤懑地叫喊起来,冲着电视屏幕摊开他的两只手掌。"你甚至都不认识我,我只是个无足轻重的小人物!"

新闻播报结束以后,杰西走进洗手间用冷水浇泼自己的脸,他的脸映在镜子里,头顶上那些好像一顶王冠的尖形头发就像是茂盛的蓟草。他后悔极了。他对自己说,他应该留在事故现场,虽然这样他仍会被解雇并处以罚金,但绝不会落到现在这般田地,成为一个恶名远扬、妇孺皆知的"逃犯"。

他想,由于他不在现场,他的行为被夸大成了像一场从热空气和看不见的水汽演变成的暴风雨,或者更甚,被夸大成了一阵热带风暴,在失控的状态下回旋,这一切都是那些吃电视饭的人出于商业目的而搞出来的效果。他可能一辈子也想不通,就喝了那么半品脱威士忌怎么会造成这样一场可怕的聚焦在他身上的台风,他更想不通,为什么要把所有的美国人都带入他那尚未油漆好的居所,窥探他的隐私。他回到卧室,坐下来,双手抱头。"我不再需要新闻,"他大声嚷道,"一点儿也不需要。"

四天之中,他避开报纸,也躲避电视。他乘坐巴士去闹市区,机敏地打量周围的乘客,注意他们是否有认出他的迹象,因为此刻,他感到自己的名声几乎可以和约翰尼·卡森①媲美,简直就像希特勒一样臭名昭著。他时刻在担心下一个出现在他眼前的老妇人

---

① 约翰尼·卡森(1925—2005),美国著名节目主持人,主持《今日秀》达30年。

会伸出手臂大声呼喊："就是他，他就是火车灾难的肇事者。"他无精打采地坐在杰克逊广场的长凳上，对面就是大教堂，他又琢磨起四周的游客来，甚至担心一些韩国人和德国人可能认出他。他心中再一次深感纳闷，一个人犯错，这错误的严重性为什么取决于它的传播程度。

就这样，他深深陷入沉思，他没有注意到一个年迈的牧师坐到他的旁边，展开一份刚出版的《皮卡尤恩时报》。牧师秃了顶，只有两耳上方还留着半圈银白色的头发。他坐在杰西右边，所以杰西有一个很好的视角看清楚翻开了的报纸头版，那上面刊有一张照片，是一节货车车厢在熊熊燃烧。牧师的目光从报纸移向杰西，"你还没找到工作？"原来，是兰布鲁斯科神父。

"噢，是呀，来这里稍稍放松一下。"

"你想看这上面的消息吗？"他问道，向杰西摇动手中的报纸。

"噢，我刚读了火车出事的报道。"

神父将报纸对折起来，放在膝盖上，端详着那幅照片。"这可是一个大事故，我希望能够逮住他，是那家伙酿成了这场灾难。"

在听到"是那家伙酿成了这场灾难"这句话的一刹那间，杰西打了个寒战，他觉得自己有责任对此加以辩驳。"事故发生时，机长正在驾驶室里，列车之所以分离开来也许和他无关。"

神父朝他转过身去，颈部的赘肉垂下堆积在他的衣领里。"他酗酒，还逃跑，你该承认这很不妥吧？"

杰西觉得一只鸽子距他的鞋子太近，生气地皱着眉踢了它一脚。"也许报纸对这件事的报道太夸张了，你想，他们没完没了地报道一些无关紧要的东西，使事态显得比实际更为严重。"

神父用舌头舔了舔牙齿，沉思了一会儿。"你的意思是，如果有谁做了些错事而又没被揭露出来，那么这些错误就全都不是真的？"

杰西的臀部在长凳上缩了一缩，好像神父触到了他的痛处。"我根本没这么说。"

"死守秘密是有害的，"神父说，"如果机长是无辜的，那他应该将真实情况公布于世，可是他逃到本地区的某个地方躲起来。"

杰西突然蹒跚向前走，赶走两只鸽子，它们拍打着翅膀向杰纳勒尔·杰克逊的雕像飞去。"报纸上这样说？"

"警方认为他会在新奥尔良现身。"神父边说边重新打开报纸。

杰西站起来，习惯性地抖了抖裤子上的灰尘，以漫不经心的神态环顾了一下周围。"我该走了，我待了很久。"

"很久，"神父说着翻过一页报纸，"你还没吃饭吧？"

"没有，"他说，后退着走了两步，"我得走了。"

"好，如果哪天差不多这个时候你来，碰到我在这里，我会给你买份午餐。"神父抬高了手中的报纸，开始阅读头版背面的一篇文章。

又一天降临了，杰西将自己关在汽车旅馆阴郁的客房里。他无所适从地搓着双手，注视着没有开启的电视机，他的脑中始终盘旋着那句话："死守秘密是有害的。"此时他不得不认真地思考起一些问题，比如报纸披露他醉酒，这样做是否正确？还有他是否应该重视他头脑清醒时所发现的火车隐患？杰西·麦克尼尔回顾起自己走过的整个人生，就像一个新闻播音员在以简洁的语言勾勒他的生平。当他想到自己是有罪的，犯有很多错误，他浑身打战。他有一种想打开电视机的冲动，但是他不敢让自己的手去接触控制按钮，他怕电视里会播送出更多的坏消息，增加他的负罪感。他抽出皮夹，发现他的钱差不多快用完了。他想，即便人们一时找不到他，他也维持不了多久。

于是，他决定给古姆伍德的妻子挂一个电话，他猜想她一定会像一个帐篷布道者一样，喋喋不休地指责他的不是。但是她没有，她倒是很为他的处境担忧。

"杰西，"她低声说，"他们在这儿的树林周围布下了网，只等你回家就抓你，我知道你的麻烦大了，但是请记住千万不要回来。如果你想自首，随便在哪里单独找一个警察就行。宝贝，这些人把你看作是个可怕的东西，我担心他们会伤害你。"她还告诉他过去几天里她的经历，他听着，妻子的关心使他深受感动。突然，一个念头掠过，他觉得他不该拨这个电话号码。他心中一阵慌乱，他意识到可能卢琳正受到监视，她恐怕还不如自己自由。当卢琳恳求他要多加保重的时候，他一阵心酸，他担心她会就此成为自己生活中一个再也无法见到的人，就像一根在他机车窗口数千次飞掠而过的电线杆。电话里，在他们的话音背后传出一串咔哒咔哒的声响，他妻子喊着要他挂断电话，因为线路可能遭到窃听了。杰西触电似的扔下话筒，然后出神地想着她的声音，想着刚才从线路里传来的声音。他知道他妻子不会轻易动摇对他的信赖，但是，当想到他妻子肯定受到他们的什么警告时，他内心不胜惶恐。

中午，他从一辆巴士下来，在大教堂的正门前面找到坐在长凳上阅读《天主教评论员》的年长神父，他们一起到面对广场的一家小餐馆用午餐。他奇怪他点的汉堡包看上去形体颇大，顶呈球状，边缘露出酸黄瓜，可是吃起来却味道平平，和在古姆伍德小餐馆里买的那种扁平的、淡而无味的汉堡包非常相似。神父让杰西尝了一根炸土豆条，它如同一根钉子那么大。"来吧，"神父说，"再来一根。我喜欢吃带皮的薯条。"起初，他和神父只是敷衍地寒暄天气，然后神父谈起罪恶，两人之间像是存在一种微妙的关系。最后，就像在弯曲一根僵直的金属线，杰西很别扭地将话题转到火车灾难。

"现在让我们来谈谈那天我们谈论过的那位可怜的机长，"他对神父说，"是的，可能他的做法确实很糟，但是媒体对他如此大肆爆料，使他仿佛成了公众的头号敌人。"

兰布鲁斯科神父啜了一口葡萄酒，把目光投向广场，他突然笑了起来。"我曾经看到过一幅漫画，画中有人在教堂顶上安装了扬声器，另外，又在忏悔室安装了麦克风，把一些隐秘的罪恶向全镇广播。"

"天啊。"杰西说，他的脸部抽搐起来。

神父放下杯子，两唇张开，微微露齿，诡异地一笑。"此刻我想到了这幅画，我想知道对于一些我在忏悔室里听到的故事，报纸会怎样报道？犯罪者的雇主会怎样反应？他的邻居又会怎样想？"他的双眼深沉而严肃，向杰西投去的目光像是一支支利箭。"如果你知道我内心的秘密，你会怎样看我？你能告诉我吗？"

杰西放下他的汉堡包，它实在大得让他倒胃口。"我就是那个造成火车事故的人。"他压低声音说，同时飞快地瞥了一眼他们旁边那张小桌上的就餐者。

"是报上说的那列火车？是正在燃烧的那列火车？"

"是的。"

神父停顿了一下，吮着他的下唇。"你打算怎么办？"

杰西摇摇头。"我想在这里再待些时候，让更多的人淡忘此事。

但是，从另一方面说，我要继续在此地逗留一个星期以上是不可能的，这比登天还难。"

神父深深吸了口气，朝广场望去。"你可知道，在那个小村庄里，我们的一个慈善机构被烧掉了。"

"我可没有带着火把去放火。"杰西嘀咕道。

兰布鲁斯科神父闭上眼睛。"当你把一块岩石投入池塘的时候，你就制造了涟漪。"

这时，杰西的目光落到大教堂的前面，他注意到一只白鸽栖息在一根门柱上。照神父的说法，对那满目疮痍的交叉道口，对每一个被毒气伤害的人，对被烧毁的一草一木，对那里发生的所有一切，他都负有直接的责任。"我该做些什么？"他问。

"别无选择，"神父说，"一切无可挽回，你唯有去自首，请求宽恕。"

杰西摸着下巴。他想，谁的宽恕？铁路当局？交叉道口边上的小镇？千千万万对他的过失予以关注的电视观众？也不知是出于什么原因，他突然想起自私卖友的犹大。他想，当他像犹大那样爬到无花果树的大树枝上时，他难道没有意识到绞索正落到了他的肩上？年复一年、时光流逝，将会有多少人知道他的劣迹，将会有多少人厌恶他的名字？

"帮我个忙，神父，在今天晚上的新闻时间，大约十点钟吧，请你打一个电话给当局,让他们抓我进去。"他告诉了神父自己的寄身之处。神父频频地点头,然后闭上双眼,尝了一根炸薯条。杰西走到门外的人行道上,混入游客的人流之中。他心慌意乱地在街头徘徊,他想喝酒,这个念头一直死死地缠着他,终于他在附近的运河大街上发现一家卖酒店,在那里他买了一瓶五分之一加仑①的老奥弗霍尔特牌黑麦威士忌。他对自己说,他需要一杯烈性酒来镇定自己的神经。

这天晚上,新闻节目时间差不多快到了,他正喝得步履蹒跚,他在电话机边上找到一本《圣经》,他开始阅读《创世记》,想从中得到一些启示:人的烦恼是怎样产生的?新闻播报时间到了,他摇摇晃晃地从床上爬起,把电视调到地方台。报道的第一个新闻是火车灾难。挂在火车头后面的车厢翻了身卷曲着,惨不忍睹,一节氯气罐车上的一道新裂缝让所有的消防队员不得不赶紧撤离,小镇现在成了地图上的一个污点,一个烟囱的王国,铁管在一片片烟霭中竖起。屏幕上出现一个身穿实验室外套的男子,他站在距出事火车约一英里的地方,他公布了一个骇人的消息:由于化学品的外溢,对环境造成致命的恶果,这个镇可能再也不适合人类居住,而且,周围一平方英里的地方必需被刨去六英尺深的土壤,将泥土运送到

---

① 1加仑约合3.79升。

一个填埋有害垃圾的巨坑里，所耗费用将达数亿之巨。这个数据一直在杰西的脑子里回旋，不肯离去。

门上传来一阵响亮的敲击声，但是，他不予理睬，他把电视机的音量调高。新闻主播回到屏幕上，脸色严峻地解说："传闻有人看见他在新奥尔良现身，然而直到如今他仍在躲避警方的追捕。现在，让我们来看看，制造如此巨大灾难而又失踪的杰西·麦克尼尔究竟是何许人物。"接下来播报杰西的生平传略，先是以一张杰西幼时露着门牙的照片作为开头，这照片出自他就读小学的年鉴。在用一分钟时间简述了杰西的主要人生经历之后，又用他的另一张照片来做结尾，照片中的他坐在酒吧的高脚凳上，向所有的电视观众露出超然而平淡的微笑。

他站起来，用一只手掌在电视机的边缘重重一拍，对着房门的电视机在带着轮子的搁架上晃动起来。

"每一个人都认识我了。"他吼叫起来，朝着天花板挥动他的拳头。

"每个人都知道我是谁，知道发生了什么，"他跌跌撞撞地走向那扇被刮破了油漆的金属房门，把门拉开。"你知道我。"他的大声喊叫甚至传到了露天停车场。两个警察站着，离他有几英尺的距离，都带着手枪。杰西向他们伸出双手。"我在《圣经》中读到挪亚在帐篷里喝醉了酒,但是他还是被允许进入方舟。"另外五个穿制服的男子身手敏捷地走了进来,他们是从公路上赶来的。杰西身后,屏幕上的播音员正在向观众预告,一场最终揭露事件真相的实况直播即将开始。

"上帝相信他能使我们免于毁灭。"他对他们说。通过左边的窗口,他看见一些身穿军装、即身穿SWAT[①]制服的人从一栋建筑物的后面现身。更多警察步履矫健地从黑暗中走来。他头上的屋顶传来靴子踩踏砾石的响声。他还听到直升机在某个地方降落的声音,顿时,一盏聚光灯把停车场照得通明,杰西又短又硬的头发也被映得油亮油亮。他们都知道些什么?他想,他们把他看作当今一个最危险的敌人。

又一盏高亮度的照明灯在停车场亮起,县治安官的两个副手将一台新闻摄像机架在他们中间,他们显得非常焦急忙乱。没有人说话,也没有人接触他,他们的目光像是从他身边掠过,进入了他的客房深处。他转过身来面对着电视,看见屏幕上出现许多执法人员,他们围着中间一个摇摇摆摆、身穿连裤工作服、留着陋俗发型的可怜虫,那人不伦不类的模样就像人们想象中行为不检点的老酒鬼。空气像是凝固了似的,没有人做声,全都注视着屏幕,期

---

① 特种武器战略部队。

待看到下面将会发生什么。期待他将会对外界说些什么。他摇晃着脑袋。每个人都知道所发生的一切，但是没有人知道它的真正起因。

播音员以厚重的嗓音播报扣人心弦的捕获经过："在地方、州、联邦探员的合力追捕下，杰西·麦克尼尔，这个造成国内前所未有的生态和生产灾难的疑犯终于在新奥尔良航空公路上的'快活之夜'汽车旅馆落网。由于他正处于酩酊大醉的状态，所以此时此刻，在这个全国范围的搜捕行动告终之际，他还不能提供任何证词。"所有的警察无不专注于电视机闪亮的屏幕，期望从中获得事情的真相。唯有杰西转过脸不看电视，他们不能理解这个可耻的酒鬼竟然还能若无其事地眼盯着周围的执法人员。他在墙面斑驳的门道里跌跌撞撞，觉得自己和这尘世间的每一个人都一样，两手清白，纯洁无辜。

终于，靠他最近的一个警察碰了碰他的手臂。"你是杰西·麦克尼尔？"他问道。

"我觉得自己像是两个不同的人。"他有气无力地说。

警察在他的手腕上戴上手铐。"好了，不过，到了监狱我们会松开你的手。"一阵鄙视的笑声哄然爆发开来，响彻了整个停车场。顿时，十数道摄影机的闪光洪水般地向他涌来。杰西被拉着在强烈的光照中穿行，沐浴在旋转的警灯、车辆的车前灯的光波中以及众人愤怒直视的目光中。在光波的汹涌照射下,他感觉到一个警察用潮湿的手按下他的头,将他推入一辆巡逻警车的后座,他的手被锁在牢固的横杆上,警车呼啸着飞快地驶上公路……

赌桌上的调味酒

雷恩尔·布尔芬奇告诉年轻的加油工尼克·蒙塔尔巴诺，在她生活中唯有纸牌能给她带来难以言喻的神秘快感。这是在她工作的利奥·布·坎特伯雷号挖泥船上，它是一艘归政府所有的蒸汽船，停泊在密西西比河出海处的一个重要港口上。当时，她正在轮机室安置一张纸牌桌，她以教训的口吻说："尼克，你是个上大学的男孩，只是暂时在这儿混日子，等赚到钱就回学校去。可对我来说，这就是我的生活，我的归宿。"她从工作服的系带下面扯下一根铜色的穗絮，环顾了一下蒸汽腔和它的管道系统，嗅了嗅从红色保温搪瓷器皿散发出来的气味。她又端详着蒸汽压力表的玻璃面板，用它来当镜子，里面映出她丰满红润透着油光的面颊，眉毛被她画成蓝色，她用一根白净的手指在那弧线上抚过。布尔芬奇是这条大船上的厨师，由于冬季的凛冽大风，船上的员工闲散了两天无事可干。"我最大的事业就是纸牌，哪一天等攒足了钱，我就去拉斯维加斯和那些技巧高超的家伙搏一把。放好这些折椅，"她对他说，

"总共七把。"

"可是女士，我不懂布垒①的玩法，"尼克·蒙塔尔巴诺用一只手摸着自己乌亮的长发，"我只在大学待了一个学期。"他注视这个高个子女人围裙侧面绷紧的铜扣，有意避开她那双妩媚的眼睛。那双眼睛眼眶深陷，饱含热烈的情绪。

"瞎扯，连一只宠物鼠都会玩布垒，坐下。"她指着一把金属椅子。加油工尼克，是个消瘦的男孩，穿着敞开领子的法兰绒格子衬衫，戴着顶篮球帽，他顺从地坐了下来。"现在注意，我给每人发五张牌，我将最后一张翻开，不管它是什么花色，它的花色就定为王牌。然后你丢掉所有的废牌，并抽取新牌来做补充。记住，王牌能击败其他花色，大牌能击败小牌。不管别人出什么牌，你都跟着他的花色出。"她把头伸到他的帽檐下，盯着他的双眼。"这对你并不算太难，对吗？这是不是比你的大学教材简单多了？"

"确实，确实，我懂了，但是如果你没有牌可以跟呢？"

"如果别人出的不是王牌，你就用一张王牌压住它，如果你手中的牌全是王牌，那么把最小的牌打出去。相信我，你很快就会熟练的。"

"怎样才算赢呢？"加油工转动他的帽子问。

---

① 一种起源于法国的纸牌游戏。

"每一局要抓五墩牌，如果胜了三墩你就赢得全部赌注。不过在我们这条船上有个特殊的规则，如果两人对垒，在打成平局后胜四墩才算赢。如果你有什么弄不明白，可以问那边的悉尼。"

悉尼，船上的轮机长，一个像消防栓一样矮小结实的人，能在暴风雨中仅穿一件白色的T恤衫。悉尼吹着口哨重重地坐在椅子上。"噢，小子，好一块新鲜的肥肉。"他捏了捏加油工的颈背。

轮机室的铁门靠近右舷的三冲程发动机，门打开了，一股凛冽的冷风吹了进来。在酷寒中值日班的司炉工、领航员、甲板水手以及焊工，一边咒骂着恶劣的天气，一边拍打着自己身上冰凉的衣服，躲进这间宽敞的机舱。门外，来自西南海峡的波涛怒吼着，夹带着波峰上的白色泡沫汹涌地倒向密西西比河，在海湾阴郁晦暗的天空下激起高高的巨浪。

"关起这该死的破洞，快让人冻出肺炎了。"雷恩尔喊道，把纸牌准确地发到七把椅子前方的桌面上。"坐下，胆小鬼们，还是惯常的玩法，赌美元，如果你一墩牌都没赢，就付五美元作为赌注。"在将纸币噼里啪啦地摔到桌子上以后，大伙开始扔弃不要的废牌，再补牌，然后纸牌又像雪片一样被扔出来，最后，在一阵此起彼伏的咒骂声中这一局结束了。由于没人赢到三墩牌，所以赌注被转入下一局。三个一墩牌也没赢的玩家每人投下五美元作赌注。

轮机长打开一包塞在T恤衫袖子里的骆驼牌香烟，声音特大地诅咒着。"我听说过一件事,几个人在离岸不远的一艘船上玩布垒,较量了八十三局,但桌上的赌注还是没有得主。结果等到最后一个家伙打破僵局赢了的时候,你们猜怎么着?赌注已被加码到一千七百美元了。不料,第二天在摩根市的一个酒吧里,这个赢钱的家伙遭了瘟,头顶被人狠砸了一下,等到他醒来,口袋全被掏空。此人名叫孔奇达,也不是什么省油的灯,他在左胸绕着乳头文了花呢。"

皮格是白天当班的司炉工,他将自己的赌注抛了进去,抓起下一局的牌整理起来。"这不算什么。"他拿起三张废牌举过光秃秃的头顶,然后狠狠摔了下来。"一个从码头上来的朋友告诉我,他听说一个家伙在得州的奥兰治市被砸伤了脑袋,醒来,当他看见自己的驾照时竟然弄不清自己是谁,他得了健忘症。医院将这个倒霉的蠢蛋送回家,交给他放荡不羁的老婆,好笑的是,他却好像今生从来没见过她似的。"

"这或许并不算太糟。"雷恩尔说着翻开她发的最后一张牌,以确定本局的王牌是什么花色。"黑桃。"她将自己圆滚滚的臀部朝左挪了挪。

"不,并不是这样,"司炉工说着拉开他那件深绿色运动夹克的拉链,"那个女人告诉他,她是他的妹妹,还给了他一台彩电和一个遥控器,他高兴得像是一只馅饼上的苍蝇。那女人开始带着男朋友回家过夜，这傻蛋竟然兴高采烈地让他们进屋，还为他们准备酒菜，他觉得作为一个善待妹妹的老哥，也该善待妹妹的男友。在邻居眼里，他们一家怪怪的，他们像是觉察到有些不对劲，于是那女人带着老公搬到一个较好的拖车屋营地，在那里没有人知道这位老兄失忆了。那婆娘开始吸食可卡因，勾搭路边的寻花问柳者。她老公那笔赔偿金开始逐渐缩水，它是这老兄上班时被一个三十六英寸直径的重物掉下来砸伤的代价，幸亏那玩意是落在他头上的安全帽上。从此，这位仁兄就头昏目眩地坐在那里，服用一些廉价的药丸，他老婆说是按处方购买的。他整天开渠引水，迎接那些嫖客，他们一个个像挂在沃尔玛市场里全无新鲜感的老式外套，但是这婊子养的却成了得州奥兰治市最快乐的汉子。"司炉工摊开他的双臂，"他高兴每天能看到妹妹回家，他骄傲他妹妹有那么多朋友，这可比一个带着满袋福利支票的邮差还受他欢迎，当然，他的钱又多起来了。"

"啊，啊，真是把屎①拉在鼓风机上，脏了自己一身。"轮机长说着狠狠地摔下一张 Q，然后对自己的那墩牌扫了一眼。

"事情还没完呢，这可怜的家伙终于想起来了，他记起他们在卧室后面的每一次格格的调笑，他开始发现自己比蛇的睾丸还悲

---

① 原文为法语。

伤，他向老婆求欢，恨不得马上单刀直入，却遭到那个面目全非的荡妇的嘲笑，还当着他的面搬了出去。他伤心极了，想去看心理医生，可这会花掉他很多钱。你们猜最后这老兄想出个什么绝招？他找到一些人，要他们一次又一次地狠砸他的脑袋。你们知道，这样他便可以回到过去的状态，什么也不想，什么也记不得。每砸一次，他就付一百美元。在奥兰治的酒吧里，大多数醉醺醺的酒鬼都可能给你致命的一击，可那是免费的，所以你们可以想象这傻蛋做的是什么样的买卖！他差不多被砸得死过去四到五回，实在受不了了，不得不放弃这馊主意，跑到医院去治疗他的脑震荡，为此他花光了剩余的赔偿金。后来，为了让自己有钱购买药丸，好回到第一次被砸伤后那种神思恍惚的境界，他竟然干起拦路抢劫的勾当，抢了人家一个帕克手提包。这下可好，他得在牢房里度过二十年漫长的艰难岁月。"

司炉工讲完这个故事的时候，他们已经玩到第三局了。这时，参与牌局的甲板水手，一个留着一头浓密金发、身穿一件黑色棉纱针织套衫的家伙，向后甩了甩头，哈哈笑了起来，好像他是唯一的听众。"这个故事不算滑稽，但很悲伤。它使我想起我家乡肯塔基的一个傻小子，是个白人，就住在我家隔壁，体形长得像是根细长的四季豆。一开始他是个挺害羞的人，但他认得电厂里的修理工，和那里每一个人都有交往。后来他和一些不三不四的小混混搅在一起，你们想，这些家伙会是什么德性，他们随身带着涂鸦用的喷漆罐，帽檐转到脑后，将活蹦乱跳的老鼠塞满人家的信箱。他们对这个可怜的傻瓜说，他的所作所为足以和大名鼎鼎的杰西·詹姆斯媲美，怂恿他去偷窃机壳和电钻。他开始在邻居面前趾高气扬起来，仿佛他真成了一个不可一世的黑老大。其实，狗屁！没多久，当地的副警长在一辆汽车的后座上逮住了他，那时他正带着一台割草机准备潜逃，这家伙真傻，他是在十二月偷这割草机的。"

"这有什么不对呢？"司炉工问道，扔下一个美元。

"你真是死脑子，谁会在冬天买一台用旧了的二手割草机？不管怎么说，法官还是对这小子动了恻隐之心，只让他吃了一次毛毛雨似的罚款，这等于是让他含着糖衣奶头睡觉。法官说他是个聪明的孩子，应该相信他的单纯和诚实。于是这四季豆又回到街头巷尾游来荡去，到处吹嘘他的经历。这时他感到很自豪，以为自己成了阿尔·卡彭那样的大盗，他兴奋不已，脑袋里充满了乌七八糟的东西，这都是街头那些和他一起鬼混的坏小子灌输给他的。后来，在一个风高月黑的夜里，这浑球破门进入一个枪支收藏者的居所，他的身手真可说是伶俐敏捷。他在架子上仅挑了一杆双铳枪，崭新的，上面刻有枪主的名字珀迪，整个枪柄镶嵌着纯金和象牙组成的图案，那可是一支价值两万美元的枪啊！四季豆把它带回家，用一把两美元买来的钢锯锯下了枪托，然后又锯下枪筒。再后来他又到街头抢劫了一个炸玉米饼店,抢了十六美元十三美分。当他再次出门时被警察逮了个正着。这次,审案的法官毫不通融,以多项罪行指控他,判他在比斯利坐二百九十七年牢。"

"还算可以,"雷恩尔说,"比死要好。"

"他在铁窗里面壁了十年之后,愚蠢的假释委员会认为这个案子判得太重,于是发慈悲,提他过堂复核。他们问他在牢里服刑的情况,问他如果被释放,他是否愿意改邪归正。不料,这小子呸的一声把一口痰吐在他们的红桃木桌上,对他们说他不会沉寂下去,哪怕只有一半机会,他都会成为肯塔基最富有的银行劫犯。"甲板水手哈哈地笑着,"这蠢蛋给所有的人浇了一头冷水,会议很快进入投票程序,结果,假释委员会中七个来自美国公民联合会的律师一致发飙,堵死了释放他的大门。事情就是这样邪。"

领航员是个高个子,穿了件豆青色的夹克,戴着顶棒球帽。他举起一叠刚发到手的牌,用锐利的蓝眼睛扫过后,脸部的肌肉马上抽搐起来,他只留下一张王牌,需要再补四张牌。"先生们,这倒使我想起我在肯塔基曾经认识的一个姑娘。"

"怎么?难道她也被判在比斯利坐二百九十七年大牢?"甲板水手表示不解。

"不,只是和你刚才向我们扯的那个疯子一样,她也是肯塔基人。等一下，那张老 K 不算大。"他说着扔下一张方块 A，"这女人是个护士，在路易斯维尔的退伍军人管理局医院工作，她爱上一个病人，堕入情网不能自拔，那小伙子模样清秀，举止文雅，就是脑子里长了个囊肿。这要命的囊肿让他苦不堪言，更要命的是他因而得了健忘症。"

"是呀，每天都会发生一些你闻所未闻的事情，"轮机长一边说一边用力地打出一张王牌 A。

"他甚至搞不清自己生活在哪个星球上，"领航员冷冷地说，"几个月后，他们结婚了，他在当地一家炼铁厂找了份工作。一年过后他开始散漫起来，老是在午饭的时候离开公司出外闲逛，所以公司炒了他鱿鱼。这下这家伙倒好，整整两个星期都在街上游荡，几乎走遍了整个路易斯维尔。不是傻傻地打量着人家的院落，就是死死地看着从路上开过去的每一辆巴士，盯着窗口里的一张张脸，就像是在寻找某个他记不起来的人。一天，他没有回家，从此再也见不到他的踪影。之后的十八个月里，他那标致的小护士茶饭不思，为他担心得快要发狂。直到一天她的侄子去闹市的摇滚乐中心，在楼下的正厅看见一个头发蓬乱的家伙，觉得很眼熟，那家伙站在那里像是正在倾听一个弦乐四重奏的演出。剧场休息时，她侄子便去问那家伙是否患有健忘症。那家伙沉思了一会儿，对他来说健忘症的确是个困扰他很久的老问题。他几乎喊了出来，因为他想自己终于被人认出来了。"

"这是个甜蜜的故事,"司炉工说着用熊爪般的大手揉搓耳朵,"悉尼,能借用一下你的手巾吗?我的鼻子完全堵死了。"

"堵死你这张牌。"领航员边说边打出一张王牌压住司炉工的J,"不管怎么说,这小护士对他依恋有加,这家伙的归来让她破涕为笑。为了唤醒这家伙的记忆,她不断向他描述他们的婚姻以及以前他们之间的一切,让她的回忆塞满这家伙的脑袋。对于小护士来说,日子是在越过越好。可是,在快到他们结婚纪念日的一个晚上,两口子正坐在客厅的沙发上卿卿我我,突然响起了敲门声,小护士起身打开门,一下子呆住了,门外不是别人,正是她的丈夫,她那恢复了记忆的丈夫。"

"打住,打住,"甲板水手急切地说,"她的丈夫不是正坐在沙发上吗?"

"我可从来没说过这家伙就是她的丈夫,她只是认为那是她丈夫。原来,坐在沙发上和她一起生活了一年之久的家伙,和门外那人是长相一模一样的双胞胎。脑子里也长了个完全相同的囊肿。"

"嘿,真是瞎扯淡。"司炉工几乎吼了起来。

轮机长向后斜靠过去,把手放在一只阀门的手轮上。"我想我不能再打下去了。"

"喂,"领航员用喊叫来压倒对方,"我认识这个女人,她家在我姑妈家街对过。不管怎样说，在一切解释清楚之后，从摇滚乐中心回来的小子觉得自己离开是最好的解决办法，于是那个在外流浪多时的双胞胎兄弟终于回到妻子身边，还恢复了炼铁厂的工作。但是你们说怪不怪，他的妻子却从此不再快乐！"

"怎么会这样？"轮机长问道，把下一局的牌发到每个人桌前，"她付出一份，却得到双倍。"

"是啊，的确如此，即使这两个家伙在每个方面都是一模一样，但总会有某些东西是有差异的。我们不可能知道那是什么，总之，小护士怎么也忘怀不了那第二个双胞胎。她的脑子里晃动的全是他的影子，她成天驾车穿梭在城里的每条街上，希望能找到他。"

"结果究竟怎样？"甲板水手扔下他的一墩牌，"她的丈夫已经回来了，不是吗？"

"噢，结果糟透了，"领航员继续讲他的故事，"一天，她驾车开过一条街，在路边的街心公园看见了被从摇滚乐中心领回来的那个双胞胎，她赶紧下车，跑进公园又是大声喊叫，又是伤心抽泣。她伸出双手抱住他，激动地呼喊：'我终于找到你了，我终于找到你了。'令人匪夷所思的是她搞错了，这不是那第二个。"

"哎哟，"轮机长说，"难道三胞胎不成？"

"哪里，"领航员摇摇头，"比这更糟糕，那是她老公，他外出为炼铁厂运送东西，完事后他脱下工作服，跑到公园来偷个闲。当时，只要他对这婆娘的热情浇以冷水，肯定能让她立马明白过来自己是谁，他就是举止文雅的那个健忘症患者，是她的丈夫。可是他没有这样做，他装出自己正是他那孪生的兄弟，并问，为什么她更喜欢自己而不是她丈夫，她捂住他的嘴，要他不要再问。在她心目中两人究竟有什么差异，我也听说过一些。不过，第二天早晨那家伙又离家出走了。如今五年过去，据说谁要是跑去路易斯维尔城东，还准能看到那女人，她开着一辆破旧的绿色托里诺，满街乱转，苦苦寻找双胞胎中的一个。她的眼神怪怪的，有点吓人，那种眼神很坚定，仿佛在告诉人们，不达目的她决不罢休；但那种眼神又很迷茫，好像在说连她自己也永远确定不了，她要找的是哪一个。"

雷恩尔从她的工作围兜里掏出一只山核桃，用拇指和食指捏着将它砸碎。"我听到的那个故事更悲惨，是关于一个断臂老人的，他住在一间毒蚊横行的斗室里。你们可不要不爱听，怪只怪那个鬼东西把这令人压抑的故事告诉了我，像这样的故事我还从未听过呢。"

甲板水手点燃了一支没有过滤嘴的纸烟。"好啊，甜心儿，为什么你不讲一个自己的故事，好让我们兴奋兴奋？"

雷恩尔抬头注视着一个安装在工字梁上的蒸汽仪表，它的外壳是黄铜做的。"我突然想到一个家伙，我并不认识他，他在一家铸铁厂工作。他的整个家族都在那里谋生，凡是发生什么事情都会传得沸沸扬扬，这很惹人心烦。就好比今天你听说你伯父在酗酒，明天又听说你堂弟在乞讨，你是不是会很烦？这家伙开一辆灰色的道奇达特，装的是一个老掉牙的六斜缸引擎。坐那车简直如同去地狱兜风，慢吞吞慢吞吞把人都要急疯。他的亲戚们都为此嘲笑他，说他是个吝啬鬼，穿的是塑料鞋，吃的是罐头肉，省钱是他的人生宗旨。"她翻开最后一张牌来确定王牌的花色，然后举起一张老K，"悉尼，你不会再赢了，你看，现在赌注总共有三十美元了。"

轮机长放下他的牌，把一只手按在T恤衫上。"我会数数。"

"不管怎样，这个男孩认为他是他们家族中精明能干的一个，他参加社交活动，看中一个标致的姑娘，是办公室打电脑的文员。他向对方求婚，还分期付款为她买了一枚特大的钻戒，这戒指可真不同凡响啊，让人瞠目结舌，足可吓倒一头大象呢。"雷恩尔用嘲讽的目光扫了一下围坐在桌子四周的六个男人，似乎在说他们当中没有一个人会买这样的戒指。"他打算在姑娘生日那天给她戴上，那天离他们的婚礼只有三个星期。同时，他在铸铁厂里逢人就拿出这枚钻戒来炫耀，目的是堵住别人的嘴，让他们对他刮目相看。"

"愚蠢之极，他们还能对他怎样，我想也只有哑口无言了。"甲板水手的嘴里吐出了这样一串话。

"可是你们绝对想不到，在他把戒指送给女朋友之前发生了什么，那姑娘的头撞在自家游泳池的檐口上，跌到池里淹死了。整个铸铁场的人都去表示哀悼，就像悼念自家人一样，这是小镇的惯例。她的丧礼很隆重，她穿着婚纱躺在即将下葬的棺木里，棺木周围放着来自四个郡的康乃馨。所有的人都哭了，殡仪馆的大厅里还播放了动人的音乐。我猜，这男孩一定是被这气氛感染了，就在人们要钉上棺盖的时候，他走了过去，把订婚钻戒戴到姑娘的手指上。"

"然后呢？"轮机长气喘吁吁地说，看也不看就打出一张牌。

"是的，他这样做了，他为他所做的事骄傲了一两个月。后来他对一个牙医助理产生了爱意，以前那段小小的罗曼史就成为走了味的酒。他足足追求了那个助理六个月之久，他决定和她结婚。于是，他开始为购买那枚钻戒的月度还款发愁，他算下来，如果要再给他现在的未婚妻买一枚体面的戒指，那么婚后，他们得熬上四年半苦日子。"

"噢，没人得手。"领航员说，这时，又一局宣告结束，因为没有赢家，赌金又转入下一局。

"结果，他带了些工具，在午夜之后潜入天国橡树林墓园。他卸下那姑娘坟墓上的大理石抽板，移出棺材，打开盖。我不清楚他是怎样爬进去翻找留在棺材里的东西的。我想，万一他没有找到戒指，然后像吹口哨一样轻松地把坟墓盖好，那他就晦气透了。可是，第二天他把戒指送给牙医助理，一切似乎都很顺利。不久之后他们结了婚，他们的爱巢就是在铸铁厂那边的一个活动房屋。"雷恩尔又拿出一个山核桃在桌子的边沿敲裂，然后用手掌将它压碎。这动作使得焊工和加油工多少有些感到吃惊，他们会意地相视而笑。"但是令人败兴的事情终于发生了，牙医助理拿出戒指向人夸耀，仅片刻工夫它就被人认出来，他们告诉她这枚戒指的来历。这下可好，她大发雷霆，得了一场严重的经前综合征，她直截了当地对他说，她不会戴那个死女人的戒指，那会给她带来厄运，她愤怒地把戒指扔到他的脸上。他哄她说这枚戒指是和爱德华国王的雪茄等价的，为它欠下的债到二十一世纪都还不清呢。就这样他们前后争吵了一个月，使那条路上上下下的邻居烦不胜烦，我的婶婶也在其中，他们叫来警察，这才让两口子闭嘴。最后，牙医助理对他说，她愿意戴上这枚戒指。"

"那好，这还算是个不错的结局。"甲板水手说。

雷恩尔把半个山核桃的肉投入涂了口红的嘴里，发出窸窸窣窣的响声。"住嘴，我还没有讲完呢。牙医助理开始像那个铸铁厂文员一样，穿起牛仔衣和牛仔布料的超短裙来了。起初她老公还颇喜欢她的穿着，但是当她把头发的颜色染得和第一个姑娘一样时，他被吓呆了，她还说自己每个星期至少会梦见那个死了的姑娘两次，她醒来的时候，就看见对方现身在自己的穿衣镜里。后来，她连说话也和铸铁厂的那个文员相似，带着时髦的阿肯色鼻音。第一个姑娘是个乡村音乐迷，喜欢老曲子。真是不可思议，夜半时分，他妻子常常在睡梦中唱着歌把他吵醒，唱的全是厄尔巴索①的十一行诗，马蒂·罗宾斯的曲调。

"他认为所有的烦恼全都是起因于这枚戒指，于是他把老婆灌醉，当她呼呼大睡之际，他取下她手上的戒指，跑去坟场，准备把它放回那堆白骨之中。当他打开棺盖的时候，警察出现在他面前，问他在这鬼地方干什么，他告诉他们他想把一枚戒指放回棺材去。警察说，是吗老兄。结果，这家伙遭到起诉，被指控犯有六到八项对死者身体进行猥亵的罪行，然后死鬼姑娘的家属又对他提出六到八项民事诉讼。真的，这事给整个郡带来极大的精神创伤，使它的名声大大受损。审案的地方法官是那姑娘的叔叔，他判这小子入狱六年，而牙医助理则和这可怜的傻瓜蛋离了婚。最令人奇怪的是，从此以后她的头发颜色和穿衣样式不再改变，一直和那个死了的姑娘一样，她还开始去听乔治·琼斯的音乐会。最后，我听说她辞掉牙医的工作，到铸铁厂操作计算机去了。"

"雷恩尔，我的甜心儿，我希望你别说下去了。"焊工西莫努克斯一直没有说话，直到牌局进入后半段他才开腔。他是一个瘦削

---

① 得克萨斯州城市。

的路易斯安那州法人后裔,不像其他人那样嘴角上叼着支骆驼牌纸烟。他戴一顶印着圆点图案的焊工帽,帽顶高高地耸起,而帽檐转到脑后。他耸耸肩,对悉尼的故事不以为然。"这个故事简直让人毛骨悚然,我的后背上上下下都在发冷呢。"一根长条牛肉干在他法兰绒衬衫的口袋里隐隐约约地突起着,他抽出它,扯掉根部黏着的绒团,咬下一截在嘴里嚼。"但是,这狗屁金刚钻戒倒让我想起一个老兄来了,我认识他,他住在大克拉波特南面,在铁角岛近海的六号采油船上工作。一天,钻探工正在奋力下沉一根探测管,而我的朋友,一个下三滥的工程师,正在引擎室的马桶上拉屎。突然,管子在五英尺深的地方遇到沼气的强大推力,像饮料吸管似的从洞里反弹起来,敲击在船坞的顶上,又飞入空中,管子在它的连接处一分为二断开了。噢,这时候,我那朋友,他正悠然地在膝盖上摊开一本杂志,一根六英尺长的钻探管像梭镖一样投在舱顶上,然后穿了进去,扎入柴油发动主机。差不多半秒钟之后,另一根钻探管向他两膝之间飞来,击穿了他膝盖上的杂志《月度玩伴》,插入钢质的甲板中,对。他可能听到钢管呼啸而下,但是他跑不了,因为他的裤子绕在他的脚踝上,被夹在他大腿中间的钻探管钉住了。他想这样岂不是要光着没擦干净的屁股去丢人现眼,幸好,一个家伙跑进引擎室,用折叠刀割开他的裤子,解了他的围,他们两人跌下船,落到水中。我的朋友在波涛中挣扎,游向一个装着矿物质的大木桶，抱着它四处漂浮，结果被一条凶狠的食人鱼撕掉了几处皮肉，但这是他仅有的损伤。"

"哎哟，这家伙。"甲板水手叠起他的大腿。

"什么？"雷恩尔扔下五美元赌注的时候，抬头仰视着。

焊工也扔下他该付的赌注，他翻动罐里的纸币，像是在掂量它们有多重。"对了，因为他的伤，他请了一个精明强干的律师和保险公司的蹩脚律师舌战了一番，结果获得了一笔数目不菲的一次性赔款。他的梦想实现了，我的朋友一直想买一辆花哨的贵族车。他拿到钱后做的第一件事就是前往拉斐特买了一辆价格六万五千美元的奔驰。对，是这样的，他马上试开他的新车，让车轮沾满了泥浆。他把车开到摩根城，他所有的狐朋狗友都聚集在那儿，他不用怎么太吹嘘，就使他们中的一半人大为折服，并且自叹不如，"西蒙尼克斯摇着他狭窄的脑门，"他在那里拼命地炫耀，对，是这样。"

轮机长摊开贴在肚子上的一叠牌，转动着眼睛说："一辆新的奔驰？摩根城？狗……屎！"

"随你高兴，你再怎样说都无妨。一天，大约在凌晨两三点钟，我的朋友走到屋外，他像麝鼠一样哀号起来，你们猜他看到了什么？有人用铁锤的球形锤尖把他的车砸得遍体鳞伤，那是一把两号铁锤，凡是能留下坑痕的地方都留下了坑痕，仿佛它遭遇了一阵猛烈的台球风暴。第二天，他带着车子去让保险公司的职员查看。他们说车子的保险范围不包括人为破坏。他得自己花钱修理，要不就这样开它。

"但是，我的朋友为了买这车，一开始就花光了所有的钱，因此他无钱修理。当他飙车的时候，街上所有的人都朝他看，好像他是一个怪物，你们知道，他买这车就是为了出风头，为了引人注目。现在，虽然人们注意他，但那是以另一种眼光来看他，好像在说：'你想必是个第一等的大傻瓜，所以车子才会被人搞成这副鬼样。'就这样，在路人纷纷转过脖子对他的新车大加欣赏了一个星期之后，他带着醉意，跑到商店买了二十来罐黏结剂、胶带以及罐装喷漆。"

"不要说了。"甲板水手喊道。

"不，不。"轮机长看着他的牌说。

"结果怎么样？"雷恩尔问。

"对，是这样的，这个倒霉的傻蛋虽然醉得稀巴烂，但还是试图修复这辆时髦的欧式大轿车，他在车身上又是锉又是磨，足足折腾了一个星期，然后再喷上一美元一罐的喷漆。当他干完这活，这辆奔驰的外表变得像是被火烤过一样深深浅浅。他开着它在大克拉波特兜风，人们注意它、议论它，对它好奇的人几乎翻了一番。晚上他把车停在他的活动房屋外面，人们纷纷开车过来，把车停下，为的是欣赏这辆怪车。打给他的电话也开始接踵而来，说的无非都是'你看上去很喜欢你的车'，或者'你给你的车涂了什么糖衣？'等等令他心烦的问题。我的朋友最终拿出保险单，来看投保的范围，他看到里面写着车子被盗可以获得赔偿。

"所以，他开始把车钥匙留在车内，把它停在一个废弃的储木场旁边，可是在大克拉波特这地方，没有人会偷它。于是他又把车开到拉斐特，在汽车旅馆租了间房。对了，是的，他把车停在一个治安不佳的贫困小区，把钥匙扔在车里。"焊工用力摔下他手中的一墩牌，看着它们飞弹起来。"第二天晚上，他摇下车窗，车里插着钥匙，"焊工脱下头上那顶带圆点图案的焊工帽，用手指搔着他的黑发，"到了第三天夜里，他把车子堵在一幢颓屋的车道上，让发动机空转，还打开车灯。次日早晨，他发现车子被挪到二十英尺远的地方，发动机不转了，电瓶耗尽了，那车的模样可真丑陋不堪了。"

"接下来怎样了呢？"领航员狠狠地打出一张王牌，那股劲道连虫子也能被拍死。

"我的朋友，他打电话要我去，你们知道，他说他想要一辆标准排挡的二手卡车，还想让他的银行账户里有点儿钱。他的妻子已经离他而去，他的母亲抱怨他不去探望，他只好坐了出租车前往。如今，他无所事事，不是喝酒就是待在屋里发呆。我不知道该和他说些什么，他说他还要仔细推敲他的保险条款。"

"我要再下一城，"甲板水手喊道，"我不能错失这次机会，哎哟，真是好悬，我觉得我下面两个蛋像是挂在一台引擎的风扇皮带上呢。"

"闭上你的臭嘴！快出牌。"雷恩尔说着把一叠松散的纸牌推向甲板水手，"那个开奔驰的家伙最后怎样了？"

焊工戴上帽子，提了提帽顶。"对了，他的保险索赔包括所有的意外事故。于是，他把车停到屋后一棵粗大的长叶松旁边，他把树的吸根全部锯断。他拿着锯子干这勾当的那天，刚好是个大风猛刮的日子，一阵狂风吹来，就把松树给掀倒了，但是可惜啊，树是背着车倒下去的，那不是他想要的结果。"

"那么它砸到了什么没有？"

"把他的活动房屋砸得像个扁平的蟑螂，对，是这样的，他的乙烷炉爆炸了。然后，大克拉波特的消防车忙得到处打转，但是他们所能做到就是劈掉衣架和其他易燃物。因为他的老婆很久没有为他们双开间的活动房屋支付保险费，所以现在他只能将自己安顿在那辆奔驰里，带上一个露营用的炉子和一张野餐桌。"

"你不是在瞎扯吧？他住在车里？"

焊工郁闷地点点头。"多可怜的家伙，除了喝酒什么事也不做，终于把所剩无几的钱都花光。去年深秋的一个夜晚，一股寒流突然袭来，这你们总该记得吧？寒流把整个大克拉波特给冻僵了，你甚至可以听到田里的甘蔗冻得像爆竹一样噼噼啪啪地爆裂开来。我的朋友被人发现冻死在车里，他僵坐在驾驶盘后面。救护人员说，他眼睛是睁开的，凝视着汽车发动机的罩壳，好像是在启动车子。"焊工慢慢移动着他下翻的手掌，仿佛它就是那辆向地平线驰去的大轿车。所有人的目光都跟着它移动，持续了好一会儿。

"换一副新牌。"轮机长喊道，扔出他的最后一张王牌，眼睁睁地看着它被一张J吃掉。"尼克，你这个小拉丁佬，把那副蓝色的新牌给我。"加油工，这个来自新奥尔良西岸、性格沉静、皮肤呈橄榄色的男孩把一盒新的扑克牌推了过去。"新的纸牌，新的好运，"轮机长对他说，"你知道，以前我常常和一个肥胖的老姑娘约会，她住在比洛克西南部的一个加宽的活动屋里。我的老天爷，她可真是个贪吃的女人，当我要她节食的时候，她问我为什么，我告诉她，我担心她的脚脖子直径快要超过十三英寸了，想必是这话引起她的重视，她开始进行减肥食疗，还做一些室内的运动项目，弄得她那间活动房屋的地板和横梁吱吱呀呀响。我听说她真的变苗条了，她有一张漂亮的脸蛋，这我承认。她开始去酒吧买醉，没多久她就在那里认识了一个奶牛养殖户，此人向她求婚，她答应了。"

"是一个牧场主那样的奶牛养殖户？"雷恩尔问，她用舌头顶着她的脸颊，像是含了颗硬糖。

"我说什么来着,在比洛克西,谁会关心一个该死的牧场?这个老姑娘养成了吃牛排的嗜好,这也难怪,谁叫她老公是一个奶牛养殖户,他们有的是牛呢。她特爱吃T字牛排,渐渐胖得像是一头注射过激素的母猪。一年以后,她减肥时甩掉的赘肉又源源不断地回来,并且有增无少。我听说在她老公宣布要和她离婚之前,她吃掉了农场里的一半奶牛,她对她丈夫说她该得到他的半个农场。她丈夫爽快地回答,好,就这么办。如果有谁想通过她来卷走她丈夫的一半财产,这倒是个不错的主意。她和一个油头滑脑个子矮小的律师勾搭上了,那律师是韦弗兰人,他果真得到了她丈夫的一半财富。法院判决以后,他带着这老姑娘出去吃晚餐,庆贺他们的胜利。后来事情又发生了变化,在她的公寓里,两人因为动手动脚的调情而兴奋起来,我敢打赌,他们肯定是一起从床上滚了下来,而且她压在上面。律师断了三根肋骨,伤掉了一只膝盖。经过一年治疗后,他控告她获得成功,顺利地得到她的半个农场。"

甲板水手甩回他的头,哈哈笑了起来。"双重勒索,如果曾经存在过的话,那就是这个了。"

"喂,故事还没有结束呢,小个子律师打电话给那农场主说,'我们即将成为邻居,难道你不想向我赐教,哪个地方适合盖座房子?'他们开始交往,而且甚为投合,就像是一对多年的酒伴。两个月以后,他们决定联手经营他们的生意,一起把奶牛的数量翻了一倍,特别是自从他们消灭了那些凶猛的食肉野兽以后,牧场更见兴旺。"

雷恩尔的两条眉毛向着眉心紧缩,就像是暴雨前的一片小小的云砧。"嗯?"

"嗯什么?"轮机长搔着他的一个胳肢窝。

"那个倒霉的女人怎样了?"

所有的男人都不安地相互环视。他们都知道雷恩尔曾经用一口做玉米粉面包的平底锅将圣吉纳维芙号上的一个锅炉修理工打成终身残废。

"我听说她再次节食减肥,把体重又减回到一百二十磅[①]。"

"对女人来说,这是可怕的事情,"锅炉工说着,伸出三根手指要去抽牌,"和她们结婚就像把棉花包上的钢带剪断,首先,你得有思想准备,你会得到一个把房间占得满满的胖女人。"

雷恩尔瞪着眼睛。"去你的,看我不拿盐倒在你身上,让你融化才怪。"

轮机长发出一声叹息。"好了,尼克,你这小子是唯一没讲过故事的人,快让我们听一听你的胡诌,精彩一点。"

稚嫩的润滑工连忙低下头。"我真的什么也不知道。"

[①] 1磅约合0.45千克。

"什么，"雷恩尔说，"没有一点奇谈怪闻，那还算个男人！西莫努克斯，检查一下他的两个蛋，看看他究竟是男是女。"

润滑工涨红了脸，对自己手中的牌皱着眉头。"对了，那个奶牛的故事倒使我想起一些事情，那是某一天我在艾伦港玩扑克机时听人说的。"他说，头上一束长长的黑发挂下来，碰到了他的眼睛。"那是一个名叫冈萨雷斯的墨西哥佬，他在马塔莫罗斯工作，和奶牛打交道。"

"又是一个奶牛养殖户。"甲板水手嘟囔着。

"住口，"雷恩尔说，"这是他的姓？还是他的名？"

"嗯，两者都是。"

"什么？"雷恩尔向他扔过去一张牌。

"噢，雷恩尔女士，你知道这些墨西哥人是怎样取名字的。这个家伙名字是冈萨雷斯·冈萨雷斯，中间还带着一串名字。"润滑工说话的时候，雷恩尔竖起耳朵听，润滑工的新奥尔良口音让她有时候听不准确，那口音在她听来和布朗克斯的土音很相似。"他是一个聪明伶俐的农民，获得了得克萨斯州的合法身份，工作了几年，他和他的妻子都归化成为公民。"

"他老婆的名字叫什么？"领航员问，"可是叫玛丽亚·玛丽亚？"

"喂，你到底是想听还是不想听？"润滑工将头发从眼睛上撩开,"他待的地方畜牧业正在萎缩,所以他想找一个有机会的地方去发展,定居。于是他来到得州的冈萨雷斯,但是那里不好找工作,他拿出地图,在路易斯安那州的冈萨雷斯上涂了个圈。"

"就是那个粗俗的地方吗?就是到处都是跳吉特巴舞的下流酒吧的那个地方?"

"是的,那里有很多黑人,很多油田钻井工人,但他们不是墨西哥人。可以肯定,早在一百年前,冈萨雷斯家族就移居到了此地,现今他们多半还说法语,喝加了秋葵荚的肉菜浓汤。冈萨雷斯·冈萨雷斯找到了一个职位,为名叫冈萨雷斯的两兄弟打工,他们虽然都是律师,但另外还经营了一个马场。他被安顿住在冈萨雷斯街上的一间公寓里,在火车站再过去一些。"润滑工注视着刚刚捏到手里的一叠牌,慢慢将它们以扇形展开。"你们知道那里航空公路上的警察有多无法无天?这个冈萨雷斯心情郁闷,而他的车就像一节破旧的吸烟车厢,终于,一天他在去巴吞鲁日的路上被警察逮住。警察站在他的窗外说:'让我看一下你的驾照。'冈萨雷斯说,他的驾照放在家中的衣柜里,忘了带出来。警察抽出罚单本子说:'你姓什么?'他回答:'冈萨雷斯。'警察又问:'你的名字叫什么?'他告诉警察。这个警察斜靠在车窗上,用鼻子吸着气。'好,冈萨雷斯·冈萨雷斯。'警察说,他看上去真的上了肝火,'你住哪里?''冈萨雷斯。'他回答。'好了,鬼东西,下车!'而他却让自己紧紧地靠在车门上。'你的雇主是谁？'警察问。冈萨雷斯看着他的眼睛说：'冈萨雷斯和冈萨雷斯。'警察把他扭转过来，他的头砰地撞在车顶上，警察说：'对了，我知道你可能会说你住在冈萨雷斯街，嘿，你这个狗娘养的混蛋。''是一二二六号，E公寓。'冈萨雷斯说。"

甲板水手用他的一手牌遮着他的眼睛。"这真是个不幸的臭小子。"

"是的，他挨了揍，坐了牢，直到冈萨雷斯两兄弟跑来把他领回去。大约一个月后，警察又抓了他，他可是吃足了苦头，当他在银行申请一笔小额贷款时，他们把他轰到街上，当他试图申请信用卡时，信用卡公司打电话给联邦调查局探员，让他们来调查他这个诈骗犯，没有人会对他的支票兑付现金，第一年他填了州税和联邦税，三辆政府部门的车停在他的车道上足足一个星期，没有人相信他是冈萨雷斯。"

"他肯定像被阉了似的一蹶不振。"焊工一边说一边抽了四张牌。

"我不这样认为，老兄，他知道他是谁，冈萨雷斯·冈萨雷斯知道他是在美国，在美国你可以做你自己能做的事，不像在墨西哥。所以，当交通警给他制造麻烦的时候，他就把车卖掉，改踏自行车，当银行不让他使用支票时，他就用现金，当税务员拒绝他的存在时，他就停止付税。老兄，他努力工作，节省每一分钱。一天，那是个真正的大热天，他步行去冈萨雷斯，因为他自行车的一只轮胎漏气了。他到了鼠巢酒吧，要了瓶根汁汽水，酒客中不少是来自得州西部的酒鬼，在家乡节衣缩食，为的是来这里找酒吧女招待取乐。一个家伙走到冈萨雷斯跟前，问能否请他喝点酒，冈萨雷斯应诺以后，酒保拿来了一瓶威士忌和一瓶根汁汽水。那牛仔肚里灌满了酒和毒丸，眼球红得简直可以点燃一盏喷灯。他用手臂挽着冈萨雷斯，问他叫什么名字。你们知道，当他听到他的名字时，脸孔顿时板了起来，就像是受到嘲笑或侮辱什么的。他又问了冈萨雷斯两个问题，然后开始凶巴巴地咒骂起来。他从身上那件用下等牛仔布制成的夹克里掏出一把科尔特手枪，把它塞进冈萨雷斯的嘴里。'你开我玩笑，老兄，'那牛仔对他说，'你告诉我你是来自冈萨雷斯的冈萨雷斯·冈萨雷斯，你住在冈萨雷斯街，你为冈萨雷斯和冈萨雷斯打工，对吗？'那墨西哥佬眼盯着枪，我不知道这时他脑子里在想些什么，但是他点着头，牛仔往外抽了抽他的家伙。"

"该死。"焊工说。

"我不想再听了。"雷恩尔将一叠牌拍在耳朵上。

"嘿，"润滑工说，"让我告诉你们吧，他知道自己是谁，他指着收款机旁边的电话簿，片刻之间，酒保翻开它并把它递给那个牛仔。果然，按照美国的方式，冈萨雷斯的名字被列在电话簿里，还列有街名和其他所有的信息。那牛仔从他嘴里把枪抽回，哭了起来，就像一只古怪的蜗牛。他对冈萨雷斯道歉，还把手枪交给冈萨雷斯，他说他的女朋友离开了他，他的狗也死了。冈萨雷斯觉得也许事情另有蹊跷，他跑到街上召来了警察，两个月后，他获得了六千美元，这是告发那罪犯的奖金。警方最后查明，那家伙在拉雷多杀死了他女友，还杀死了他的狗。因为那把科尔特手枪，他另外还得到五百美元的奖励。他搬到巴吞鲁日，在那里他开创了二手车的邮购业务，生意做得火红，现在发展成商品特许经销处。"

司炉工咬着他的手指说："是 G. 冈萨雷斯旧别克车行？"

"正是，老兄。"润滑工说。

"就是广告中那个面带微笑的富翁？"

"正如我说的，"加油工扫视着所有在座的人说，"他知道自己是谁。"

"马利亚和约瑟啊，每个人的运气都在这一回合里了，"领航员喊道，"黑桃是王牌。"

"也该作个了断了。"焊工说着在一堆红方块上放上了一张黑桃八，他赢了第一墩牌。

"别得意，你这头皮包骨头的瘦驴[①]。"雷恩尔说，她出的最后

[①] 原文为法语。

一张牌是黑桃十,她揽下了第二墩牌。

"难道我会得到这笔庞大的巨款?"轮机长喊道,"这堆钱一定不会少于六百五十美元。"他扔下一张黑桃九,赢了第三墩牌。

"来了,这墩非我莫属。"雷恩尔把手上的牌举得高高的,抽出一张,砰地打了出来,是一张J,她赢了这第四墩牌。她已经赢了两墩,就差最后一墩了。最后一墩她先打出一张黑桃老K,然后紧张地盯着别人出牌。

领航员将他的手合在一起祈祷着:"求求老天,有人手里有一张A。"他打出了自己的牌,定下神来关注其他人出的最后一张牌,可是没有谁的牌比雷恩尔的老K更大。这时雷恩尔跳了起来,就像一条被钓起来的马林鱼,差点儿都要把桌子给掀翻了。她叫喊着,在引擎室掺和着蒙蒙蒸汽的空气里挥动着她圆滚滚的双臂。"有生以来,我还从未赢过这么多钱。"她兴奋地喊着,把桌上堆到齐腰高的纸币和硬币扒了过来。

"你会用这些钱做什么?"润滑工问道,他不敢相信眼前的事情,转动着头上的帽子。

她开始把钱塞进系在她工作服外面的围裙的口袋里,只塞了一半就满了。

"我要去买一件嵌银的衣服,再买来回拉斯维加斯的廉价机票,在那里,我能够玩一些高级的赌博,不再像现在,和你们这些老男人、和你们这些懦夫玩这类一便士的小儿科游戏。"

五个男人起身去减轻他们膀胱的压力，或者去吸烟，或者去找一些什么喝的东西。领航员也站起来，然后斜靠着一根支撑保温管道的立柱。"真见鬼，我们所有的人都想去拉斯维加斯，你会不会带着我们中的某个人一起去？那可是赌徒的圣地啊！"

"老兄，我是要去和那些绅士赌一把的，不是农场主，也不是奶牛养殖户。"她折起一叠纸币放进臀部的口袋。

尼克，这个年轻的润滑工用手搔着脑袋，向后仰着头，闭上眼睛。他想知道，在拉斯维加斯那样一个浮华的地方，雷恩尔会做些什么。他想象她穿了件西尔斯的长礼服进入赌场，周围挤满了穿短裤和穿运动鞋的游客。她大概喝得太多，也吃得太多，看上去她的长礼服里面像是塞满了鼓鼓的现金。当她把所有的钱输光以后，她和一个二十一点牌戏的发牌员争吵起来。然后她被赶到街上，她卖掉自己的机票以后，又回去打老虎机，直到输得身上分文不名。她出了赌场，走到霓虹灯遍布的大街上，她的银色小包被一根长长的缠结不清的背带拖着，挂在她的肩上。她脚上那双银白色的鞋有一只后跟掉了。最后他看见她在滚滚的热浪中步行穿越沙漠，前方出现的是隐隐约约的山脉，后面传来的是车辆在纵横交错的乡村道路上发出的隆响。等到她完全清醒过来，才想到拦车搭乘。终于，她搭上了一辆载着"耶和华见证人"信徒的小型轿车，他们是去巴吞鲁日参加集会的。这辆车没有空调，始终保持中档车速。每开三十英里，车子就会过热，他们便下车，站立在仙人掌中间祈祷。雷恩尔诅咒他们，而他们则为这个皮肤晒得通红、穿着金属衣服的大个子女人祈祷，祈祷她坚强一点儿。沙漠在她前面伸展，仿佛通往世界的尽头，那是一个炎热而遍地岩石的地方，像梦和海市蜃楼一样虚空，她可能不会活着从那里走出来。

＊译者小记

最近收到胜祥兄来信，谈到打算编辑新的一期《零度写作》，并征询我有什么可以和大家分享的文字。于是，我想到了这篇译稿，因为就我而言，这篇译稿不单是一个短篇故事，它还深含着我对已故挚友家玮兄的思念。

二〇〇八年初夏，那是我移居纽约的第十个年头，我决定将我去国后的第二次返乡之旅安排在该年十月。可是后面几个月的等待让我不堪其苦，在思乡病和怀旧情绪的夹击下，我时常陷入莫可名状的焦躁、不安和骚乱之中，因此我想我必须找些事来排遣这些难挨的时日。就这样，我着手翻译手头这本美国当代作家蒂姆·高特罗的短篇小说集，借以让自己的业余时间消耗在对译文的字斟句酌上，以致无暇他想。

终于等到金秋送爽的十月,在上海浦东机场,我甫下飞机就立刻沉浸在朋友们的醇厚友谊中。当时,家玮兄就是夹在熙熙攘攘的接机人群中首先撞入我眼帘中的一个。

紧接着朋友们以各种各样的形式安排聚会,为我这个异乡客子接风洗尘。记得在一次聚会上,家玮兄坐在我的右侧,闲聊中,家玮兄问我近来做些什么文字。我对家玮兄的发问实感惭愧,我说苦于文思枯竭,写不出东西,为消磨时间只好拿一本美国短篇小说集试着翻译。我本想一语带过这个话题,不想家玮兄却对此十分在意,他谦和地向我探问这一本小说集的风格特点。我看得出,他那期待的眼神中饱含着对朋友的关注。我深受感动,禁不住将这个话题深入下去,我说这是一个美国当代作家的作品,他的小说有很浓厚的路易斯安那州乡土味。在家玮兄的进一步鼓励下,我便以这篇《赌桌上的调味酒》作为例子,来说明这位作者的作品有题材别致、构思新颖的特点。因为《赌桌上的调味酒》刚好是我返沪前夕译完的,所以它的故事内容当时还清晰地留在我的脑中:七个因天气缘故困在船上的船员,在打牌消遣时每人讲述了一则怪诞离奇的见闻。我乘兴介绍了这篇小说的梗概,并且较详细地复述了其中几个我觉得有趣的故事。这时,家玮兄兴致依旧盎然,专注地听着,他的脸上泛起由衷的笑容,眼神中流露出鼓励和赞许。他诚恳地对我说,以这个短篇来看,这本小说集颇有意思,希望译作能早日脱稿。

造化弄人,我从申城回到纽约才没几天,就惊悉家玮兄骤逝的噩耗。面对挂在陋室墙上的那帧家玮赠我的墨宝——"但愿人长久,千里共婵娟"——我泪水盈眶,内心不胜其痛。在很长的日子里,我万念俱灰,抛笔弃纸,远离电脑,无意于世间的任何事情。我觉得人生虚幻无常,太不可把握了,一切的一切,包括任何曼妙的文字都是毫无意义的空洞。但是在我脑中,怎么也忘不了那天家玮兄听我叙述《赌桌上的调味酒》时的眼神,那种对朋友关注、肯定、鼓励、期待的眼神。渐渐,这眼神像是成了对我的一种催促和鞭策,成了我重返电脑,完成这本小说集译稿的动力。

家玮兄虽然离开了,可是他的精神永在,他的人格人品堪为我们的楷模。他对自己,对自己在文字上呕心沥血的付出,对自己默默为朋友所做的一切,总是那样谦虚低调,毫不张扬。而面对朋友的点滴成绩,哪怕是一个不起眼的亮点他都十分在意,总是用欣赏的眼光来挖掘,予以鞭策鼓励。斯人已逝,风范长存,谨以这篇译稿作为对家玮兄的一种追忆和纪念。

梅兰·勒布朗求婚记

午饭过后婴儿睡醒了，她的外祖父把她移到沙发上，用汤匙喂她食物，直到她反胃，把进嘴的食物吐到他的身上。他想他的女儿也没有留下什么玩具让他哄孩子，于是把一块毯子铺在地板上，打开电视机，然后走出房间。仅仅片刻工夫他便返回，看见婴儿把电视机的电线咬在嘴里，这使他甚为苦恼，因为他知道自己被彻底拴住了，他必需寸步不离地看着孩子。婴儿盯着他，他也凝视着婴儿。他走进卧室，在壁橱里的一个盒子里摸索翻捡，那里放着他的双筒猎枪子弹，他拿了大约二十颗回来，给孩子当玩具玩。它们中有各种各样的牌子，艳红的是雷明顿，绿色的是联邦，黄色的是温彻斯特，还有一颗橙色的全塑弹丸，是他在沃尔玛超市买的便宜货。这些子弹防水，而且体积大，不可能被婴儿吞下，所以他认为它们绝对安全。

十点钟的新闻播报过后，他一口气喝了一杯草莓酒，他喜欢这样喝酒，这酒在他胃里会产生一种强烈的医疗作用，让他的身心得到彻底放松，然后他一上床就能够很快进入梦乡。两个小时之前，他对着外孙女唱歌，为她催眠，让她安然入睡，在他的记忆中这是他有生以来第一次唱歌。也许他在部队服役的时候唱过国歌，但是他记不清了，不能确定是否有过这事。他对摇篮曲一无所知，他唱的是《你的假心假意》。他躺下，正在迷迷糊糊将要入睡之际，床头柜上的电话响了，他猛地跳起，因为他担心熟睡的婴儿被铃声吵醒。

电话里传来低沉和悲戚的话音，是警察在作公务陈述。那人告诉梅兰，大约四点钟光景，他女儿乘坐的那架小飞机在墨西哥海湾上空遇到一片雨云，当它倾斜着向下冲出这片云层时，不幸和旁边一架蒙罗维亚的货运飞机相撞坠毁，事故发生在离海滨一百英里的水域。

梅兰在黑暗中坐起来，摇着他的头，他想他正在做一个噩梦。"我的女儿在哪里？"他问，他的声音嘶哑，带着睡意。

"救援船上的工作人员为营救幸存者，在海上足足搜索了两个小时，"电话里说，"飞机是俯冲以后笔直坠落下去的，救援人员获悉了飞机的代号，我们据此在新奥尔良的湖滨机场查到一份旅客清单。"那声音又继续说了好几分钟，告诉梅兰早晨他会再打电话来，然后就挂断了。梅兰下了床，拧开灯，走向婴儿睡觉的简陋小床，对着孩子喃喃低语，这时他还没有被悲痛击垮。婴儿不会知道她的妈妈此刻已沉入海湾的绝底，旁边躺着一个飞行员，那个只会吃饭玩女人不会做事的寄生虫，那个把飞机轰隆隆地开到海里去的混蛋。他没有愤怒，也没有悲伤，他只是无比惊愕和无奈，他的所有孩子，总共三个，现在竟然都死了。小梅兰死于醉后坠桥，约翰·T在一个扑克牌局上被人用枪打死，此刻，露西又从天上掉下来了，像一颗埋在飞机白色残骸里的炸弹。

失去头两个孩子曾经使他痛心疾首，但是他尚能克制，将悲哀隐藏在心灵深处。但是此刻，他意识到他生活中一个不可避免的变化来到了，那感觉就像一个人进入老年后被征兵入伍。他看着毯子上那个长着金发的小脑袋，一阵不可遏制的恐惧压倒了他。他想，他能为她做些什么呢？

他回想前几天，当他把那辆老旧的拖拉机开进屋子边的披棚时，发现他女儿在门廊里等他。他摇摇头，不管什么时候，只要一看见女儿斜靠在台阶旁的柱子上，不用进屋交谈他就知道，女儿准是有了为难之事，来打他的主意，让他帮忙挑着。他移开自己的目光，让它们落在外面的农田里，草莓的收获期已经过去了，土地被剖开，露出黑色的沃泥，枯萎的植物全让圆盘耙给翻到底下。这时，他所期待的是一杯浅浅的草莓酒，是一个小时的电视新闻，或者是自家小木屋的凉爽。也许，什么都不是，他想道，朝女儿瞥了一眼。

即使他们处于可以低声说话的距离，她还是大声喊他。他五十二岁，从来没有哭过一次，或者至少可以说，他不理解人们为什么会陷入令他们哭泣的困境。但是在最低限度上，他对自己的女儿还是了解的，她是他的第一个孩子，三十四岁，结过两次婚，先后被她的两任丈夫抛弃。她还是个酒鬼和瘾君子，曾经戒过两次毒，现在有一个七个月大的女儿，是她和她在新奥尔良酒吧相识的一个比利时游客生的。梅兰是这样一个人，他认为地球是一个让一切事物按逻辑运行的所在，所以诞生在地球上的人都具有符合逻辑的思维，同样，呼吸和进食等能力是他们与生俱有的，用不着费心去教化。

他走过那棵茂盛的圣奥古斯丁树，它长在门廊的旁边。他看着女儿，他女儿污垢的金发梳在后面，束成一条老气十足的马尾巴。她的眼袋松松地坠下，眼睛里闪烁着一种隐痛。她用那双恍惚不安的眼睛看着他，这种眼神是他以前见过但从没想到要去理解的。"你来吃午饭？"他问道。

"不，爸爸，我喝过一杯咖啡，待会儿再吃点儿烤面包就行了。"她的双手插在牛仔裤的口袋里，梅兰注意到，她穿的不是工作时穿的牛仔裤，而是一条她称之为"预磨"的牛仔裤。他想，可能是因为人们太懒惰了，以致无法穿旧自己的衣服，所以要预先用机器把它们磨旧。"宝宝在屋里沙发上睡着了。"

"噢。"这是他走到女儿前面用手按在纱门上时嘴里发出的唯一声音。

"爸爸，我来这儿是因为我必须离开两天，我的意思是待在庞沙图拉我无聊极了，简直让我发疯。"

他停下来，看着她，手握着纱门的把手。"还有呢?"他问。

他不能理解他的孩子们，但是像现在一样，他懂得在和他们谈话时使用"还有"这个字眼。他大概一年去看他女儿五次，尽管她的住所离他只有三英里之遥，她住在一个复合式的屋子里，那是政府为低收入人群兴建的住宅，她有幸入住。总之，每当她在他眼前出现时他总会说一声"还有"。

"还有，在我离开的时候，我想让你帮我照看苏西。"她说，微笑中带着对遭受拒绝的忧虑。

他朝屋里看了看睡在沙发上的婴儿，回过头对她说："让莫纳来照顾她。"

"莫纳的老公找不到活，所以他们搬到佐治亚去了。"

"那就让多琳来。"

"多琳要收钱，可我没有钱。爸爸，你看我带来了宝宝的食物和要用的尿布。仅仅两天而已，我知道今天你已经干完田里的活，所以你有的是时间。"

"我照看不来这么一个丁点儿大的小东西。"他抗议道。这时,他女儿哭泣起来,她喋喋不休地数落他从没真正帮助过她,诉说她怎样好不容易在拉普拉斯认识一个航空公司飞行员,他想带她飞往墨西哥待上两夜,还唠叨着其他杂七杂八的事情。烦得他举起一只手在他银白色的头发上搔动,他对女儿说:"去吧,去吧,不要多说了。"他不想再听她又和什么二流子混在一起的消息。他想告诉她,她正在犯一个错误,但是话到嘴边又忍住了。他总是随着孩子,他就是这样一个人,从不在事先给予孩子忠告和警示,而只是在事后对他们离经叛道的举动大为惊愕。

以前,他曾经有过一次照看苏西三个小时的经历,据此经验,他觉得两天里面只要喂饱她和擦干净她的小屁股就行了。他想,这不比对付一条小狗更麻烦。他走进屋里去,女儿把脸贴到纱门上对他喊道:"这就对了,爸爸,等我回来我会为你做一大锅虾肉秋葵浓汤,和妈妈做的一样美味。"

"好。"他对她说,在这一瞬之间他想起了死于六年前的妻子,他仿佛看见她就站在炉边,在一口汤锅里搅动着。

"好了,如果宝宝哭了,可千万不要生气,"她说,"记住,仅仅两天。"

"好。"梅兰大声嚷道。他走进幽暗的厨房,为自己准备午餐吃的夹肉三明治。

撞机事件的第二天早晨,他让婴儿起床,然后喂她食物,轻轻拍她的背让她打嗝。他闻到她身上有一股酸味,于是把她放到那只有爪形脚的大浴缸里,用卫宝牌肥皂为她洗澡,她扭动着,老是从他手指里滑出去。最后总算顺利,他把她从一堆肥皂泡里抱起来,像对待一只小猫一样将她擦干。因为天气暖和,他仅仅给她裹了块一次性尿布。电话铃响了,又是警察打来的,告诉他警方正在进行搜索,但是飞机毕竟是在一千英尺高的水域上空失事的,所以目前还不能确定飞机坠海的准确位置,也无从详尽提供其他令人沮丧的消息。梅兰坐在门廊前面的摇椅上,让婴儿在他膝上玩弄一颗温彻斯特牌猎枪子弹。他想回忆一些他女儿婴儿时代的情景,可是他想不起任何事情。他妻子照料孩子就像他喂养圈在拖拉机披棚后面的猪一样,只管他们的吃喝。他想知道,像喂养动物一样照料孩子是对还是错,毕竟你不能向动物去解释怎样去做应该做的事情。时光流逝,孩子们日复一日地过着饭来张口、衣来伸手的生活,要吃,可口的美食就端了上来,要睡,舒适的被褥早就准备好了,然后,时候到了,便依次去遭受死亡的打击。想到这里的时候,他用手捂住了眼睛。为什么必须教孩子们明白事理?为什么他们不按逻辑行事呢?

当十点钟他父亲走进院子的时候,他还在摇椅上摆动。他父亲艾蒂安·勒布朗，七十五岁，虚弱而且健忘，这种状况已经有二十年了。他在门廊里的另一张摇椅上坐下，梅兰告诉他有关露西的事情，老人哭了，他瘪起嘴嚼着一块他从工作服里抽出来的大手帕，而这时梅兰却在注视他的拖拉机，思忖是不是该给它换油。过了一会儿，婴儿被抱到她曾外祖父手里，站在他膝上玩弄着他围裙上的铜铆钉，像采草莓一样想要把它们拔起。

"爸爸，"梅兰问，"为了这小东西，我该做些什么呢？"

他父亲是一个秃了顶、但背部挺拔的老人，身上长着太阳晒出来的雀斑，骨架挺大的。当婴儿用她的拇指按在他的大鼻子上时，他做了个鬼脸。"你只有一件事要做。"

"做什么？"

"你必须结婚，我们谁也照料不好苏西。"

梅兰眨着眼睛。

"还有，对方要比你年轻一点儿。"

"我可以请个人来做饭、搞卫生。"

老人把婴儿放在他左臂弯里，狠狠看了儿子一眼。"我不是在谈论一个搞清洁的女士。"他大声说。他上面的一块假牙啪的一声掉了下来。"你得去找一个你喜欢的人。"

"什么？"梅兰对他父亲投以怀疑的目光。

艾蒂安凝视着他儿子的眼睛有好一会儿，然后向后靠在摇椅背上。"噢,见鬼,我忘了我是在和谁说话。"

"嘟。"苏西嘟囔着,吮着从老人工作服悬落下来的一根烟草残片。

在以后的两个星期里,梅兰到哪儿都得带着女婴,直到他对自己无论什么时候都得拖着一只别扭的大翅膀感到累赘,他才停下来。他用汤匙喂她吃饭,在大浴缸里手洗她的衣服,再把它们挂起来晾干,在午睡的时候确认她睡着了才离开,到下午五点钟,一听到她醒来后的哭叫,便赶快跑去哄她,把她抱在自己的腹上看电视新闻和《财富之轮》节目,还为她买了个围栏和可以含在嘴里的塑料玩具,晚上就寝的时候,给她唱歌,在床边拍着她,哄她入睡。然后,只有在晚上八点之后到自己上床之前这段时间,他才有可能读报纸,或调换卡车的空气过滤器,要不自己洗一个澡松弛一下,到第二天早上六点钟,一切又得重新轮回一遍。想到他的亡妻,他感到愧疚。在第十四个夜晚,他对他父亲的话认认真真想了很久,之后,他作出决定,他至少应该试着和一个单身妇女谈谈。第二天是星期六,他准备晚上出去,一早他打电话给他父亲,要他过来照看苏西,大约下午五点钟,老人伸开手足靠在沙发上,婴儿用一只塑料锤子击打着他的头。梅兰在大浴缸里洗了一番,他打开放医疗用品的柜子,想寻找一些气味好闻些的化妆品。他找到一只掉了标签的绿色瓶子,将它倒过来拍出一点儿液体涂在脸上,他的脸顿时像被火烤过似的火辣,他想起来,这瓶东西是他妻子买回来的脚用擦剂。他想起他妻子经过一天停车棚里的劳动和厨房里的烹饪,到了晚上便会用它来擦拭那双白皙的脚。他赶紧用水洗了洗脸,又找到一个椭圆形的蓝色瓶子,用鼻子小心翼翼地嗅了嗅,然后把它泼在身上。他看见一瓶带有颜色的发油,用一团扭成条状的报纸塞着瓶口,他把它们抹在头发上,直到他的银发光亮可鉴。在卧室的壁橱前,他站着穿上他的短内裤,他犹疑着,不能确定外面穿什么才能够吸引女性的目光。除了卡其布的裤子和衬衫,他只有两条绿色的双平针编织便裤,一件白衬衫,一件橙色的针织衬衫,一件胸口绣着一只小动物的黄色针织衬衫。梅兰从衣架上拖下那件黄衬衫,挨近仔细察看,这才弄清楚绣在上面的动物是一只袋貂。

他拿掉搁在卡车座位上的种子目录和打栅栏用的 U 字形钉子。驱车来到庞沙图拉,那里的红莓酒吧亮着霓虹灯招牌,他的眼睛被这若梦若幻的灯光吸引过去。他走进去的时候,一个和他相邻的农场主阿洛伊休斯·佩兰正在舞池那边乐着,认出他来,于是站在发出强烈节奏的电唱机边喊叫起来:"喂,看啊,我们的克拉克·加布尔也来红莓酒吧了。"梅兰尽管很反感,但还是咧着嘴笑了起来,他不好意思地低下头看着紧绷在身上的黄衬衫和绿色的便裤。他的几个朋友都在吧台上,他在他们中间消磨了大约一个小时,因为对于那些没有吸引力的女士他懒得搭理。终于两个女人走进来了，她们是格拉迪斯·布德罗和她的姐姐，她们占据了电唱机对面的那张桌子，两年前格拉迪斯的丈夫死于心脏病发作，她比梅兰小十岁，他想她可能也是来寻觅对象的。他在电唱机上放了支慢步舞曲，走过去邀她跳舞，她拒绝了，说她不想跳舞，她告诉他她们来这儿仅仅是为了喝点儿啤酒，她和她的姐姐正在为明天晚上的哥伦布骑士舞会忙活，要准备一锅五加仑的香肠秋葵浓汤，此刻她们出来偷一下闲，歇口气。

"但要是你愿意，可以去我们那儿，就在旁边一个街区，来帮我和姐姐把汤料舀到汤锅里。"她说着向他投以一个勾人心魄的微笑。他跟着这两个女人到了她们家，发现她们确实需要一个男人来帮忙，把这五加仑的大锅从大型炉灶的后炉头上端下来，放到一张矮桌上。他帮完忙之后，她们盛了碗菜肉浓汤给他，让他坐在厨房里吃，这时，他觉得自己就像一条流浪狗在享用人们的施舍。显然，这菜肉浓汤是用廉价的香肠做的，他的碗面上浮着一层足足有四分之一英寸厚的油脂。

"对不起，格拉迪斯，我想问一下，你在加入香肠之前是否炸过它？"

"没有，为什么要炸？我们这样做没错吧，你说呢？"

他舀了一大汤匙光亮的油脂倒在碟子里。"是的，没什么不对，这样很好。我只是想知道,如果你们先炸一下香肠,让它溢出一些动物脂肪,然后再下到汤里,这样的话,吃起来是不是还会这么油腻?"

"喂,那不是脂肪,那是菜汁。"

"菜汁。"梅兰以怀疑的口吻重复她这个词。

"是的,有点儿像调味汁,好了,不要那样看着它,你只管拿起汤匙吃光它就是了。"她又对着梅兰露出微笑。这使他有点儿不好意思起来,他希望还能帮她做些什么。他想,她是否需要他来擦洗这口大锅,然后把它放到厨房置物架的顶层。

他注视着眼底的菜肉浓汤,突然他明白过来,为什么她老公会死于心脏疾病。他皱着眉慢慢吃着,心里在为所有参加哥伦布骑士舞会的朋友担心。

然后他返回红莓酒吧,在那里阿洛伊休斯介绍他认识了一个皮肤白皙的金发女人,她名叫艾丽斯。他们跳了几支舞,然后坐到靠柜台的桌旁,她告诉他自己的生活经历,告诉他她亡夫的生平故事,还告诉他她四个儿子所面临的法律纠纷。他听着,心有些冷了下来,他想,到了像他这样的年龄,要是和什么人结婚的话,没准就会使他成为几个年轻男女的父亲,要不了多久,他们就会伸手跟在他后面要这要那,甚至还会要他付他们的车辆保险。尽管梅兰这样想,但是他还是对艾丽斯谈了自己的情况,尤其是谈了他的外孙女。听后,她做了个鬼脸说:"好吧,老实说,我可不想围着一个整天哭闹、连屎尿都要别人管的小孩打转,我早过了做那事的年龄。"他喝完他的啤酒,说了声对不起就起身离开,他向柜台走去,站在旋转灯箱下面观察酒吧的其他来客,他们约莫有二十来人,年纪都和他相仿。红莓酒吧是一个以服务老年族群而闻名遐迩的酒吧,在乡村的一些地区,人们把它称之为小旅馆。他知道,现在来这里取找乐的人和韩战刚结束后来这里排遣的人有大致相同的际遇及背景。他认出了格温·翁热龙,她的丈夫死于渡船相撞事故,她挥动着一只手,不断地调整自己的步子去适应她的舞伴。于是,他在烟雾腾腾和强劲的西部牛仔音乐中向她走去,邀她跳舞,他们跳着跳着,当唱片放到第二张的时候,她问他拥有多少土地,在银行有多少存款,还问他的拖拉机是哪年买的。舞毕,他没有跟着她回到她的桌边。

他来到外面的停车场,坐进卡车,卡车里弥散着草种的气味,他心中充满疑惑,在这样一个吵闹着音乐的地方,自己究竟能找到一个什么样的妻子?要想如愿,不是如同想在当铺找一块好表一样难吗?他竭力冷静下来,让自己沉入冥想,他忆起十九岁时向妻子求婚的情景,当他紧握她的手时那是一种什么样的感觉?难道现在他还能去想三十三年前所想的事情?他记不得结婚那天他是怎样的感觉,他记不清他对妻子说了些什么。结婚这么多年来,他并没有深入地去了解她，仅仅知道她忠诚，并且是个好厨师。此刻，这是他平生第一次考虑应该在一个妻子身上寻找怎样的品质。不管怎样说，他曾经拥有过，但是他没有意识到，想到这里，他内疚不已。

他驱车回到家里，发现他父亲在台灯边的橡木摇椅上睡着了，膝上放着一本相册。他快步走过去，弯下身看父亲刚才究竟在玩味哪张照片。老人伸出的手指落在一张梅兰妻子和孩子们的合影上。他们全像傻瓜似的露齿笑着。梅兰认出来，他们是坐在那辆一九五八年产的雪佛兰车的保险杠前面。他在哪儿？他怎么不在里面？他轻轻推醒父亲，父亲慢慢睁开那双灰色的眼睛，皱起脸部的皮肤微笑着。"喂，小子，"他说，微微直了直身体，"有没有交到什么桃花运？"

"哪里！你在看什么，老爸？"他欠下身，离相册更近些，注视那张照片。

"这是小梅兰、约翰·T，还有露西。"他说。

"比伊也在里面。"

老人点了点头。"对，还有比伊，老天，这个女人可真有一手好厨艺，进屋不消几分钟，就能在平底煎锅里让新鲜兔肉、洋葱、灯笼辣椒冒出香喷喷的热气。"

梅兰对着照片上的一张张照片沉思起来，"这就让人思考，到底哪里出了错。"他直起身，目光朝下，看着他父亲光秃而又布满雀斑的头顶。他说的那句话久久地悬浮在空中,就像是一个无法解答的疑问。"对他们来说,我是可有可无的。"

艾蒂安慢慢转过头来,仰视着纱门,好像有什么人站在那里似的。"也许你是这样的,"他说,"至少,在某些事情上你确实如此。"

在每个月的第一个星期一,私立养老院的"我们女士"组织会带梅兰的祖父来他家做为时一天的探访。大约八点三十分,一辆白色的客货两用车开进农场的停车场,两位工作人员推着坐在轮椅上的奥克塔夫·勒布朗进来,把他安顿在门廊里。他的日子已经不多了,六十五年之前,他曾是 F.B. 威廉·伦贝公司的安装工,可现在已变得老态龙钟,瘦得就剩一副只有八十磅的骨架。他瞎了眼睛,但是还能思考和用语言表达。艾蒂安落坐在他边上的一张椅子里,梅兰则抱着婴儿坐在另一边的一把摇椅上。老人眨着瞎了的双眼,伸出一只干瘪的手臂靠在屋子的护墙板上,沿着木板拖动着他的手掌。"明年你打算油漆护墙板吗,梅兰?"他的声音细若游丝,仿佛扫帚在木地板上轻轻地拂过。

梅兰看着屋檐下油漆剥落得斑斑驳驳的墙板,"可能还得过些日子。"

"也许是时候了。"

婴儿想挣脱梅兰的双臂,然后又平静下来,打起了呵欠,一只裸着的小脚在梅兰的手臂上悬荡着。梅兰的全部心思都放在婴儿身上,无暇注意他的祖父。他对于抚养孩子实在没有信心。如果他死了,怎么办?更糟的是,如果他不能爱她,对待她不能比对自己更关心,那又怎么办?

"能为我拿点儿啤酒来吗?"

"不行,"艾蒂安说,"才早晨八点钟,你不该在这时喝那玩意。"

"什么?"老人有些不高兴,"你担心会灌死我?"

艾蒂安坐在摇椅上朝后仰着,他笑了起来。"老爸,如果我们给你啤酒,今天的探访你就只能在睡梦中度过了。"

老人迅速地转过头,像一只机敏的鸟。"你们不给我狗日的啤酒,这可是一件再糟不过的事情。"他向儿子伸出一只手。艾蒂安交叉的两只手贴在他的工作服上,头向后仰着,椅背靠在一根泥灰斑驳的白色柱子上。

婴儿伸出舌头,吹出一个气泡,气泡从她舌尖上缓缓腾起。室外很暖和,她仅仅裹着块菱形尿布,她的右手捏成一个拳头,放到张开的左手掌里,然后又分开右拳,开心地发出笑一样的声音。奥克塔夫转过头。"什么东西?"

"一只负鼠。"梅兰说。

"让我摸摸。"老人伸出他那双颤抖着的手臂,手臂上青筋突起。婴儿马上被转到他的手中。"哎呀。"当她被放到老人膝上的时候,老人说。他用手在她头上和肚子上摸着。"梅兰,"他张开假牙,天真地微笑着,"你这个坏小子,跟我耍花招。"

"祖父。"

"这不是负鼠,"他把手放在婴儿两腿中间的尿布上,轻轻地捏了捏,"也不是男孩的雀儿。"

艾蒂安斜过身子去给婴儿摆稳脚。梅兰弯腰拾起一颗猎枪子弹,把它塞到女婴手里。

"这是谁的孩子?"奥克塔夫问道,用手指摸到女婴的鼻子,轻轻按了按,好像那是一个什么按钮似的。婴儿张开嘴,发出嗡嗡的声音。

"是露西的,"梅兰说,"不记得了?我们告诉过你关于飞机的事情。"

"是啊。那姑娘总该知道没有比这样离开更痛快的事了吧?"然后他把眼睛转到梅兰身上,好像他能看见似的。"你没有教她什么东西?"梅兰突然感觉自己就像头遭到斧背猛然一击的母牛。这个老人对别人总是循循善诱,他经常告诉别人他的想法,告诉他们应该考虑些什么。梅兰害怕他的直率,更不能理解。但是,不管怎么说,他已经九十三岁了,他的所有子女都还健在。

"不要难为我了,祖父。"

老人把头转过来,对着他认定是他儿子坐的位置。"这是一个人应该做的。"他愤然地说。

"说得好。"艾蒂安收敛了他的笑容。

奥克塔夫颤抖着弯下身,动作迟缓地吻了吻女婴的头顶。她仰起头来看他,打起了嗝。"哈……哈,"奥刻塔夫的声音像锉刀锉东西一样粗糙刺耳,"现在你肯定感到好一点儿了,是吗,宝贝?"他的手摸到婴儿手中玩着的子弹,他抓住它。"这是什么?"他板起脸转向梅兰。

"一个玩具而已。"梅兰回答。

"她爱玩这东西。"梅兰和他父亲彼此交换了担忧的眼光。

奥克塔夫用食指在弹壳外缘滑动。"玩具,我倒觉得它像颗一又四分之一盎司重的六号子弹。"说着他把它扔到轮椅后面,猎枪子弹在门廊的地板上弹跳起来,然后滚落到草地上。

"你不能拿一颗该死的子弹给宝宝玩。"他的声音很轻,但很有分量,因为这话出自一个经历了梅兰所想象不到的漫长人生阅历的老人之口。他僵直的双腿从轮椅的踏板上荡下来。"我生下两个像你们这样的不肖子孙,简直就应该被送进监狱。你们竟敢对我说谎,是不是因为我不能走下轮椅来揍你们。"

艾蒂安把他一只厚厚的手掌放在他父亲的肩上。"不要激动,老爸。"

"艾蒂安，我对你说，告诉这小子，他的心肝比鳄鱼还坏，他关心的就只有他的草莓和拖拉机。"老人的眼中开始出现一层薄薄的水汽。

"佩兰昨天晚上来养老院看我，他和我谈到梅兰，说梅兰穿了件黄衬衫去那地方，我听见了，我信。"

"好了，别说了，他倒不是去做什么坏事。"

老人在膝盖上移动婴儿的时候做了个怪相。苏西用四个手指伸进他褪了色的绿衬衫口袋，在里面扯动着。"我知道我在说什么，梅兰去酒吧无非是想找一个下三滥的女人。"

梅兰把两只手放到一处，注视着女婴。他觉得老人既虚弱又固执，居然信那些人，相信他们说的种种事情。也真见鬼，他去那里的时候偏巧他们也在。现在，他祖父，一个九十三岁的老人，和他有共同血源的骨肉至亲，竟然因为传言而告诫他，认为他的行径让人担心。

奥克塔夫重重地咳了起来，他的整个胸部低陷下去，他闭起眼睛，耳朵几乎快要碰到耸起的肩膀。过了好一会儿，他才喘过气来，他的声音比之前更微弱了。"找一个女人，对他来说就像带一个烤面包机回家，把它放在厨房里，插上插头。插上插头，然后就把它抛到脑后。"他又开始咳起来，其实，他只是呛进了一点儿风。

他的咳嗽近乎一阵缓缓发出气音的哮鸣。他像是被胸腔深处的一点儿微量液体搞得坐立不安。当梅兰的父亲向奥克塔夫俯身查看的时候,梅兰抱起婴儿走进屋去。等他回到门廊,他看见艾蒂安的脸涨得通红,眼泪潮水般地淌了下来。

"怎么回事?"梅兰问,捏着纱门的把手。

"我不知道,我想他是睡着了,他的心脏像是一只小鸟,让人一点儿也听不到心跳。"他坐下来,开始摸着脖子上柔软的皮肤,去感觉自己的脉搏。"你可知道,"艾蒂安说开了,"他对你说的都是事实,你从没有认真去感受你孩子的情感,对他们,你总是那样冷漠,没有丝毫感情。"他一边说一边将他一只布满雀斑的大手放到奥克塔夫的前额上。

梅兰坐回到自己的椅子上,抽出一块手帕擦干脸上渗出的汗水。"爸爸,我确实不知道该怎样做,但我绝非如你和祖父说的那样,是铁石心肠的冷血动物。"

艾蒂安注视着屋边的披棚和停在里面的拖拉机,拖拉机上的红色已经暗淡无光了。"在你十三岁那年,我带你去镇上看电影,电影开始之前加映新闻片,镜头里显示一场龙卷风造成的惨相,有四个人因灾难而丧生,倒在满目疮痍的谷仓边。看到这个画面,你说:'爸爸,你看他们,这些傻瓜拼的锡皮房顶太差劲了。'"他的目光落在地板上,他眨了眨眼继续说:"那时我就应该把你拖到外面,告诉你幸灾乐祸是可耻的。"

坐在摇椅上的梅兰痛苦地把头埋在自己的手里,一阵微风搅动门廊边那棵山核桃树的树梢,风到之处,树叶发出飒飒的响声。这时他又想到镇上的女人,他可能会再去试试。也许到教堂去比较有机会,也许在 KC 宾果游戏中更容易获得缘分。可是他不会去找一台烤面包机。

"梅兰,"他的父亲呼叫他的名字。他抬起头来,看到了祖父的脸,那脸色苍白得就像木头的灰烬。"我想他恐怕已经过世了。"

梅兰颤颤栗栗地靠过去。"你的意思是让我打电话叫救护车?"

"你觉得,他们又能做些什么呢?"艾蒂安轻轻推着奥克塔夫张开的嘴巴,让它闭合,然后抹下他的眼皮。

"我真浑,"梅兰后悔不已,"我竟然不给他喝啤酒。"

"我们让他觉得遗憾的事情实在太多。"艾蒂安转开他挂着泪水的脸,他的目光越过被圆盘耙翻过的田地,落到远处一排树栅上,一群椋鸟正在树栅上空盘旋。"你知道,当初你结婚的时候年龄很小。我们都是很年轻就结婚了,所以根本不懂得抚育孩子,这就好比山羊不会飞翔一样自然。"艾蒂安说着直起身,摸摸他父亲的肩膀,"我告诉你吧,他对我说什么来着,他说你似乎难以改掉你的旧习……噢,多么糟糕,当我看见你对你的孩子疏于管教的时候,我就应该跑来对你一遍遍地嘀咕,或者就把你扔进猪吃食的泔水缸里。"他低下头,把一只手放在他父亲冰凉的腿上。

梅兰还从来没有和父亲有过亲昵的碰触,这时他举起手在他父亲肩上重重一拍。

"鬼东西,"艾蒂安喊道,"他当初也叫我这样做。"他竖起拇指指着轮椅上静止不动的奥克塔夫。

"这我能肯定。"梅兰说,他听见睡在新买的塑料围栏里的婴儿醒了,并开始哭闹。他起身走进去,俯身抱起她,如同提着一只小狗。他转过身,用双手托住她的双臂。他回到门廊,站在奥克塔夫旁边朝他注视。女婴嘴里发出嘟嘟的声音,想不到这声音引起了奥克塔夫的反应,他的头转动了。"真该死,宝宝在哪里?"他说。

艾蒂安朝后向椅背靠了下去,由于用力过猛失去了平衡,从门廊翻落到下面的草地上。梅兰被惊得呆呆地张着嘴,出不了声音,只有女婴嘴里在嘟囔,发出啦啦啦的声音,她向老人伸出她的一只小拳头,奥克塔夫能感觉到她的位置,用手摸到了她的脚。

"我们还以为你死了呢。"梅兰终于开口说话。

奥克塔夫的脸上现出满不在乎的微笑。"噢,我经常死去活来。护士说上个星期我死过去三次。"他伸出一双灰青而又颤抖的手,把女婴接了过去。

艾蒂安在草地上坐起来,一只手摸着肩膀。"我没事,"他对梅兰说,"不过得让我再歇口气。"他那神态让人看得出来,他是既在忍着疼痛又按捺不住心底的高兴。

"这孩子叫什么名字?"老人用轻细无力的声音发问。

"苏西。"

他嘟囔道:"不,先生,她的名字应该叫苏珊,苏西这个名字声音听起来就像是那种人,那种十点钟你要在红莓酒吧会面的人。"

"是的,先生。"梅兰回答。

"她的名字就叫苏珊,苏……珊好了。你在听我说吗?记住,要把她留在身边,抚养她,即使你没能找到妻子。"

"是,先生。"梅兰坐在摇椅里,抓住链条。

"你每天都要教她,让她懂得每一件事,哪怕是有关狗和有关销售员的知识,你都要告诉她。"

"是,先生。"

"告诉她蚯蚓,告诉她蜜蜂。"他用手指在苏珊的肚子上来回滑动,一阵银铃般的格格笑声从她红润的小圆嘴里喷了出来。

"是,先生。"

"告诉她烹饪和车子,还有扑克牌游戏,还有飞机。"

"哎哟,我的老天爷。"梅兰站起来,走下两级台阶去扶他父亲。艾蒂安感觉到他的屁股压着了什么,他做了个鬼脸,从下面抽出一颗猎枪的子弹。他把它向上抛到门廊的边缘。

奥克塔夫的脑袋在女婴那张色泽红润的小脸上方晃动,他一只脚悬荡着离开轮椅的踏板，用它摸索到地面的那颗子弹，再用力把子弹踢回到草地上。梅兰用双臂抱住父亲，把他拖起来，他们站定以后，艾蒂安还是没有放手，力图保持平衡。他们两个人站在明艳的阳光中，他们看见门廊里露着两张灿烂的笑脸。奥克塔夫和苏珊正在絮絮对语，唱着，笑着。面对着这幕情景，他们的心纯净得如同一潭碧绿的春水。在惊愕中，他们的想法更加坚定不移了。

思想的领航员

星期五上午十点三十分，伯特在拖轮的驾驶舱里，这是公司最老旧的一条拖轮，他正试图调整它的操纵系统，短波发射装置尖利的嘎嘎声被迪克逊长号般的声音压倒。"凤凰号，请注意，注意！"

伯特转过身凝视着油漆斑驳的机器，心想为什么今天他的头头会用广播来替代传令员。他抓住麦克风。"凤凰号正在待命。"拜托，千万别有拖船任务，他想。不是，肯定不是。

"博士，你能立刻启航吗？"

伯特做了一个鬼脸。"马克斯遇到一些引擎上的麻烦，但是现在，他让它们运转起来了。"

"随时待命，"迪克逊对他说，"一艘油轮撞上了埃文代尔河湾上游的船队，一些驳船失去控制正在顺流而下，如果其他拖船没有拦截到它们，你们要全力以赴，务必截住一艘。"

伯特将一只手掌按在他光秃的头顶上。"你是要我寻找一艘往下游冲的驳船？"

"怎么搞的,博士?你的喇叭正常吗?"

"事发的那刻,你怎么不派遣墨西哥佬去寻找?"迪克逊旗下所有船队的船员全都由它们的船长雇用。乖小子号由亨利·冈萨雷斯掌舵,他雇用的都是他的亲戚。阿斯彭号则完全处于越南水手的管控中,而绕着新奥尔良港口游弋的巴迪·L号,它的船员全来自比洛克西。

"冈萨雷斯已在支架上挂起了缆绳。在半小时之内你可能会看到一艘大型底卸式驳船顺流而下,要留意!"在一阵嘶哑的静电干扰声中,迪克逊的声音消失了,代之以一阵低回的、断断续续的、像哨子般的嘈杂声。伯特将麦克风放回到座子上,他透过驾驶室的门朝河的上游望去,觉得这密西西比河简直就像是一条灰色的荒凉街道。他坐在凳子上,身前挨着涂了清漆的舵轮把手。他想,他的船员要拦住漂流而下的船只得有多难!和其他船队一样,他也被授权雇用自己的船员,所以他招募了一批像他一样遭学院解雇的教师。他想验证一下,看看这些伙计在人到中年的时候,是否还有可能变成水陆两栖动物。

他回想起前个星期,他坐在崭新的托比号的驾驶舱里,将一条小驳船从城里推向下游的一个码头。他用力把节流阀的杠杆拉到回动挡,拖轮撞向驳船,拖轮的引擎颤动起来。他看见左舷和右舷的缆绳居然是松开的,当驳船以某个角度撞向码头时,绳索向船外松出,两个柱子被撞出了火花。当即,他被惊得呆呆地张着嘴巴,一时回不过神来。

几个装卸工跑来,想看看究竟是什么引起这雷鸣般的轰响,其中两个家伙指着托比号幸灾乐祸地笑了起来。伯特将节流阀杠杆推上去,小心地慢慢移动紧紧顶着驳船的拖轮船头,力图让它保持适当的位置。他看见了甲板水手托马斯·曼·哈特福德和克劳德·麦克唐纳,他们刚才还在紧张地向上朝驾驶舱张望,这时转过身去,顶着双膝再次试图用一根缆绳去拴住他们的拖轮。伯特推开驾驶室的窗子。

"打的是丁香结吗?你们这简直是儿戏。"面对他的甲板水手,他时常会想起他曾经任教过四年的那所边远学院里的新生,他们的眼睛里总是含着疑惑和迷茫。

托马斯·曼低下他小而光秃的脑袋,眼睛盯着一根松垮垮地荡过来的缆绳。伯特的目光在他散了线脚的宽松长裤和沾满油污的伊佐德衬衫上游动,等着他抬起头来和自己说话。"伯特,我真的很抱歉。两小时前,当我们正在拴系驳船的时候,克劳德和我谈到约翰·多恩新书里的诗歌,我便跑到他的卧舱里去翻阅。"这个甲板水手被一所州立小学院否决了任职资格,自此踏破铁鞋他也没能觅到一份全职工作。克劳德仰起脸看着一根根受到冲撞的桩柱。"我们完成松开缆绳的作业后,忘了用棘轮将它们卷紧。"

为了看清船只的受损程度，伯特将身体向外倾斜。"我简直不能相信，你们竟然指望用两个绳结来拴住它。真见鬼，你们想，如果迪克逊知道，知道你们一边在拴系驳船，一边在唠叨那些十七世纪的狗屁诗句，他会怎么说！"克劳德·麦克唐纳摇起头，他戴着一副厚厚的深度眼镜，晃动眼镜上方那一簇簇又密又长的鬈发。"这确实很难交代。"他说。

第二天早晨七点钟，托比号的五个船员汇集在一起，恭敬地站在老板办公室的深色地毯上。迪克逊是两支拖轮船队的老板，是一个懂得知识分子真正价值的人。他以前当过甲板水手，年龄六十六岁，此刻，他没有朝办公室的任何地方看，目光只是定格在自己的灰色西装上。他坐的是一张高背皮椅，身子朝后靠着，捏得指关节咔咔响。他的前额上，一条条皱纹笔直地穿过，就像是被斧头划出的伤痕。"请不要对我解释什么也没发生，"他说，"因为那种话我听不懂。上个月你们把价值三百美元的缆绳毁了，你们让我觉得这全是我的错，好像在船上绕绳子的人是我。"他直视他们，目光咄咄逼人。伯特打量着对方那双饱经岁月磨炼的眼睛，心想它们煞像是两颗被人遗忘在罐底的橄榄。船员们站在离书桌很远的地方，一个个都在担心自己的工作将要不保，特别是岁处中年的厨师劳伦斯·格里格，更显得忧心忡忡，这可是他失业后花了两年时间才觅到的一份工作，失去它，怎么得了。

轮机师马克西米利安·雷诺特瘦骨嶙峋，具有北欧人的特征，是一个具有浪漫情怀的学者。他动作迟缓带点儿神经质，此刻他脸上露出尴尬的微笑。迪克逊狠狠地瞥了他一眼，他倒退一步，无所适从地用细长的手指搔弄自己的黑发。

"你们这些家伙，才六个月，你们败掉的机械设备就有这么多。另一艘船，同样是五个船员，可是损耗远远低于你们。"迪克逊用严厉的眼光扫视他们，他麾下这群知识分子真让他哭笑不得，他既因为他们让他耗财伤神而懊恼，同时看着他们垂头丧气的酸相又让他觉得是一种乐趣、一种享受。这帮学院来的伙计虽然全都是哲学博士，却个个受穷，谁也没有像他这样懂得赚钱。"我知道，"他继续说，一面转动着左手上那枚沉甸甸的白金戒指，"你们时运不佳，诱人的教授职位几年前就被人占光了。"他停住，让他们有时间来琢磨他话中的真正意味。如果这些倒霉鬼是以前的那队船员，那么他们很可能相互交换一下目光，对迪克逊说见你的鬼吧，然后大步离开。但是这些落魄的教师又能怎么样呢！"所以，我想还是让你们留下，不过要记住，"他说着，将陷在椅子里的身子向前倾了倾，让他那张如刀削过一样的瘦脸直对着他们，"我给你们丰厚的待遇，那可是工会级别的，我的船应该获得更好的照料，可你们现在做得远远不够，如果你们再不表现好一点，我会让你们全部走人。"

五个人默不作声,紧张的氛围终于缓和下来。刚才,他们正忐忑不安地等待着被解雇呢。迪克逊用厌烦的目光看着窗外卡罗尔顿大街中央草木茂盛的绿化带,一辆顶部为绿色的有轨电车噼啪噼啪地从大街上驰过。"我不能再让你们留在托比号上,它的花费太大了。现在,我准备将路易斯安那州的法裔船员全都调到这艘船上。我会卖掉他们的拖船,而你们可以去备用船。"

"备用船?"伯特的视线越过他的肩膀落到马克斯身上,马克斯耸了耸肩。迪克逊先生从他的书桌里抽出一张表格,在上面落笔书写。"凤凰三号。"他说。

"是靠柳树林停泊的那艘红色旧拖轮?"

"正是那艘。"迪克逊说,舔了舔他的牙齿,仰头把目光落在马克斯身上,马克斯穿的那件箭牌衬衫边缘已磨出了毛絮。"它是二十年代的产品,是用碳钢和铆钉打造出来的,我想,即便是你们这些败家子也不能损坏它丝毫。"他直盯着伯特的眼睛。"去吧,去码头,上那艘船干相同的活。它的控制系统是老式的,驾驶它的感觉会很特别,你准会觉得像是搂着奶牛跳舞。"

此刻,伯特站在凤凰三号的驾驶舱里,他将一根根操作杠杆和一只只仪表盘上的污泥抹掉。驾驶舱舱壁被带黏性的莹石清漆涂得晦暗,窗子也被灰尘和煤烟弄得模糊不清,他察看着老旧的驾驶舱，注意到舱前端呈弧线形，里面的黄铜机件已经失去了光泽。面对这些陈旧的机械装置，他甚为它们的功能担忧。伯特始终怀疑迪克逊雇用他是在和他开一个尖刻的玩笑。可不，如今迪克逊又在对他展开新一轮的嘲弄。

伯特失去教师聘约之后，他妻子不得不去找一份秘书的工作，他的孩子不得不离开私立学校。那年，在他毫无结果的求职申请和应聘面试中，他的家庭萎靡不振，他的心情就像正在经受一场痼疾的折磨，并在这漫无止境的折磨中苦苦等候疾病痊愈。没有找到任何工作，只有阿拉斯加和沙特阿拉伯的初级学院以及西弗吉尼亚的原教旨高中对他表示过一点儿兴趣。

每周一次，他到杰克逊大道乘坐渡轮，去领取他的失业金支票。他喜欢密西西比河的沙粒气味，每当上岸的时候他都能闻到。有时候，那些红白相间的拖轮以及宽阔的生了锈的货船会沿着他幻想的河道漂浮而来，他觉得那些颤动的船舰正带着巨大的动力和优雅的诗情在水面行进。

他生出向拖轮公司求职的念头，迪克逊看见他的履历表时不禁大声笑起来。他非常讨厌像伯特这样有思想的人，但还是雇用了他。他要让这个学院来的家伙到博阿兹号蒸汽轮上去烘烤他的脑子，那艘船上雇用的船员全来自阿肯色州的边远地区，他们粗野而没有教养，迪克逊能肯定，第一次出航，他们就会将这个迂腐的新人抛入水中。

然而和伯特相处的那群阿肯色人,他们倒并不是真正的野蛮人,他们只不过是一些容易发火的庄稼汉,来自卡姆登一带。伯特终于成为一个出色的港湾舵手,他熟知这里的水流特征,熟知所有的航行信号,这一切好像都融入在他的血液之中,迪克逊都不得不对他刮目相看,对他的能力深为佩服。迪克逊知道一个头脑聪明、身手敏捷的舵手可以避免诸如船头被撞坏、螺旋桨转轴被碰弯等事故,可以避免船只因这类事故被送往修船厂耗以巨额费用。

伯特应该对自己的成功感到满意,但他仅仅觉得,他做一个河上的舵手比做一个讲台上的教师要更适合些。他想起当他在课堂上阐述一些复杂难懂的概念时,学生往往厌烦不已,他弄得他们满脑黏糊糊的雾水一片,他想英语系将他解聘也许是正确之举。

两年以后,老板让伯特担任一艘小船的船长,允许他自行招募船员来替代必须解聘的船员。他雇用的第一个船员是马克斯,马克斯是早年他在大学里同住一室的密友,一个谦和友好、做事执着的人,为了有额外的收入补贴,他曾到汽车发动机厂打工,到四十一岁的时候,在修了各种各样且有些并无必要的课程、写了七百多页有关拜伦和尼采的论文之后,他才获得他的最后一个学位。

迪克逊觉得在他的拖船上有两个学者,这简直既滑稽又有趣。他鼓励伯特雇用更多的学者,所以需要一个厨师时,伯特招来了他的老朋友劳伦斯·格里格博士。这位教授由于太多的学生对他不满，丢失饭碗已有两年，他的业余兴趣恰好是烹饪，且尤为擅长法国烹饪。另外两个水手是托马斯·曼·哈特福德和克劳德·麦克唐纳，他们是伯克最后招聘来的。

在驾驶舱里伯特听到一台旧式发电机动引擎在底部不断发出格格的碰撞声，而且船舱里的灯光亮起来很慢，就像刚刚点燃的蜡烛。一个压缩机开始发出吱吱嘎嘎的噪声，几分钟以后，马克斯让一个大引擎以最低的速度运行，以便控制好船只。它突然打雷一样地轰响起来，拖船的排气口腾起一股浓浓的黑烟，伯特转动着舵轮，他看见从船尾底下冒出一个旋转着的水涡，这说明至少舵是在正常工作。在拖轮长长的尾部，他看见一个水手捧着一本封面卷曲的簿子，在上面做着记号。伯特知道，他麾下的这些教授都还怀着一个梦想，即通过自己的学术论文在著名的学院获得名声和职位。当他和他的全体船员在甲板上等待一个出航的指令，当他们在饱受这等待的折磨时，他们大多会带上自己的手稿，乘机进行修改、润色或者切磋讨论。

上个月，在一个能见度很低的雾天，拖轮停泊在贝尔沙斯船闸下游，他们在船上的厨房里会合，相互交换各自的论文。一连几个小时他们挤在那里，弯着身子阅读对方的文稿，有的是手写稿，字母一个个写得紧挨着，有的是打印稿，纸张质量很差。他们之间的交谈谨慎而有礼貌。就这样，他们聚集在船上这间狭小的斗室里，头上颤动着灯光。有的文稿拘泥细节，有的没有规范，有的平淡无奇，这些都一一通过学者们脸上的表情反映出来。伯特读到克劳德·麦克唐纳一篇尚未定稿的文章，麦克唐纳是位真正的学者，聪明睿智，但他的写作训练显然不够，因此没有能将两个有因果关系的段落连贯得天衣无缝。几分钟后，伯克放下稿纸，突然想起自己的文稿，担心它们是不是也会这样不完善，读起来挺累人。他微微一笑，朝克劳德点点头。克劳德占着他左边的两只凳子，正用心阅读马克斯阐述拜伦的长篇大论。伯特向右转过身去，一只手搭在马克斯的肩上。"有时候，我觉得我们想得太多。"他对马克斯如是说。

马克斯对着一页稿纸皱起眉头："思想是生命。"

伯特收回他的手，"同样，也有人会说'航海是生命'。那就是为什么现在我们成了领航员。"他特别爱说"领航员"这个词。

马克斯那双黑色的眼睛转向伯特。"我们是思想的领航员。"

伯特设定好驾驶舱的速度表，然后从梯子上爬下，跑到厨房去。劳伦斯·格里格正在一只半加仑容积的搪瓷罐里冲调咖啡，伯特双手拿起一只滚烫的圆筒形大铁杯，注视着劳伦斯，这个中年汉子有一副圆滚滚的肩膀，就像一块经溪流长年冲刷的坚硬砾石，伯特心想，这源源不断的溪流恐怕就是劳伦斯的妻子，她经久不懈地站在丈夫背后，支持他那重返学者职业的梦想。但是，在劳伦斯的档案材料中，有一封他部门主管写的信，对他竭尽贬低之能事，因此，他怕是再也不可能重操旧业了。

"劳拉还好吗？"伯特问，他坐到柜台旁，柜台挨着厨房的一面墙壁，厨房是一个狭窄的小室，它的长度刚好和船的宽度相同。劳伦斯·格里格身上的卡其布工作服是新近才穿上的，他的棉料和粗呢料的外套全穿破了。他把煤气炉的火焰调小，这样咖啡就不至于沸腾溢出。

"劳拉还总是那样，"他向伯特投以一个尴尬的微笑，"她总是抱怨我衣服上的油腻味。"他边说边摇晃着油光光的脑袋。马克西米利安踏着笨拙的步子走了进来，拿了一杯咖啡就立刻离开了，他似乎没看到厨房里还有别人。托马斯·曼在门口探着光秃的脑袋。"伯特，有人在用无线电呼叫你。"

伯特放下杯子跑出去，周身感觉到冷风的凛冽，他拉上灯芯绒夹克衫的拉链，攀上油漆斑驳的梯子，向驾驶室赶去。他拿起接收器和码头调度员通话，对方告诉他，他的船可能要被派往河口，去拖一艘陷于河口沙洲的船。他中断通话，看见马克斯也跟着他上来了。马克斯脸色凝重，带着窘迫的神情。"伯特，洛约拉拒绝了我的申请。"他说着飞快地移开自己的目光。他的脸色变得更加阴郁，他不是一个肯轻易认输的人,其实,他们都不是这样的人。

"什么申请?"

"还不是老样子。图兰的信很尖刻。研究委员会说他们不聘用从事工业工作的人来担任教授。"他把双手重重地插入口袋,"最终还是落得这个结果。"他一边说一边眼睛朝下,定定地看着甲板上的瓦楞花纹。"我甚感惭愧,所以没有立即告诉你。"接着,他的鼻子抽搐起来,他用他那件新工作服的袖口擦拭着。

伯特想起课堂上马克斯忙手忙脚翻弄笔记的情景。"有什么可羞愧的?"

轮机师的目光从伯特身上落到一艘小型的颜色鲜艳的短途游船上,它正在河面嘎嘎作响地驶来。它的甲板上聚集着众多游客,他们一个个都端着相机,瞄准这艘老旧的拖轮。其中有四个人兴高采烈地向他们挥手致意。"只怕讲台从此和我绝缘了。"

伯特心不在焉地挥手回礼。"难道这是最糟糕的事情吗?"

马克斯有些吃惊地看着伯特。他在沉吟了半晌后回答说:"我们认为它是最糟的,那准错不了。"很快,他又露出微笑,控制住自己的情绪。他在驾驶舱的椅子上坐下。"我不觉得我能够坦然面对它。我的意思是指改变自己,屈服于放弃教学的命运。也许,当我为论文稿找到一个出版商的时候……"

"马克斯,要知道,依靠现在这个职业,你正在缔造美好的生活。"伯特转过身，把双手塞进外套口袋。具有讽刺意味的是，他感觉到自己的手触到了钥匙圈，其中有一把钥匙，是用以开启一间办公室的，它在数千里之外，他一直将钥匙带在身边。

马克斯用一只手掌按在驾驶舱的玻璃窗上。他的声音低沉而坚定。"我们就没人能回归我们所属的领地吗？"

伯特从头顶上的一个仪表盘上剥下黏着的污泥，向栏杆上方扔去。

让我们回到故事开头所叙述的星期五上午十一点钟，无线电里，迪克逊的嗓音像一块被撕破了的油布。"凤凰号，请注意，注意。"

伯特赶紧抓起麦克风。"凤凰号正在待命。"

"博士，你能立刻启航吗？"

"什么？我们不是正在向下游的码头靠拢吗？"

"老天，不。现在上游在进行套牛作业，他们正在拦截失控的驳船，那一艘艘船简直像疯了似的。要把它们全部逮住，而不仅仅是领头的那艘。快去加入拦截行动。"

伯特捏着麦克风，感觉仿佛是捏着一只柠檬。他朝河流上游看去。

"你就不能呼叫其他船只去吗？我们正在……"

"马上执行命令,博士,我不想对你说第二遍。"

"我不知道我们是否能够截住它,我得想一想。"

"不要再迟疑,执行命令!"迪克逊一下子被惹得发起火来。听到广播的两个甲板水手跑到驾驶舱来会合。个子小小的托马斯·曼慌得直打颤,克劳德·麦克唐纳手上拿着他的本子,一根手指在本子里夹着。伯特朝上游望去,一艘长型驳船的船头在河道转弯处出现,驳船满载谷物,在水面高高突起,以大约每小时七英里的速度漂浮过来。

"博士?"迪克逊不可一世的咆哮声飞快地通过那台老旧的短波装置传来,"你以为你得到现在的职位就高枕无忧了吗?"伯特注视着克劳德的手臂,心想,这是多么结实的肌肉。"明白,"他大声应和,"我们正在启航。凤凰号报告完毕。"他不假思索地开始发令。顷刻之间,托马斯·曼像一只金丝猴,灵巧地跳到靠岸的驳船上,解开了绳索。克劳德则风风火火地冲下台阶,跑到尖状的前甲板上,去整理绳索的套结。伯特送出四声短促的汽笛鸣叫,马克斯从他的轮机室探出脑袋。

"伯特,我们去哪里?"他打起手势,戴着手套的手中拿着他的论文手稿。

"你只需要密切注意发动机组的变化就行,"他高声叫唤,"我们要让它们产生足够的动力。"

伯特转动驾驶手轮，用力按在节流阀的杠杆上，他感觉到，拖轮和靠着岸的驳船迅速分开，迎着波浪前行了。黑色的烟雾从废气管出口汹涌腾起，引擎在格格地颤动，就像一匹疲惫的老马，伯特觉得自己仿佛听到马克斯为机器助威的喊叫声。他举手抓住汽笛的操纵绳，又拉响紧急信号。这时河道里冷冷清清，没有多少船只，河心只有一艘堆满矿石的大船，伯特向它喊话，提醒对方注意可能发生的险情。凤凰三号径直朝驳船驰去，与此同时，伯特在心里估计它的速度和重量。在他面前存在几种选择，但容不得他深思熟虑，他必须立即作出决断。如果开着拖轮一直前进，然后逐渐慢下来，用船尾截住那艘驳船并让它停下，这样的话，驳船倾斜的船头可能会冲上拖轮后甲板，从而导致拖轮沉没。如果试图从旁边用绳索套住它并控制住它，成功概率微乎其微，几乎是不可能的。这只会让驳船拖着凤凰三号侧着身子冲向下游，最后造成倾覆的恶果。伯特决定用一根缆绳从后面拴住它，他呼唤克劳德将一根粗二英寸半、长一百英尺的尼龙绳系在船头的缆绳柱上，再在尼龙绳的自由端打上一个绳圈。他听到马克斯在底下用一把锤子或活动扳手敲打着什么东西，突然所有引擎的齿轮都格格地颤动起来，拖轮利用新增的动力平稳地进行加速。

他驾驶拖轮，在距离驳船三十英尺时，他便将引擎的前行速度降低一半，他密切注意顺流而下的驳船，让它生锈的侧舷滑过去。它的缆绳柱大约就在克劳德头顶上方十二英尺的地方，伯特希望他的水手最好能在这样远的距离就出手，抛出那根带圈的缆绳套住它。

当驳船的尾巴滑过拖轮的船头时，伯特让引擎加快转速，保持船只的动力。克劳德攀在用大麻纤维编制成的护舷垫上，他那只拿着缆绳的手在肩下来回挥动，这时托马斯·曼等在他的后面。托马斯·曼将绳圈朝驳船甲板上的系绳柱扔去，但由于绳索本身缠结成一团，没摔多远就落了下来，在波浪翻腾的河中溅起一片水花。伯特赶紧让引擎减速，避免碰撞驳船，使它进入打转的状态。然后，他又送出一系列短促的警告信号，要所有向卡罗尔顿河湾进发的船只保持高度警戒。

托马斯·曼收回缆绳，将它放在甲板上进行盘卷，这样便于理清它的缠结。此刻他脑中什么也不想，他张开双腿，弓着背，把缆绳盘成整齐有序的绳圈，也许多少年来，这是他第一次心无旁骛地专注于某件事情。拖轮绕着卡罗尔顿湾打转的时候，伯特的视线能够触及东岸沃尔纳特街的末端，那里绿树成荫，和他的航向平行。他还看见在下游四分之三英里处，有两艘船，一艘是以河心为航道的油轮，另一艘是推着一长列驳船的拖轮，它行驶在油轮和西岸中间，它们都在逆流而上。

克劳德高高地攀在船头，托马斯·曼则在旁边指点他该怎样晃动缆绳。这个魁梧汉子的一头乌黑的鬈发在风中飘动，他荡起手中的尼龙缆绳，一次、二次、三次，荡到第四次时，他的手臂突然像发条一样弹开，手中的绳圈抛了出去，绳圈旋转着，旋转着，向上方驳船上的系缆柱飞去，然后就像是牛仔手中的一个套结，准准地落到那个金属系缆柱的索耳上。

"啊……啊。"克劳德·麦克唐纳博士喊了起来。这时，托马斯·曼在他后面拖起缆绳的松弛部分，快速地在拖轮的两个系缆柱上绕了四圈"8"字形。伯特将引擎的控制杠杆扳到全反位。尼龙绳开始被收紧，像是射手手中的弓弦。当螺旋桨搅动河水的时候，驳船慢慢移动，缆绳开始摆动，在系缆柱上发出呻吟，在涂过油漆的铁索耳上嘎嘎吱吱、噼啪噼啪地响。

"快让开。"克劳德对着托马斯·曼喊了起来，托马斯·曼正站在缆绳柱旁边察看绳结。他敏捷地跳下，两个人飞快地朝船的中部奔跑，这时，缆绳断了开来，发出炮击般的巨响。断开的绳端像鞭子一样摔向刚才托马斯·曼站立的地方，猛地抽在金属系缆柱上，势如雷击。拖轮猛地后退，驳船再次脱离控制，任凭流水的摆布。伯特关停了引擎，从上面看下去，只见失去控制的平底驳船跌跌撞撞地朝逆流而上的拖船冲去。他看见了下面的险情，看见了那些驳船的红色灌装孔，它们运载的是石油。他用力推开驾驶舱那扇不甚灵活的窗子。他对着下面喊道："马克斯，快从轮机室出来，把第一甲板的门全都关上,再和劳伦斯一起上卧舱甲板。"

伯特俯视溯流而上的拖船,看见它的所有船员都聚集在甲板栏杆边,他们穿上了救生衣。这艘大船被夹在西岸和货船之间,这两艘船都关了引擎。凤凰三号和脱离控制的驳船向它们漂浮而去。喇叭声和汽笛声充塞在河流上空,短波发出的也尽是恐慌的声音。伯特自己麾下的四个船员在他下层甲板的栏杆边警戒地注视着河面,这时他让这艘老拖轮的引擎再度轰轰地响起来,立刻,他们随着前行的凤凰号摇摇晃晃地靠向驳船,越靠越近。他们的船头正对着那艘脱缆驳船的中部,当距离它的侧舷仅有五英尺之际,伯特转动舵轮,摇摇晃晃地向驳船插过去,让自己的船头顶着驳船的侧翼,凤凰三号的尾部开始打转,船身开始倾斜。它的一侧在河中斜斜地升起,然后又像一个老醉汉似的慢慢倒下,伏身跌回汹涌的水流之中。驳船受到冲击也作出反应,朝地势较低的"九里点"河岸移动,而此刻河水咆哮着没过拖轮左舷的栏杆。所有的船员飞快地奔向右舷,他们抬头看着驾驶舱,等待一个跳水的信号,伯特注意到他们一个个都正确无误地穿上了救生背心,这还是他们头一遭使用它们。他们没有时间考虑他们正要做什么。

逆流而上的拖船发出短促的警报声,油轮的蒸汽喇叭也送出洪亮的爆响。被冲往下游的平底驳船已经摇摇摆摆地进入"九里点"后面的浑浊水域,当它距第一艘石油驳船的船头只有三十英尺的时候，凤凰三号保持航向不变，将它朝岸上顶去。伯特回顾身后，他的目光穿过船尾激起的浪花，看见载运石油的驳船朝他的船尾撞来，他把稳舵，准备经受将要来到的冲撞。拖轮依然死死地顶着驳船，顶着它生锈的、已经变了形的钢体侧舷。驳船靠岸的那侧朝空中升了起来，终于它被顶上了泥泞的河滩。然而，后面的石油驳船则一路无阻地冲了过来，擦着凤凰三号尾部的护舷垫，护舷垫是用长纤维编制成的。此时，无线电上面的一层搁板上，一个空午餐盒抖落下来，砰地敲在地板上，右舷的门也被震开。凤凰三号进入摇晃不停的危险状态时，靠在石油拖轮栏杆边的人们大声喊叫起来。伯特用力扳回引擎的控制装置，但为时已晚。伯特和他的全体船员飞快地攀到卧舱甲板的墙上，由于凤凰号严重倾斜，那墙面几乎倒成了水平状态。

突然，马克斯朝轮机室的门纵身跳下，拉开了门，当门像锣一样砰地合上的时候，他猛地潜入水下。立刻，船员们一个个朝水里奔去，纷纷拉住椭圆形钢门的门闩。他们往门里看，只见马克斯正在水浪中奋争，褐色的水浪不断地从舱孔涌入又从舱底腾了起来。

"马克斯，"厨师喊道，朝门里斜探着身，"你在做什么？"

轮机师没有抬头。"我的手稿。"他喊叫着。

发电机由于被水渗入突然停止运行。轮机室里一片漆黑。伯特跳进去，双脚先落在梯子斜踏板的边上。"忘掉它吧，快走。"他抓住马克斯的衬衫领子，把他的头提出油腻腻的水面，但是被马克斯用力挣脱。

"这是我仅有的一份手稿。"他号啕大哭，再一次探入水中，从左舷墙旁边消失。河水开始从打开的门里猛灌进来。

"它一点价值也没有，"克劳德·麦克唐纳对着马克斯浮上来的脑袋叫喊，"它永远发表不了。"

托马斯·曼·哈特福德倒挂着身子探进轮机室。"马克斯，"他央求道，"算了吧，那不过是一件废物。"

"不。"马克斯立起身，一束水晶样的光线从门外射到他的身上，"不拿到它，我不会离开这里。"他对他们说，再次钻下水去。伯特伸手还没能拉到他，船的水平面就整个翻侧过去，水一碰到左舷发动机滚热的歧管，便产生了大量水蒸气，水汽在轮机室迅速弥漫开来。伯特发出尖声叫喊，向下属们伸出的手扑了过去。他们把他拉上去，其间遭到一阵瀑布般污水的冲刷，船正在下沉，河水狂暴地从打开的门里涌入。蒸汽爆炸了，猛烈的气体将他们推入河水之中，他们紧紧抱在一起，像是洪水中的一团蚂蚁。凤凰三号翻倒过来，露出锈蚀的螺旋桨并急速下沉，这时他们被流水冲走了。

伯特看见空气时而从水底冒出，像喷泉一样冲破河流的水面。

他想要说些什么，但是他的脑子空空洞洞，什么词也拼凑不起来。

五分钟过后，厨师看见迪克逊船队的载人小艇劈开水流，咆哮着驰来。"但愿在炒我们鱿鱼之前，这老哥能赏我们一杯滚热的浓咖啡。"小艇靠近他们，迪克逊穿着毛料西装和大衣，帮着把他们从水中拖起，推着他们进入狭小的船舱。"那个名叫雷诺特的家伙在哪里？"迪克逊问道，涨红的脸上带着焦虑。

一阵长长的沉默，没人说话。"他在轮机室里。"伯特终于开口。迪克逊吃惊地转过头，久久地注视着河面。载人艇的驾驶员用无线电向近处海岸卫队的巡逻艇发出有人落水的求救信号，这时，伯特将目光从浑浊的河面上移开。"我们已经尽力了。"

迪克逊坐下，他们看见，在他对着他们的那边脸上，密布的皱纹都一条条鼓了出来。"我在雷达屏幕上发现事情有些不妙，然后我又听到了无线电广播。"他瞥了一眼经抢救被保全下来的底卸式驳船。"凤凰号沉到五十英尺深的水底，也许我能够吊起它。"他摇了摇头，"唉！他为何不从轮机室跑出来呢？"

菲尼克斯号的船员面面相觑，不知怎样回答，厨师格里格博士咽下堵在喉咙口的痰，清了清嗓音说："我猜他一定是被困住了。"

有好一会儿，迪克逊把脸埋在他那双无力的布满雀斑的手中。"什么？是门把他卡在里面的？"

伯特注视着河水，河水每一个瞬间都在流淌，都在变化。"好像是这样。"他说,他看见一艘白色的小巡逻艇在驳船失事的水面打转,两个潜水员注视着水面,如果发现水里有什么东西,他们会立即跳下去的……

空路不堪望

韦斯利载着他的女友博妮塔,将车停在皮坎街他父亲的私家车道上。在这辆老旧的庞蒂亚克"风暴"里,他们争吵了起来。博妮塔绷着脸,她是一个头发深色的白种女人,声音粗得如锉刀锉物一样让人难以忍受。她想去听特拉维斯·特里特的音乐会,要韦斯利去买两张四十元一张的门票。可是,韦斯利却坚持买二十元一张的,他的解释是,这样的票价更适合他们。他低下头,目光落在柏油隆起的车道上,车道在"乡村男孩"杂货店门口打了个弯,蜿蜒而去。韦斯利嘎嘎作响地磕起他的牙齿,发现自己的耐心快要消失殆尽,感觉自己就像酗了酒,在醉眼蒙眬的幻境中操起一把椅子正要扔下。博妮塔把双臂叉在胸前,称他为路易斯安那州派因油区最吝啬的约会者。韦斯利猛地按下油门,将汽车置于空挡状态,借机械的嘈杂声来发泄他的愤怒。引擎的鸣叫演变成一阵猛烈的机械撞击,直到汽车发动机罩壳下面发出一声爆响,这时,车子的所有运动部件好像一下子被焊死在一起,整个儿停了下来。韦斯利咒骂着从车里出来，博妮塔紧跟在后面，她对着一棵针叶橡树吐出嘴里的口香糖，将双手搁在臀部。"现在，你尽管发火吧，"她对他说，"我倒要看看，你什么时候能冷静下来？"

韦斯利在汽车发动机罩壳上检查到一个火山口形状的洞眼，一根活塞推杆像子弹一样从那里飞了出来。"你可以回家了，你去等那该死的特拉维斯·特里特捧着一束玫瑰爬进你的窗口吧！"他喊道，"记住，不要等我了！"

她走到街上，然后转过身对他大声吼叫："什么时候你才能成熟？"

"等我成熟的时候吧。"

博妮塔继续朝她租住的寓所走去，它坐落在旁边的一个小区。韦斯利转身走进父亲的厨房。父亲坐在餐桌边，他刚从超市回家，正在喝着一杯冰茶。

"这是今年损坏的第二台引擎，韦斯利，如此下去，得有多少钱才够你糟蹋？"

"我知道，但她简直把我给气疯了，"韦斯利颓然地坐到椅上，"我想，我们是该分手了。"

父亲用一只手摸了摸自己灰白的头发，然后松开领带。"这正是你该做的。她粗俗不堪，她的姐姐也是个粗坯，常常在六点钟来查我。她叫什么来着？蹦床？"

"特拉米·艾琳①,"韦斯利纠正说,"现在,她被勒丰雇用。"他低下头,他的红色头发向前披落下来,宛如公鸡的鸡冠。

"你知道我在想什么?"他父亲问道。

"想什么?"

"我想,你应该回来揽下店里斩肉的活。和我以前一样,你是一个整理和堆放货物的快手,处理和轧制牛排,你也是个行家。"

韦斯利捏着左手食指上的肉瘤,父亲则看着窗外。"爸爸,暂时我还是想做些其他的事情。"

"我想,你还是留在派因油区帮我斩肉,这远比为砾石公司开车来得安全,你不是做那事的料。"

韦斯利的脸如同绷紧的橡皮手套。"你的意思是说我很鲁莽,是吗?"

"你得去找一个能使你性格变得沉稳的姑娘。你唯一需要的东西就是一个好姑娘和一些时间。"

韦斯利将他的头重新埋入两只手里:"我不想听这些。"

"好,那么顺其自然?你才二十四岁,可已经开过八辆车了。"父亲喝了一口茶,温柔地抓起儿子的一把头发,"那辆老旧的'风暴'确实状况不佳,但它毕竟是能派上用场的交通工具。"

---

① "蹦床"(trampoline)与特拉米·艾琳(Trammie Aileen)谐音。

"伦尼那辆生锈的T鸟要贱卖,我想我能买得起。"

父亲用手指夹着一缕缕铜丝样的头发,这是他说话时惯有的动作。"冷静些。回到现实中来,"然后他又说,"如果你回来为我工作,我会给你买一辆好点的车。"

韦斯利松弛下来,朝窗口走去。"我运砾石已有好一阵子了,我觉得这活不错。"

"我不喜欢你这样跑来跑去,紧张不堪。"

韦斯利靠在木制的窗框上,他凝视自己的那辆车,看见一缕带着油气的黑烟从发动机罩壳的小孔逸出,腾腾升起。"建筑业者希望砾石能及时到达,如果在他们需要的时候我不能送到,那么合同就会被其他人夺走。"

父亲擦了擦眼睛。"你的老板,他不就是利用你不顾安全地飙车来大赚其钱吗?你得把车开慢些,听我的,去找一个姑娘,一个懂得除了飙车和牛仔音乐外,生活中还有更多事情要做的姑娘。"

接下来的一个月,韦斯利比砾石场里其他司机都要跑得勤快。他的老板莫里斯是个上了年纪的老头,长着一张梨形脸,褐色的皮肤像是被烤熟的鸡肉。一天,莫里斯对韦斯利说:"小子,你是个天生的好手。"

"天生的什么?"韦斯利问道,跨前一步,钻进一辆蓝鲸。

老头吐了口痰在车子的轮缘上。"你干运送石头这行驾轻就熟，比我见过的任何人都要快。"

每天，他的卡车以飞快的车速运送石头到新奥尔良一个大型赌场的建筑工地，一次又一次的快速行车不断地将他的紧张情绪削弱，他渐渐习惯途中空气突然发出的爆破声，那是因为车底的轮胎遭道路磨损而引起的。车子一旦进入庞特沙特顿湖的堤道，他就无法遏制自己想快速穿越的欲望。堤道有二十四英里长，行驶其上，他觉得就像是驾驶一架运输机，由于被重以吨计的碎石压着，所以贴在路面飞行。要是前面右侧的车道上有辆大轿车在以六十五码的速度行驶，他会以九十码的速度飞一样冲上前去超越它，让车轮溅起一片水花。后面的挂车，足有五十英尺长，一块松开的油布在它上面狂乱地飞舞着，煞像巫婆的披风。在他的左后方，泥浆飞溅而起，那是另一辆车被超过。在变换车道的瞬息，需要不差毫厘的掌控能力，否则，大轿车里的人会顿时成为肉酱。眼睛一眨之间，他便像是驾着一架战斗机猛地俯冲过去，路上的障碍物全被他的车轮碾碎，发出一阵连续的爆响，犹如机关枪的扫射。

他驾车的时候，越来越胆大鲁莽，他觉得这很必要，也很自然，就像干活离不开工具一样。每天行车十二小时以后，他便坐进他那辆生锈的雷鸟，开着它离开采石场，他让车轮飞速旋转，每隔半英里就按响一次尖叫般的喇叭声。车道转弯，进入以砾石为路基的路段，路边的松树都生长不良，他的车如同电流，沿着弧形的车道飞速向前，一下子将柏油路甩到后面。他像是在对脚底的道路摆威风，他用车轮来显示自己的力量。

他以八十码的车速驰离柏油路，进入砾石铺就的车道，这时，路上低矮的轿车被笼罩在一阵尘雾之下，并遭受飞石的弹击。他浑然不知自己处于可怕的危险之中，他车下的每个轮子随时都可能被震动得滑出来，然后像炮弹一样砰然射向路边的大松树。对韦斯利来说，驾车如同玩逼真的视频游戏。开过三十英里之后，他会停一下车，这时，可以毫不夸张地说，至少有半吨尘土在他身后漫天飞扬。

他的目的地是一座布满凹痕的绿色活动小屋，那本是一辆挂车，停置在一个废弃的采石场里。他用力拉开那扇被卡得紧紧的门，整辆挂车随之摇摆起来，仿佛遭到一阵台风的袭击。进了门，他在小小的餐桌边坐下，他注视自己的双手，它们因极度疲劳而不住地颤动着。

一天，早晨六点钟的时候，他被一只爬进厨房翻找食物的犰狳闹醒，以前此地曾是各种各样哺乳动物的栖息地。他打开门，像踢足球一样将它轻轻踢出去，目送着它朝自己停车的地方去，最后落到一个绿色的水坑里。他坐下听无线电里的访谈节目，那是由派因油区 AM 电台播放的。

143

"一个偷窃两头奶牛的人被判以死刑,难道你不认为量刑太离谱吗?"主持人的声音令人感到愉悦,她的发问具有启发性。

"如果那是你的奶牛,甜心儿,你一定希望他像熏肉一样被油炸。"一个粗鲁的声音如是说。

尽管没有胃口,但韦斯利还是逼着自己用早餐。有一段时间他只是随便吃一些玉米片和橙汁了事。他的情绪开始松弛下来,女主持人的声音十分甜美,宛如泻着月光的湖水,他想起来,他曾经见过她,那是在派因油区烧烤日活动上,她在店里的肉架边作现场直播。早餐后,他跨出变了形的门框,坐到下面的阶梯上。他用双膝托着下巴,心中盘算着下个月能把车开到多快。

他看到一只蜥蜴在阶梯下面爬动。几年前,这个采石场还在运作时,一个石场守护人就住在这辆挂车里。这附近方圆二百英里被挖得凹坑遍布,如今形成一个个绿色的人工池塘,其形状各式各样,有杏仁形,有月亮形,有正方形。南边有一个废弃的火车头,它的轮子深陷在砾石里。机器的碎片和电缆的残骸遍地散布,好像是从云层里降下来的垃圾雨。他住在这些废物堆里已有六个月,在这里没有人会看见他。他确实需要一个新的女友,正如他父亲所说的,需要一个愿陪他去看电影,会在文火上烤汉堡包,爱读非色情杂志的女人,他想起无线电节目里的女主持。

他将象牙色的齐尼斯牌收音机音量调大,收音机是石矿守护人留下的,他听贾妮谈论农妇的节目,从六点钟到十二点钟都有她主持的节目,每个节目都由单刀直入的问话开始,比如:"你认为人们应该送钱给电视福音传道者吗?"或者"联邦政府应该将更多的钱用于福利救济吗?"她的许多电话访问者都有不文明的陋习,他们出言的粗鲁无理,远远不是用单纯无知几个字可以概括的。在听了几个星期她的节目后,韦斯利对这种现象作出判断,认为最大的原因是因为人们愚蠢到过于依赖职业,所以,一旦他们闲坐在家里,就会想入非非,于是打电话到广播站宣泄自己的情绪。他把音量再次调高。

"喂,你正在播音在线。"这声音一下子吸引了他。

"米茨·贾妮。"一个老女人尖声尖气地嘀咕。

"早上好!"

"是米茨·贾妮吗?"

"是的,请听我说,今天的话题是图书馆税。"这声音和蔼亲切,带着明亮的音色。

"米茨·贾妮,在曼查克,法律让那些穷困的男孩陷于绝境,这难道不是一种耻辱吗?"

"夫人,现在的话题是图书馆税。"

"是,我知道,但是这些穷人的孩子因为杀鸟被关进监狱,这难道不令我们蒙羞?"

"你是在讲克莱姆森兄弟?"

"正是。"

"他们杀死了二千多只黑额黑雁。"她说,声音中带着义愤。

"那毕竟是鸟,"老妇人说,"可男孩是人,总不能因为鸟而把人送进监狱吧。"

韦斯利捏紧拳头,瞪着收音机。他想起自己在孩提时代饲养的心爱宠物,一只名叫埃尔莫的绿头鸭。

"夫人,"那滑软的声音说,"如果人类对黑雁想杀就杀,那要不了多久,它们就会从地球上灭绝。"韦斯利想从这声音里找到一些不耐烦的潜在情绪,但他找不到一丝一毫这样的成分。主持人以顺乎逻辑的思考,引导着这个老妇人渐渐回到这天的话题——图书馆税。

"米茨·贾妮,每个人都想要我们多缴税,但是你知道,要使收支平衡该有多难。"

"这个税每月只缴二十五美分。"很不错啊,韦斯利心里想。

"好,让我来说,叫人气愤的是,"老妇人抱怨起来,"我们像是在付钱鼓励那些闲坐着读书的人,而他们本该到外面去做些其他有意义的事,如果他们不再泡图书馆,而是去马路上拾废纸,那么我们的小区不是会更清洁吗?难道你不这样认为?"

韦斯利气得对着灰尘蒙蒙的收音机瞪眼睛,但女主持人依然诚恳和坦率地和她继续交谈下去，直到那个老妇人对话题失去兴趣，挂断电话。

接下来的电话是一个老年男子打进来的。"为什么我们非得把钱花在图书馆上？让那些想读书的人去沃尔格林书店，去自己掏钱买杂志好了。我们光顾的老图书馆足以满足目前的需要了。"

后面一个电话对设立图书馆税的建议表示赞成，然后，一个耿直的福音传道者进入电话热线，他坚称图书馆里只应该有一本书。再后来另一个人说，如果有人建议驱除那些讨厌的图书管理员，他不会投反对票。"我的意思是，如果想翻新图书馆，那就让我们做得彻底些，让那些坐在办公桌后面的老疙瘩滚蛋。"女主持人的声音依然像四月里和暖的阳光，解释说富尔默女士是个可爱的人，是位具有任职资格的图书管理员。韦斯利把收音机关掉，不再听那些争辩和令人生厌的诘难。他开始刷洗他栖身的活动房屋，它满是尘土，像是经历了大沙暴的侵袭。他在心里思忖，这个女主持人是否单身？他极力想记起她的模样，从声音判断，她应该是个年轻人，年龄和他相仿，大约二十五岁左右。电话响了，他接到一个跑两趟新奥尔良的出车任务。

到达采石场后，他在卡车后面挂上被称为"岩石之王"的拖车，它体积庞大，车体由铬合金和红色搪瓷构成，是采石场首屈一指的运载工具。只见工头摇摆着他的大肚腩从简易工棚里跑出来，攀到卡车的阶梯上，向窗内探进他那张长满胡须的黑脸。"如果到九点钟你还不能将这鬼东西送到新奥尔良，"他说，"你就别再回来干这行当了，当掉卡车，在乡下待着吧。"

韦斯利从驾驶座底下抽出一根钢棒，下了车，沿着满载砾石的车子打转，他狠命地敲打每一只轮胎，检查它们是不是都充足了气。这是一辆超长的拖车，里面堆满潮湿的碎石，韦斯利把它开上弯弯曲曲的两车道柏油路，在每一次换挡时，他都会重重地踩下油门。此刻，他一点儿也不考虑行车的危险，他依然将眼前的挡风玻璃当作是一块视频游戏的硕大屏幕，窗外向他呼啸涌来的不过是一些滑向真空显像管的电子图像。是考验他的时候了，如果他觉得自己是在真正的路上疾驰，他反倒会迷惑。他看了看表，八点零五分，新奥尔良的建筑工地在九点钟必须用这些砂砾来混水泥，否则就只好把前来轮班的工人打发回家。"岩石之王"在他脚下跳跃着、奔跑着，就像一头在惊鹿后面穷追不舍的狼。

他的车风驰电掣，在一个斜坡的底部，他为了超过一辆疾驰的灰狗巴士，让车轮打了一个弧线，飞快地插入右边的车道。这时他觉得脚底九个车轮在快速转动和不规则地跳动，仿佛马上就要飞离路面。"天啊。"他带着惊慌和恐惧大声嚷了起来。但是，当他进入笔直平坦的路段时，他反倒像是在经历一段晦暗平庸的人生，觉得异常空虚、乏味，所以他必须加速飞驰而过。他打开雷达探测器，心想，这两趟运载任务一定得完成，他在七点钟接到指令，如果能在九点钟之前进入市中心，他就可以获得三倍的报酬。无疑，他是唯一能够啃下这块硬骨头的车手。

很快，卡车被加速到八十码。韦斯利急匆匆踩下制动器，从后轮胎冒出一些黑烟。此刻，这个视频游戏必须完美地进行，因为稍有差错，就会在屏幕上出现剧烈的黄色闪光。这意味着游戏者失败了。

他看到路边的松树不断地从他窗边飞闪而过，他驾车的速度无人可以匹敌，这速度简直令他陶然若醉，直到他的车爬上一个红顶小丘的坡峰，他看见倾斜弯曲的下坡路在他脚下蜿蜒而去。他没有想到他已经把车开到了多么可怕的速度，他只管驾驭他的机器，好像它仅仅是一种噪音，而不是铁和岩石。他的车驶入山坡底下的弯道，开到一辆停着的校巴后面，校车前面摆着一块模糊不清的锡皮警示牌，十几个儿童正牵着一根绳子依次过马路。

韦斯利卡车的轮胎突然发出惊人的吼叫，顿时，后面腾起滚滚一团蓝色的烟雾，他紧握刹车，并按响喇叭。堆在车上的碎石块纷纷落下，敲在"岩石之王"的驾驶室顶上，他能够听出，翻新过的轮胎一个个爆脱了外胎。看见孩子们一张张小脸时，他从"视频游戏"中惊醒过来，那是一群真真实实活生生的孩子，他们是一些无辜的生命，如果说他们有什么过错，那就是他们不该在距离一个石场十英里的地方穿越马路，以致遇到这个被贪婪矿主雇用的鲁莽司机。

卡车还在滑行，后面的挂车左右摇摆。韦斯利双臂上的汗毛一根根竖了起来，他腿上的肌肉在痉挛。当他的卡车向前冲撞要超越校巴时，他不敢正视眼前即将发生的一切，他紧闭双眼喊叫着，终于这辆车像是淘气的孩子在父亲的掌掴下畏缩了。

他睁开眼睛，看见卡车已经滑出柏油路面，闯入路边一个泥坑里。车子的保险杠、挡风玻璃和车顶都沾满了污泥，车子最后停了下来。韦斯利的双臂和双腿就像是没有感觉的橡胶。他转过头对着旁边反射镜里映出的视觉空间，心想那里面一定有后面灾难的缩影。虽然有几个孩子躲缩在校巴下面，但是没有人躺在路上。有三四个小脑袋从路边的沟渠里探了出来，他发现他们是在朝他的方向张望，这可能是因为他们没有看到什么人的尸体，于是，他心中得到一些安慰。他跳下车，他听到陷在污泥中的轮胎在发出嘶嘶的声响，他拐着腿，跌跌撞撞地向校巴跑去。车道涂上了一道橡胶粉末，空气中散着焦物的恶臭。小学生心有余悸，不出声，站在路旁茂盛的草地上，幸而没有人受伤。韦斯利颤抖着站在校巴旁边，他感觉到身后一双双稚嫩的眼睛在责备着他，在注视着他这张驾驶员的脸。一个灰色头发的家庭主妇，眯起眼睛盯着他看，好像他是一条在公路上爬行的毒蛇。"他们要给你开罚单，让你擦干净屁股再去赶路。"她说这话的时候脸在愤怒地颤动。

地区执法人员赶来,用手铐将韦斯利铐住,塞进巡逻车的后座,这时他恐慌极了,双手在手铐的钢环里扭动。他动弹不得,所能做的就是局促不安蠕动身体,他竭力不去想自己做了什么。除了向他急骤地提出责问,没人和他说话,他渴望摆脱这种无助的局面。到了看守所,执法人员卸去他手上那副恼人的手铐,他摆动着双臂,就像鸟儿晃动双翼,做飞翔前的热身。

韦斯利的老板向县治安官提出保释申请,并缴纳了保释金。那天晚上八时左右,韦利斯利驾车来到派因油区,他把车开得很慢,慢到他能忍受的极限。他找到无线电女主持贾妮·威金斯居住的公寓楼。这时他步履踉跄,头晕目眩,就像一个从帐篷集会中走出来的宗教皈依者。他敲门,一个约莫三十岁的金发女子把门打开。

"你是贾妮女士?"他问。

那个女人礼貌地打量着他,想认出他是谁。她有一张稍稍显圆、讨人喜欢的脸蛋,还有一双明亮而机敏的眼睛。"我认识你吗?"她问,那声音和他收音机里听到的一样醉人。

"我叫韦斯利·麦克布赖德。我在麦克布赖德超市的肉类销售处见过你。"他提起左脚,将那只平跟船鞋的鞋面在他的裤脚后面擦了一下。"我是你的……一个粉丝。"他急切地想知道,这个在无线电广播站以五百瓦功率进行播音的节目女主持是否在乎她的粉丝。"我一直希望再次见到你。"

她的嘴巴微微张开,韦斯利能够看出她感觉到了他的赞美之词。

"原来你就是那个斩劈肋骨,把它们整理上架的人。嘿,韦斯利,很高兴见到你,不过我想,如果你想讨论广告事宜,你应该去无线电广播站。"

"我不再为那家店工作了,我有了份新职业,如果你不介意,现在我想和你谈一下这方面的情况。也许,我们在街那边的咖啡馆碰头比较合适,可以坐上一会儿。"

她冷冷地看着他,揣摩他的神态。"谈什么?"他喜欢对方用这种简短明了的方式说话,就像一个北方人。

"我想知道,你待人怎么会有如此大的耐心。"他连自己也没想到会说这样的话,他的脸顿时红了起来。

她谨慎小心地端详了他一会儿,耸了耸肩说,她会去那家咖啡馆和他会面,陪他喝半个小时咖啡。在她把门关上之前,韦斯利看清楚她的居所几乎是空荡荡的,亚麻色的壁板,奶酪色的天花板,一些租用或是自置的家具,还有一张方形的睡椅。

在斯里姆咖啡屋,韦斯利对她谈起自己,告诉她自己是如何脾气急躁,遇事总缺乏耐心,有时甚至像个孩子。他还告诉她,去年整整一年他都是在情绪失控的状态中度过的。他让她看自己变得又粗又短的手指,描述自己怎样开车,还讲述了有关校巴的惊险故事。在提到孩子险遭不测的时候,他的手开始冒汗,他把手掌按在膝盖上。她听他说话时的那种神情和模样,使他想起具有爱心、努力去了解病人症状的护士。他想,也许她不可能和他谈什么。

"让我来猜猜我是否理解你的意思,"她说,"你是想知道,面对播音时打电话给我的那些人,我怎么能够保持耐心?"韦斯利点点头。"好,那我告诉你,也许你不爱听,我的耐心是天生的。我从没有去和别人怄气的意识。"韦斯利皱起眉,心想,她是在暗示自己有一些天生的弱点?他低下头,目光落在自己的平跟船鞋上,鞋面的狭缝里夹着不少沙粒。他的老板,老头莫里斯给了县治安官两车铺私人车道用的砂砾,以豁免他的罚单,几天之后他就可以返回运输岗位。可是他心中充满了不安,他想若旧习不改,撞死人的悲剧早晚会发生。

"我很抱歉这么晚还打扰你。"他说,端详着她的眼睛,尽他所能给对方一个温和的微笑。"我一直在等待某种事情出现,以改变我的生活。现在,我有一种感觉,我没有耐心再等下去了。"

"哦,老天。"她说,她的脸皱了起来,宛如一张皱纸,她的脸颊泛起红葡萄酒似的红色。"可不要那样说。"

"说什么?"

"为了期盼某些事情来重建生活,你已经等得身心交瘁。"她将一只手掌朝上翻起,放到桌上,"我最爱戴的叔叔总爱反反复复说类似这样的话。没人知道那些话的真正含义,直到有一天,我们在露台上找到他,他的太阳穴嵌着一颗子弹。"

韦斯利直起身子。"噢,我才不会那样。"

她尴尬地站起来,差点儿把杯子碰翻。"当我找到他的时候,你不知道我是多么悲伤。失去亲人的感觉真不好受。"她盯着外面的街道看,韦斯利触及她眼中慌乱的一瞥。她的表情让韦斯利想起父亲常说的一句话:身处顺境不会获得逆境才有的体验。"走吧,"她说,"我想让你看样东西。"他跟着她走出咖啡屋,她的车停在街区中间,那是一辆盒状的蓝色民用契克,她让韦斯利坐进驾驶座。

"你从哪里弄来这庞然大物?"

"我的叔叔,"她解释,坐到旁边的客座位上,"我叔叔说慢悠悠轻松自如地驾车,是他生活中唯一的舒心之事。"她把车窗摇下,"他在遗嘱里把这车留给了我。"

"我们去哪里?"韦斯利问。

"只是绕着派因油区随便转转。我想看你开车。"他按她指点的方向沿着主街开了一英里就到了小镇的尽头,然后拐入一条与之平行的街开回来,然后再朝西开,在这个道路分布得像棋盘一样的小镇上,他们几乎把每一条东西方向的街道都跑遍了。车开到镇边一家名叫"好吃—好吃"的免下车快餐店旁,她要他停下,这是一个用玻璃围成的立方体,是镇上早先五十多家同类店中硕果仅存的一家。

"我开得怎么样?"

"很糟糕。"她说。

韦斯特想,他还从未像今天这样斯文地驾车。他让这辆重型契克在城镇的街道上漂流,宛如吃了定心丸似的从容。"让我做什么?"

"如果你的车紧跟着两辆年长者开的车,"她说,"当他们的减速灯亮起,你一定会迫不及待地向他们打信号,还有,韦斯利,"她的声音富有长笛的乐感,"如果有六只长耳大野兔从路上窜过去,或者当你遇到交通信号灯,你一定会按响你的喇叭。"

"你看,那个盘着圆发髻的老女人,当信号灯变换时一动也不动。"

她含蓄地微笑起来,脸显得更圆了。"韦斯利,这里是派因油区,没有谁会用喇叭去骚扰别人,除非他看见一个司机在铁轨上打盹。那个妇女其实正在守着她的钱包,每一秒钟她都在密切注意信号灯。好了,你想去哪里?去参加一个顶级集会?"她就像是他的一个姐姐,边说边把手放到了他的肩上。"你对自己做的每件事,都要高度关注,思考怎样把它做好。"韦斯利觉得,她的声音比那只触着他肩膀的手更令他心摇神荡。

一个胖女人从"好吃—好吃"餐馆狭小的服务窗口挤出身子，打量着他们。"喂，"韦斯利说，"什么东西最可口？我想尝尝。"于是，贾妮为他买了一份精美的香蕉甜食，虽然他以前自称最讨厌香蕉。她递给他一只又薄又轻的塑料匙，让他用来舀食。

接下来，她让他在一条又一条南北向的街道上穿行，把整个城镇都兜遍了，从铁路边上破烂简易的纸板住宅区到历史久远遍布寂静独立住宅的富裕街区，他都一阅无遗。贾妮靠在车门上，用一根手指卷弄着自己的一缕头发。最后让他送她回家。当他把车停在她的公寓下，熄掉火，他的内心异常宁静平和，就像服用过镇静剂似的。

"你觉得怎样，韦斯利？"她问道，声音依然是那样悦耳。

"我想我很好，只是有些累。"确实，他觉得刚才自己肩上像是勒着根绳子，拖着她的那辆大车满城奔跑。

"你车开得挺不错，"她直起身，目光落在窗外长长的发动机罩壳上，"我不知道你有什么错，我只是想让你知道，我真的希望你不会有什么事再来找我。"她对他投以礼貌的微笑，"像今夜驾车这样，保持你的耐心。为了改变自己的生活，你必须等待。"

韦斯利心想，不用再说了。他打开车门，目送她下车后在浓重的夜色中向寓所走去。

第二天早晨,韦斯利坐在拖车的门口,喝着一杯速溶咖啡,啃着一条"火星"棒①,心中思忖他是否能去铁路上谋求一份工作,或者干脆回去为老爸打工。突然他听到格格的机械声以及砾石噼噼啪啪的爆裂声,继而他看见贾妮那辆海蓝色的契克正摇摇晃晃地通过一个个砾石堆成的小丘向他驰来。车门迅速打开,只见她从前座跳下,裙子在风中飞扬着抖开,裙子上满是绿色的树叶图案。"韦斯利,你搞什么鬼!"

"我怎么啦,女士?"

"你为什么住在这样破烂的地方?你完全可以过得舒适些。"

他慢慢地点点头,吃完最后一口"火星"棒,注视着她。"我被雇用的时候老板把它租给我,我想,它适合我目前的职业。"在日光的照耀下,她显得楚楚动人,同时韦斯利也从她的眼睛看出她待人的细心和周全。

"我跟你说,找到你还真不容易呢。"她耐着性子环顾韦斯利这糟透了的栖身之所,然后将焦虑的目光定在韦斯利身上。她率真,这恰恰是她身上最令他感动的地方,他觉得她和他所认识的其他女性很不一样。"现在,能让你开车出去兜一圈吗?"他看见她伸出白

---

① 一种巧克力棒。

皙的手臂。他放下咖啡杯。"我也这样考虑。我们去哪儿?"

她微微地笑了。"你说'考虑',这我爱听。"

他们上了五十一号公路,它仅有两个车道,故而车流不甚畅通,这条公路把整个教区一分为二。她让他注意一个停车信号,要他安静下来等着。一辆小型货车格格作响地开来,韦斯利想要甩开它。"还不能,再等等。"她说。

他们等了十五分钟,看着一辆辆笨重的卡车和灵巧的摩托车开过。贾妮伸长脖子,仔细察看向南而去的车道,似乎有什么东西引起了她的兴趣。"那是辆载牛的卡车,"她说,"真不赖,开到它后面去。"

一辆拖车慢慢驶来,韦斯利注视着它叮当作响的车身。"哦,还是算了吧。"他不情愿地说。

"跟着它去派因油区。"当载着奶牛的卡车就在旁边摇摇晃晃时,她以不容分辩的口吻说,仿佛是在给他下命令。韦斯利只好将车贴近载牛卡车臭气熏天的后挡板,开始以每小时四十英里的速度跟在后面。跑了五英里之后,韦斯利央求让他超车甩掉牛车。

"不,"她说,"在你今后的人生中,这将是一次让你忘怀不了的驾车体验,你会意识到,如果这次你有耐心等到最后,那么你就可以有耐心等候任何东西。"她把脸转向旁边的车道,阳光在发动机罩壳上跃动，映着她泛红的脸颊，使她显得更加漂亮。"韦斯利，要知道道路并不是什么孤立的东西，即便它是空着的。它是人类社会的一个组成部分，正如静脉是人体的一个部分。你的问题是你仅仅把它看作是道路，而不是一个可能发生一切的舞台。"

韦斯利做了个鬼脸，依然默不作声地跟着载牛卡车，经过了阿米特、独立镇，经过许多由红砖住宅和板墙屋舍组成的小区，经过无以计数的红灯和一个又一个必须减速行驶的学区。汽车终于到达派因油区，驶入一个低矮的顶部用锡板和石棉板构成的楼群之中，韦斯利脸色苍白，他感到一阵恶心，想要呕吐。

"你看上去脸色不好。"她说着靠过身去，那双绿眼睛睁得大大的。"强行忍耐把你弄得心烦意乱？"

"不，女士。"他扯谎道。

"好，让我们等一下。"她要他把车开到沃尔玛超市，她排了一个最长的队，买了一罐糊状蜡。然后他们开过贾妮的公寓，停车后她要韦斯利为她的车上蜡，让他整整忙了三个小时，那段时间里，贾妮将一把折椅安置在路边一棵自生自长的沼地枫下面，坐着看他，偶尔大声提醒他哪儿漏了上蜡。"现在慢慢把车擦亮，"她喊道，"用点儿力擦。"他真想对她说，见鬼去吧！但是他没有。渐渐地，他的脸越来越清晰地映在这辆车的深蓝色漆面上。

擦好车后，贾妮带着韦斯利进入她那间朴实无华的客厅，让他坐在一张直背椅上,要他读《大西洋》杂志中的一个短篇小说,然后再把故事讲给她听。对韦斯利来说,这比让他跟在载牛卡车后面还要糟糕。他看着富有光泽的书页发愣。他怎么讲得清楚一个中国姑娘的内心活动,她因为不能像秀兰·邓波尔那样令母亲骄傲而深感气馁。最后贾妮开车把他送回住所,当契克在韦斯利栖身的拖车旁停下时,他斜过身吻了贾妮,这是深深的恋恋不舍的一吻。

"韦斯利,"她问,"杂志里的故事对你有何启发?"

"启发?"他疑惑不解地重复着贾妮说的这个词,"我不知道。"但他明白贾妮的用意,她是力图让他有足够的耐心去思索问题。

她再一次问他,这回她用做无线电广播时那种令人舒心的声音发问。他对她谈到了那个中国姑娘心中的内疚和她即将赢得的独立生活。他们围绕这个故事谈论了一小时之久,韦斯利觉得自己快要疯了。

第二天他没有见到她,但是通过收音机,他听了她的播音。话题是怎样除去庭院中的野草。一个喘着粗气的老年男子打来电话,建议沿着栅栏和步道浇灌使用过的机油。

"但是麦克法丁先生,"贾妮开始用她充满韧性的声音说,"用过的机油中饱含像铅这样的有毒金属。"

"是的,小姐,"老年男子说,"这些金属正好可以杀死野草。"

韦斯利静静听了三个小时她的节目,然而不像以前,他对访谈者的胡扯一点儿也没有愤懑的感觉。

到了晚上，贾妮打来电话要他去萨廷酒吧会面，萨廷酒吧是一家坐落在汽车旅馆隔壁、供中年人消遣的夜间俱乐部。她穿着蓝色的上衣，下身配了条宽松的裙子，看上去很像一个中小学教师，令韦斯利倍感亲切。他们忘情地交谈，韦斯利谈到他的父亲总是试图控制他的生活。而贾妮则谈到她叔叔怎样把她抚养成人，然后又怎样弃她而去，让她举目无亲地活在人世。他们又点了第二轮饮料，在这一个小时里，贾妮并没有再测试他的耐心。有人在自动唱机上放了一曲慢步舞曲，贾妮站起来邀他跳舞。"现在步子要慢一点儿，"他们踏上舞池的地板后，她对他说，"这不是法人后裔的两步舞，只需稍稍动一下脚，主要靠臀和肩的扭动来形成舞姿。"他感觉到她控制有度的手臂运动，陶醉于她温和柔软的声音，他知道她在引领着他的舞步。过了一会儿，他的动作失调了，不知该如何继续下去，她再次为他领舞，但动作十分缓慢。他觉得自己就像一只在树液里挣扎的苍蝇，但是，他宁愿就这样在冗长不断的音乐中漫无休止地跳下去。

过了一会儿，两个男子在他们旁边的一张桌子落座，一个是圆脸，长满胡须，戴了顶棒球帽，帽顶上打横绣着一排字"吻我的屁股"。另一人个子矮矮的，染着一头光亮的金发，他不怀好意地打量贾妮，有一两次向他的同伴靠过身去，用手挡在对方耳朵上悄悄地说话。韦斯利看见他起身向他们走来。矮男人微笑着,他的嘴里缺了一颗牙。他请贾妮跳舞,当贾妮婉拒他的请求后,他不悦地皱起眉。"喂,来吧,甜心,今晚我正需要娘们来吊我的膀子。"

"抱歉,现在我不想跳舞,也许其他桌有人乐意接受你的邀请。"她微微地一笑,但这微笑是勉强的,它是一道防范的栅栏。

矮个子咧嘴而笑,一副无赖相。他伏到桌上,把双手放在桌子潮湿的塑料贴面上。"甜心,在我听来,这就像一句屁话。"

韦斯利密切注意着她的眼神,但是从她的脸上他看不出任何暗示。他想她一定希望自己保持冷静,不露感情地坐着,最好俨然一个神学院的学生,脸上满堆着和蔼可亲的表情,这样就可以避免一场争吵。也许正如为她抛光车背那样,这又是一次考验。

"我们真的希望单独待着。"她说,她声音里的自信减弱了。那家伙身上散发出一股烟草的恶臭和难闻的酒气。他盯着韦斯利看,韦斯利坐着,不动声色。他从贾妮的声音中听出她正在压制心底的不安。

"看上去你就是单独一人。"他说着嬉皮笑脸地勾住她的腰,用力把她扯过去。

此刻,韦斯利竭力压制自己内心的愤怒,一如幼时他和小弟弟在后院打斗时那样克制自己。当他看见贾妮的倩腰被一只橡胶般的手挽着,他用不带敌意的口吻说:"你为什么不松开她?她可不想跳舞呢。"

金发矮子把脑袋朝后一昂,就像只好斗的公鸡。"多管闲事,为什么你不跷起二郎腿,在那里给我坐着,没男人味的家伙!"

贾妮被拉到铺着瓷砖的舞池,韦斯利低下头,看着桌子。他遏制住胸中欲喷的怒火,让自己松弛下来,然后又抬起头注意他们。那个小矮子并不会跳吉特巴舞,他的步子和音乐一点儿也不协调,他只会死劲地抓住贾妮的臂弯。一首乐曲结束之际,他把贾妮拽紧,贴在她耳边说了些什么,贾妮一把推开他,矮男人放声邪笑起来。

她旋风般地跑回韦斯利身旁,脸涨得通红,声音也单薄得极不自然。"我被弄得如此狼狈,"她说,直视着前方,"你为什么不起来阻拦,稳坐不动,真像个懦夫。"

韦斯利觉得一股热血涌上他的脖子,他的后脑仿佛马上就要炸开。"难道你不知道?坐在这儿不让那家伙饱尝老拳,对我而言,这有多难!"

她擦了擦她尚有余痛的右臂。"当我一拐一拐地和他周旋的时候,我是多么尴尬和无助。"

"我一直在忍耐,如果我用拳头教训这个蠢货,我们都会被赶到街上,要不就是被拘捕。这正是那坏小子最高兴看到的。"

她像是听不进韦斯利的解释。"我需要帮助,可你却端坐不动,"

她用一根搅酒棒搅着杯中的饮料,但没有拿起来喝,"我有一种被抛弃的感觉。"她低下头,注视自己的膝部。

即使在萨廷酒吧昏暗的灯光下,也能看出韦斯利的脸红着,他颈部的肌肉一块一块地鼓起,在微微的颤动。他不住地告诫自己,一定要克制。他想,贾妮不是希望自己能有耐心,能不急躁吗?"嘿,没事了,一切都过去了。"

贾妮站起来,推倒自己的座椅,又砰地将手袋扔在桌上。"对,"她喊道,"一切都结束了。"

韦斯利付好账单飞快赶到停车场,看见那辆大契克的车尾灯射出椭圆的红光,车在远处的一个弯道上突然转向。夜间闷热的空气中飘浮着汽车排档摩擦产生的嘎嘎声。她驾着她叔叔的大车全速前行,那车就像是获取了无尽的动能,永远也不可能停下来似的。

第二天早晨,韦斯利打了四次电话到电台找她,但每次她一听出是他便把电话挂了。太阳把拖车的铁阶梯晒得暖暖的,他坐在上面,心想为什么她的心情会如此恶劣。自己所做的不正是她所希望的吗?他认为是这样的。他看了一眼那台报废的机车,它的轮轴深埋在沙堆里,韦斯利无奈地摇了摇头。

大约八点钟的时候,电话响了,是他的老板大莫里斯打来的。"喂,小子,快开着你的 T 鸟给我赶过来,我们刚接到电话,要将满满一车建筑砾石运往南岸，必须在九点半前送到。"

韦斯利注视着T鸟一扇破裂的窗子。这车已有十年的车龄。

"这趟活很棘手。"

"浑小子，你准能行。"

"还是叫里德利去吧。"

"他昨天开车去萨楚马了，三个星期后才回来。听好，"大莫里斯用一个老牌政客似的嘶哑和枯涩的声音说，"你是我的雇员，不是吗？你是开车最快的一个。"

韦斯利看着他栖身的拖车，不仅变了形而且满是霉斑，然后他又看着散弃在四周的废旧之物。"我想，我得暂停开车了。"

"什么？运载砾石，你的速度可是顶呱呱的，小子。"

"我知道，这正是我要离开的原因。"

两个星期以后，韦斯利在父亲的杂货店斩肉，他很熟练地把丁骨牛排和牛腿肉削下。尽管他在匆匆忙忙处理熟火腿的过程中有时会让切片机堵塞。这是他父亲的一家新店，切肉室宽敞明亮，装了许多荧光灯，地板上撒了红色的锯屑，用以吸收滴下的油脂，一本为汽车零件作广告的年历挂在墙上，画里的人物是罗德·贝林小姐。通常，他的当班时间是从下午一时到晚上九时。可今天他必须从早上就开始工作。他跑到后面从冷库里把冻肉拖出来，他注意到门房的立体扬声器里传出一个熟悉的声音,这时他的手臂正提着一块牛胸肉,他停住,听出那是贾妮的声音。她正和雷恩尔·布尔芬奇做电话访谈,此人是一家摩托车俱乐部的主席,来自北部和密西西比州接壤的地区。

"老兄,我们有没有在车上安装消音器,这惹谁了!"雷恩尔用低沉的声音吼道。"我想,这仍然是一个自由的国家吧!"

贾妮的声音软软地从收音机里滑了出来。"古姆伍德的法规适用于住宅区内的街道,雷恩尔,可这并不影响你开车穿越市镇啊。"

"那好,当我们嗡嗡地把车停在公路边,想方便一下或是办件什么事,你猜会发生什么?那些肥头大耳的古姆伍德警察会连连训斥我们,弄得我们像是一只只在瓶子里打转的苍蝇。"

"难道你不认为人们可能讨厌你们的打扰吗?"她的声音变得细弱了。韦斯利的双眉拱了起来。

"嘿,每个人都得有所忍受。"

"是的,但这讨厌的声音是……"

"喂,你知道些什么?姑娘,你从没开过一辆哈雷,你从没走出过你的无线电广播站。"

"是的,但是……"

"你穿过皮夹克没有?"

广播沉静了片刻。"我为什么要穿皮夹克?"她的声音变得平板,带着不快。韦斯利斜过身调小了收音机的音量。

雷恩尔喊道:"你说什么?"

广播又停顿了一会儿,然后贾妮的声音像被撕成碎片一样尖锐起来:"我为什么要穿得像个同性恋,假男人,我认为西方文明的最高成就便是让臭名昭著的摩托车存在,它发出的声音就像放屁。"韦斯利手中的牛胸肉滑落下来,他赶紧用双踝夹住,接着把它提放到切肉台上。

"你这个臭娘们儿。"雷恩尔喊叫道。

贾妮又说了些什么,韦斯利颓然地坐下,背靠在后面的牛肉上。他一边拨弄着手上的肉瘤,一边对着收音机发呆。正在此时,他的父亲从后面进来,帽上的雨水被纷纷抖落下来。

"你为什么皱着眉头,韦斯利?有什么事情不对劲吗?"他边说边脱下雨衣。

"哦,我不知道,"他回答。接着贾妮播放了一段商业广告,接下来播报国内新闻。韦斯利打开带锯,把牛胸肉推过去,看着锯刃的寒光在牛肉中飞快地闪动。

第二天早晨,韦斯利在自己的公寓里把新买的立体收音机调定到地方台,没有听到贾妮的声音,只有一个男人的声音从里面冒出来,充塞在他的起居室里,这声音像是从喉咙里硬挤出来的,嘶嘶沙沙，难听极了。当通话者的意见与之不合或令他不快时，他干脆把电话挂断了。韦斯利大为震惊，就像他在开着运石卡车时前面的路上突然出现了什么东西那样。他打电话到广播站，是女文书接的电话，他们谈了一会儿，但对方没有告知任何他想知道的情况。一连两个早晨，他都打开收音机，想听贾妮的节目，但是听到的总是那个乏味的声音，刺耳而且带着让人受不了的鼻音。但是对于边远森林地区的那些粗野的人来说，他是一个比贾妮更强的对手。他打电话到贾妮家里，可没人接电话，他跑去她的公寓，一个越南女人正在打扫房间，说是准备让下一个租客搬进去。最后他来到广播站。广播站设在巴斯特干洗店楼上，他在凌乱不堪的办公室里找到了经理。

"你好，我叫韦斯利，是贾妮的朋友，我想，你能否告诉我贾妮她怎么样了？"

经理是个六十多岁的男人，高高的个子，有一副方方正正的肩膀，他招呼韦斯利坐下。

"她到底上哪儿了，我也不清楚。那天她在通电话时和一个人搞僵了，她失去控制后拉下夹在头上的受话机，把它扔了，然后脸上带着极度的愤怒冲下楼去，从此我就再没见到她。"

"她在此地有什么亲戚吗？"

经理久久地注视着办公桌，然后回答："当她还是个孩子的时候,她就和她叔叔搬到这里来了。想必是叔叔抚养她,不要问我其他的,我从未听她提到过她的父母。"

韦斯利吸着气,他的脸颊朝里收缩,他沉默了片刻。"她曾经和我谈起过她的叔叔。"

经理摇着头,目光穿过门厅落到播音棚上。"她可是这里最好的播音员。我不知道发生了什么。我弄不清那天她到底怎么啦。"

"她的声音真的棒极了。"两个男人对视着沉默了一阵子,他们心中都在想,欣赏贾妮的声音确实有一种说不出的愉悦,那感觉就像手指轻柔地在颈背触摸。

"韦斯利,真希望能告诉你一些事情,但对我而言,她主要就是一个美妙的声音,她用声音工作——声音就是她的手和脚。"经理的身子向他斜靠过来,眯起了眼睛。"她的叔叔死后,我听她播音,她的声音没有什么两样。"他指着挂在门框上面的一个喇叭箱,那上面积满了灰尘。"但是你如果看她的眼睛,你就会发现许多她声音里没有的东西。你懂我的意思吗?"

"我懂。"韦斯利说着起身告辞。他试图想象她踏着老旧的地砖在工作室进进出出时的模样,但是他脑中一片空白。

经理把他送到门口,和他握手道别。"听她充满自信的声音,就像她什么都知道,不是吗?"

"她善于给人忠告,"韦斯利对他说,"但是她自己却不能遵循它。"这时，他们两人的目光同时穿过隔音玻璃落到一个胖男人身上。他用铅笔的橡皮头擦着光亮而又布满斑点的秃顶，唇上叼着一支没有过滤嘴的卷烟，他正在电话里苛责对方。

他断断续续地寻找了她六个月，他写信或打电话给南方各地的无线电广播站。有时候，在陈列柜旁边切肉时，听到什么声音，他会立即跑出去在走道上搜寻。他父亲想让一个收银员和他交往，但没收到效果。一天晚上，他帮父亲整理皮坎街住所的阁楼，他们在一个作废的账单盒后面发现一台木制的老式收音机。

韦斯利打量着这台阿特沃特·肯特牌收音机的频段刻度和球形旋钮。"在我出生之前你就不用它了。你估计它还能使用吗？"

父亲向他走来，这时韦斯利正在阁楼顶上的椽子下拨弄这台收音机，收音机发出难听的呜呜声。"不要浪费你的时间了。"

"我要把它插到吊灯那边去。"阁楼很矮，韦斯利在阁楼的尖顶下伸了伸腰。

"你收不到任何东西的，除非有一根偶极天线。"

韦斯利从收音机后面拉过一根电线，把它接在椽子下面的铝纱门框架上。"你曾经不是告诉过我，这些老古董是从欧洲带回来的吗？"

父亲叹了口气，像印第安人所习惯的那样，在韦斯利旁边，在阁楼灰尘蒙蒙的地板上坐下。"如果你想靠这东西找到她，我想你真的是疯了。"他说。他们看见收音机的波段刻度盘闪起了红光，又听到一阵沉哑的呜呜声响了起来，就像铝纱门关闭时在空气中产生的摩擦声。外面，太阳已经西沉，天色暗下了，国内所有的小型电台都停止了播音，以便减少干扰，让德尔里奥、新奥尔良、西图雅、小石城等地区的电台以五万瓦的波频功率清晰地进行广播。韦斯利慢慢转动球形旋钮，他的手指的轨距就像时钟的分针那样缓缓打转。他转过巴吞鲁日电台，在一阵杂乱的哨子声中进入墨西哥城的电台广播。

"这玩意儿还有些用处。"韦斯利说。

他父亲摇摇头。"你接收到的会全是乌七八糟的东西，全是世界各地的垃圾信息，尤其是在夜间。它说什么？"

"Bonjour，是法文，你去过法国吗？"

"也许我能够告诉你有关加拿大的情况，不过一时也讲不清楚。"过了约莫十分钟，他们头顶上的木梁因为干燥发出剥剥的迸裂声，继而又平息下来。他小心翼翼地转动旋钮，他们听了堪萨斯城有关使用车辆的广播，听了古巴的政治宣传，还听了一些地区的可口可乐广告，广告中孩子们用一种他们从未听到过的语言唱歌，即使韦斯利放开手，不再旋转旋钮，广播的声音也会一下子清楚起来，一下子又衰弱下去，一下子又变成了另一种语言，它们自动在许多嘈杂的信号中飘浮不定。接下来，一个五百瓦波频功率的广播覆盖了路易斯安那州的派因油区，它来自另一个时区，那里此刻还没到傍晚。韦斯利听到一个女人水流般的柔美声音，她正在做入夜前的最后一个访谈节目。

"哎，事情通常没有你想的那样糟。"她说。

一个不友善的声音在做响应，显然，这含着愤懑的声音来自边远的贫困地区。

"你不是我肚里的蛔虫，怎么知道我的感觉？"可能什么地方在闪电打雷，无线电里的声音开始结结巴巴地颤动着，然后逐渐消失了。韦斯利抓住收音机的胡桃木外壳，垂下头贴在它的喇叭上。

父亲发出轻轻的叹息。"不是她，你不要这样发傻。"

"我不能理解你的感受，"女主持人说，"但是，你也认为我什么都不能告诉你吗？"

对方的回答消失在一阵静电干扰声中，那个女人的声音颤动着从他耳中消隐。他摇摇头，感觉到父亲正用沾满灰尘的手在他头发上梳理。

灭虫人

下午五点钟的时候,以灭虫为职业的费利克斯·罗比绍在一条用石块铺筑的长长车道上驾车行驶,沿着这条车道,到达"美皇后"的住宅后,他把车停在一片郁郁葱葱的橡树林下面。他从白色的小卡车上拖出一个容积三加仑的药桶,按住喷雾器手泵把手作了五次充分的抽吸。通常,熟悉的老主顾若是不在家,他们会不锁门,让他自行入屋做灭虫的喷雾作业,他们信得过他,完事之后,他会把账单留在他们的桌柜上。费利克斯看见马洛内女士那辆光亮可鉴的大轿车停在车道上,故而他在厨房门口停住步子,透过玻璃朝里张望。他看见水边一只盛满咖啡的宽口瓶正冒着热气,由此,他知道马洛内女士已经从办公室下班回到家了。他用喷雾管顶端闪亮的铜喷嘴轻轻地敲打玻璃,马洛内女士现身了,她是个金发美人,穿着海蓝色的西装。

"罗比绍先生,我想,该不是一个月又到了吧?见到你很高兴。"五年前,他三十一岁之际,就成了路易斯安那州拉斐特地区最为成功的独立灭虫人,每当听到马洛内女士称他先生的时候,他总有一种滑稽的感觉。

"你一切可好?"他向她投去一个笑容。

"你是知道我的,好坏对我都无所谓。"她转身将几只盘子放进水槽。他想起他和马洛内女士曾经有过的一次接触,当时,谈话的气氛甚为凄凉,她告诉他近年来生活中的一些琐琐碎碎的事情,包括她丈夫的死。那声音总在他脑中萦绕不散,他真的忘不了她告诉他的每一件事。可灭虫人并不明白,为什么她要告诉他这些事情。他只是注意到他的大多数顾主最终都乐意对他讲述他们的人生故事。他开始穿梭于屋内各处进行灭虫作业,沿着护壁板喷洒药水,他的操作熟练准确,让一条条药水的溪流依着墙脚流淌。他还喷洒窗台、钢琴后面的黑色裂缝,散发着香水味的盥洗室,挂着开司米织品和丝绸服饰的壁橱。很快,他又回到厨房,弯起腰在冰箱后面和水槽下面喷洒药水。

"你要喝杯咖啡吗?"她问道。然后,像五年来经常发生的那样,他在那张胡桃木早餐桌旁坐下,一边和她一起喝咖啡,一边欣赏她那优美有致的后院。看得出,院中的植物得到主人精心的养护,长势比别的人家要好。一个个花坛圈着一棵棵浓密的橡树,花坛里盛开着长春花。步行道用砖块铺就,显得明丽、平坦,它通往圣奥古斯丁街。院子中央还有一个空的游泳池,用帐篷盖着。"美皇后"已经守寡四年了,她没有孩子。他之所以称她为"美皇后",是因为她曾经告诉他她在一次选美活动中夺魁,他记不清那次比赛的准确名称,也许叫"新奥尔良小姐选美大赛"吧。他背地里给他的每一个主顾都取了绰号,当然,这些绰号只有他和他妻子克拉丽丝知道,克拉丽丝是个长着深色头发的白种女人,矮小漂亮。她从事教师助理的职业,因为自己不能生育,所以特别喜欢和孩子们亲近。

"嗯,"他开始说话,"自从上次喷洒后,你有没有再看到过虫子?"

她舀了三匙糖放入他的杯子里,又为他倒了些奶油,他搅动咖啡。"只是在橱柜周围看见过两只。"

"小的还是大的?是不是红色的?"

"我想,颜色是红的吧,它们肯定是木蟑螂,对吗?"她用那双明净如水、像矢车菊一样的蓝眼睛看着他。

"它们是从屋外爬进来的,待会儿我再沿外墙的墙基喷洒药水。"他将一只毛茸茸的手臂伸到桌上,端起杯子送到嘴边,慢慢地呷了一口,把水汽也吸了进去。"你家里有没有报纸?你把它们搁在哪儿?"

她喝了口咖啡,在象牙色的杯缘留下一个红色的唇膏印迹。"我现在不看报纸了,所有的坏新闻都会使我倍加烦恼。"

费利克斯低头注视着他的咖啡，心想，一个优雅的妇女过着如此空洞的生活，简直是对人生的虚度。而他的妻子克拉丽丝却是把日子过得太忙忙碌碌，以致根本就没有时间去为什么犯愁。她一旦捧起报纸，就不会遗漏里面的任何一个字，她甚至还十分关注警方的通报和法律方面的信息。

"与其闲得无聊，我宁可读一些令人生悲的东西。"他说。

透过宽大的凸窗，她看着外面的橡树。当她转过头的时候，她头发的自然色彩便映入他的眼中。"我看电视，每个人都看电视消磨日子。休息日，我就购物去，这更是让人醉心的消遣，"她瞥了他一眼，"你不是看过我的壁橱吗？"

他点点头。那么多的鞋子和衣服委实让他感到吃惊，他想她是很少外出交际的，因此想问她备着这么多服饰作何用途，但最终他还是忍住了。他毕竟不是她的朋友，他只不过是个灭虫人，这就是他的位置。

很快，他把咖啡喝完，道了谢便到屋外去工作，喷洒后院木制平台的底座、外墙墙基，以及泳池的四沿。在泳池深水端的一个水洼里，他看见了自己的倒影，水里映出他深色的头发和眼睛，映出那件遮着他宽大圆浑肩膀的素白衬衫。他还在水中看见自己凸起的大肚腩，想起妻子每天用丰盛的晚餐填他，不禁笑了起来。他回到屋里时，"美皇后"已在喝第二杯咖啡，正用漠然的眼神看着他，仿佛他是她步道边上的一尊大理石雕像。他从来不介意对方用这样的神情看他，作为生活在现实世界里的灭虫人，阅历告诉他，世上大多数人都是这样。置身于与自己不同的人当中，他们便总会有距离感和拘束感。他有理由相信，在生活中，像马洛内这样的人能对他敞开大门，这就说明她有倾诉的渴望，他们之间存在沟通的可能。他是个行事认真务实的人，做每件事都有目的，即使他还没有什么进一步的想法。总之，"美皇后"的言语和举动对他是一个信号，是一个为他未来人生指引方向的路标。

等马洛内女士喝完咖啡后，费利克斯就告辞去斯卡尔逊家，去干他今天的最后一家活儿。他给斯卡尔逊一家子人取了个绰号，管他们叫"鼻涕虫"。作为一个走家串户的灭虫人，他具有相当的阅历，各种各样的人他都领教过，各种各样的场面他都见识过。大多数主顾都会任由他在没人陪同的情况下把屋里一个个房间走遍，包括阁楼和地库，他们毫不忌讳自己的隐私被窥探，仿佛他不长眼睛似的。所以，他看到过污垢不堪的水槽，看到肮脏得吓人的卫生间，看到过十几岁的孩子吸毒，他还在躺着醉酒老人的地板上喷洒药水。他还曾经不合时宜地闯入一个老妇人和一个年轻男孩的情色现场，他们面无愧色地看着他，仿佛他只不过是一条在房间里徘徊的流浪狗。他是一个灭虫人。他不是一个窥视别人秘密的跟踪者。

尽管不愿意，但是他还得每月一次造访斯卡尔逊家租住的那幢屋子，去面对斑驳破败的墙壁，为房子作喷洒药剂的灭虫作业。在门口他遇见"父亲鼻涕虫"，他红着脸膛，手中拿着一个一夸脱的啤酒瓶。"进来吧，费利克斯。你最好在药桶里再加些DDT，你上次喷洒过后，才一个星期，那些狗日的虫子又回来了。"

"我会加大剂量。"费利克斯回答他。但是他心中在想，这屋子没虫才怪呢！厨房炉灶周围堆满了油腻的垃圾纸袋，里面正是虫子最好的藏身之所，要想灭尽它们，除非将整座屋子浸在一个巨型的药水罐里。他打开水槽底下的柜门，一群德国蟑螂在蠕动着它们黑色的身体。

他喷洒好厨房后便走进用廉价镶板隔成的起居室，正好撞见斯卡尔逊先生和他十几岁的儿子布鲁斯争吵。

"那不是我的错。"儿子喊道。

斯卡尔逊先生的两只大手就像是粗糙的橡胶工具，他一只手捏住男孩的脖颈，另一只手狠命地甩过一个巴掌，他儿子的鼻子顿时淌出血来。"怎么会生下你这个孽种，简直是狗屎一堆。"他对着儿子咆哮。

费利克斯·罗比绍继续在他们父子两人的身边喷洒，只当他们是两把椅子而已。他朝窗外望去，斯卡尔逊太太正在后院燃烧一大堆肮脏的一次性尿片，用一根树枝在火堆里搅动。他上了楼，在一间卧室里他看见斯卡尔逊的女儿，她是个肩膀圆溜溜的女孩，正津津有味地在一个旧电视机上玩杀人游戏。电视机周围堆积着一些吃剩的三明治以及几碗发馊的谷类食物。在另一个房间,身上散发酸臭的祖父正一边大喝超市买来的波旁威士忌,一边对着电视机观赏色情电影。

斯卡尔逊家族的悲剧在于他们满足现状,不求进取。祖父和父亲在油田拥有一份相当不错的工作,他们骄傲地把高中毕业文凭挂在书房里,再也不想应该改变些什么。灭虫人看到他们做的唯一事情就是争吵,然后便是躲进房间生闷气,就像蜷缩在花园里的鼻涕虫,仅有的能耐就是损害花卉,甚至连做梦都在想怎么损害花卉。

费利克斯·罗比绍住在一个占有大片土地的农家住宅里,他的住宅离公路有一百码之遥,是座白色的建筑,屋前耸立着一棵高大的山核桃树,而屋后,在住宅和谷仓之间,长了棵枝叶茂盛的橡树。一片低洼的青草地像是一个绿色的湖泊,一簇簇修剪过的杜鹃花在湖面漂浮。一个个生气勃勃的灌木丛,在费利克斯的眼中就像课间休息时孩子们在叽叽喳喳中围成的圆圈。他坐下享用妻子烹饪的晚餐,那是一份热气腾腾的菜蔬炖鸡。餐后他帮妻子收拾餐桌上的盘碟刀叉,他家的餐桌表面黏贴了一层福米加塑料薄片。当妻子在热水的雾气和嘈杂声中冲刷餐具的时候,他把铺了瓷砖的地面扫干净,顺手把调味品放回原处。一切清理完毕,他们便来到前面的门廊，各自在一把带弹簧的铁椅上坐下，这两把椅子还是他父亲留下来的。

生活对于克拉丽丝和费利克斯而言，似乎少有乐趣，他们的状况正如一对夫妇在孩子长大搬出去居住后所面临的失落。由于没有孩子解闷，由于一个个无所事事的下午闲得令人发慌，令他们有一种羞于见人的负罪感。这时，他们觉得应该通过家务和娱乐来排解内心的空虚。在他们婚后的整整十年中，他们也做了不懈的努力，尝试着改变这种状态，他们曾经跑到像休斯敦那样远的地方去求医。但是，他们家主卧室之外的卧室依然空置着，他们的夜晚依然没有婴儿的哭啼声来加以充实。在他们的想象中，那哭声虽然可能令人烦躁，却不失为一种心灵的安慰。他们拥有一辆大轿车，在百无聊赖的周末，他们驾车在乡村兜风，可车里显得空空荡荡的，令他们意兴阑珊。两人都是矮个子，而且瘦骨嶙峋，所以那天，当他们把新买的汽艇停在一条水草繁多的小河里，一边钓鲷鱼一边谈论他们没有孩子的寂寞日子何时才是尽头时，突然，他们觉得这小船显得太过空旷。几只幼小的白鹭鸟在他们头顶上的柏树秃枝上栖息。米诺鱼在深色的河水中闪动它们的鳞光，那仿佛是时间如梦如幻的光影，悄然无声地从小船边上滑过。

克拉丽丝的目光从门廊渐渐移到前院，最后锁定在山核桃枝头的累累果实上。她用白皙的手指慢慢梳理颈后的深色鬈发。费利克斯注视她那双漂亮的眼睛,即便在黄昏的光线下,它们也完全呈蓝紫色。他在心中猜测,接下来妻子会对他说些什么。克拉丽丝问他今天最先到哪家去灭虫,他笑了起来。

"我是从'船夫'家开始的。"

"是梅尔文·劳伦特。新主顾吗?"

他点点头。"然后是'鱼''小内格''铁路先生''白蚁双胞胎'。"他的视线落定在山核桃树的梢头,每提到一个名字他的指头就轻轻地弹动一下。"最后是'美皇后'和'鼻涕虫'。"

她把手放到他的手臂上。"你应该称他们为'美皇后和野兽'。"

"明天我还要到野兽家喷药。"

"这样说就对了。"克拉丽丝叠起她修长的双腿,脱下一只鞋子来察看她的脚趾。

"马洛内女士不找个人结婚,太糟糕了。我下班后在银行看到她两次,可以说,我给了她很多提议。"

费利克斯噘起嘴唇。"是啊,她真的需要很多很多的帮助,你可能听说了,所有的支票开票员都在议论,说那天下午她遭受意外打击昏倒了。每一件事情都让她悲伤,每一件事情让她萎靡不振。她丈夫的死,让她一下子失去太多。"他边说边想起"美皇后"的那双眼睛,想起他在那双眼睛里窥探到的信息。

"你觉得'美皇后'依然漂亮吗?"

"废话。"

她的目光落到公路上,一辆装满干草的卡车隆隆地向西驰去。

"真遗憾,我们不能为她介绍个人,好让她振作起来。"

他对着妻子转动双眸,把手按在她的手上。"我们不知道她喜欢哪一类人。你该不是想让她和特德表兄约会吧?"

"去你的,别自以为是了,特德的心气很高,有金融公司撑腰,他购买了一艘钓虾艇,还准备去拿会计学准学士学位。"她抽回自己的手。"小心我也提起你家那边的人。"

即便是阴影里的草,也会长得很长,他们希望能像绿草一样在逆境中努力充实自己,他们相互打趣,挑起一些让自己开心的争辩,直到蚊子把他们逼进屋里。没多久,他们快乐的声音在空荡的屋子里平息下来。

这个月的最后几天,费利克斯如常在教区走门串户,完成他的喷药作业,力求把恼人的害虫从人们的生活中驱除,尽管这些人视他为可无可有,他的存在,还不如他们家中的一只苍蝇那样惹人注意。三十一日他去"美皇后"家附近一带造访一个新主顾,那是位离了婚的律师,名叫麦考尔,他个子高高,看上去健壮敏捷。虽然费利克斯是第一次来这儿喷洒药水,但是这位律师对他毫无戒心,任由他一个人在这幢租来的大屋里随意走动。费利克斯故意在起居室久作逗留,这样能有机会和麦考尔接触,观察他的性情和为人。他把喷嘴的喷洒量调到很小,还停下几次加药水。律师面露微笑,问他是否对橄榄球感兴趣。

"哦,是的,"灭虫人回答,"从第一天起,我就支持圣人队。"

律师放声笑了起来。"我也是,你知道,我曾经承接过一宗圣人队球员向球迷索赔的案件。该球迷在比赛结束后闯入运动场的地下通道,把一个球员的臂膀打伤。"

"不是开玩笑吧?"这个故事强烈地吸引了费利克斯,且令他愤慨,一个向球员施暴的球迷,这不是人渣吗?和他要灭掉的害虫简直如出一辙。他待了半个小时,陪戴夫·麦考尔喝了一点啤酒,闲谈中灭虫人探知他来自何处并对他的好恶有所了解,但是,对方始终没有谈及自己的个人私事,费利克斯不知道这是为什么。也许因为自己只不过是个灭虫人,一个今后未必再和他继续交往的灭虫人。矮小结实的灭虫人装出不在意的样子倾听律师说到的每一件事,他想,也许这里面会包含什么重要的信息。

"你不妨去见马洛内女士。"话音刚落,他就对自己感到吃惊,他也弄不明白,这句话怎么会这样脱口而出。他只是觉得眼睛里有些蓝色的小火花在蹦动,这句话就自动跑出来了,突兀得就像是一封没有写回信地址的信。"她以前是个选美皇后,是一个非常优雅得体的女士。"律师微笑着,灭虫人担心他是不是在想:这真是一个友善而毫无意义的建议。律师的笑容满满地堆在脸上,持久地保持着它的新鲜,这让费利克斯感到欣慰,他终于明白自己做了件非同凡响的事,或许,他已经播下了一颗种子呢。

十五号那天,他和马洛内女士一起喝咖啡的时候,开始不失时机地为他的种子浇水灌溉。马洛内女士看来有些无精打采,眼圈灰暗,仅仅给他倒了一小杯咖啡,似乎在催他早些离开,尽管她并没有说任何逐客的言辞,也没有其他冷淡的表示。其实,对灭虫人是根本不用顾忌言语上的冒犯和表情上的漠视的。

"你知道,"他开腔了,挤出在心中反复斟酌过的话,"你应该多到外面去走走。"

他呷了口咖啡。"有个年龄和你相仿的单身汉刚搬到这条街上来,前几天我见到他,他给我的印象真不赖,是个文雅又有教养的人,还是个律师呢。"

"难道只要是律师就文雅又有教养,罗比绍先生?"

这句反问一下子把费利克斯整理好的思路全给打乱了,他嗫嚅着说:"当然,他们并不都是如此。但是你知道……呵,对了,我刚才正和你讲什么来着?"

"一个新邻居。"

"对,一个单身男子。"他喝光了咖啡,斜起杯子端视着里面,然后又抬头看了看那只宽口饮料瓶。她帮他加满咖啡。"今天早晨，我在'水牛'——不，我的意思是——我在布德罗女士家喷洒，她告诉我，明天在让松内家有一个小区派对，此人说不定也会参加。"

"所以你认为我应该去约他出来。"她一边说一边扭动她的肩膀。"约他出来。"费利克斯心想她莫不是在嘲笑自己？

"他是个非常有教养的人。我还能肯定地说，他长得很帅。"

"你的妻子克拉丽丝会认为他英俊吗？"

他咬了咬嘴唇。"当然，克拉丽丝认为我是最帅的。"最后，他憋出这句话，把"美皇后"逗得笑了起来。

那天晚上，克拉丽丝和费利克斯坐在自家的门廊里，听树蛙争相发出刺耳的呱噪声。来他家串门的邻居刚带着他们两个幼小的孩子回家去了，费利克斯用手摸了摸衣领旁边一个湿漉漉的地方，那是被婴儿的口水弄的。他用手指捏着那块布，久久没有把手移开，好像那地方对他有什么特别的含意。克拉丽丝坐着，左手搁在胸前，右手握成拳状放在嘴唇上。"我倒是想知道，如果我们有一个小女孩，她会长得怎样？"

"深色的头发，还有一双像井一样深沉的眼睛。"他说。恰在此时，院中的树蛙蓦地安静下来，它们常常这样诡黠莫测，仿佛想偷听费利克斯夫妇谈话。

一阵长长的静默之后,克拉丽丝说:"太糟糕了。"这句话空泛而不着边际,没有点明指的是什么,因此对它可以有无数不同的猜测和解读。蛙群开始骚动,一个接着一个鼓噪起来,月亮从云层里露出明丽的脸蛋。对街的住户大门开着,一个母亲在扯开嗓子呼唤,她的声音在银色的月光中穿越,泻落在深浅不一的草地上。"凯——文,"这声音既带有戏谑的成分,又十分坚决强硬,"从暗处出来,你立刻给我从黑暗中出来。"

下一个星期,费利克斯来到马洛内女士家,这是他作业计划之外的一次造访,时间比通常晚一点,他发现马洛内女士正在后院对着空空的泳池出神。

"天气如此潮湿,我正好在附近喷药,所以就乘便过来给你再喷些药。"

她对他点了点头。当他从她身边走过,开始喷洒泳池四周凸缘的裂缝时,她说:"很感谢你的服务。"她的嘴角滞留着一种深为感激的暗示。

"噢,你可曾出去走走?你知道,怎么才能驱散忧郁吗?"他在空中比画了一个圆圈,好像是要把忧郁圈在里面。

"正在想这个问题呢。"她一边说,一边将一只白皙的没戴戒指的手掩在嘴上。

"这就对了,但是千万不要考虑太久,"他说,"该是告别忧郁的时候了。"他摆动肩膀,涨红了脸膛。"美皇后"咬了一下指甲,慢慢转过身去。

然后他去律师家喷药,在那里和主人待了一个小时,喝了两瓶令他非常惬意的进口啤酒。闲谈中,麦考尔先生所展现的魅力更是让他惊叹不已。

三个星期过去了,一天晚饭后,灭虫人去拉巴特俱乐部喝啤酒。他的车驰入佩里劳克斯街,经过一家名叫"马车夫"的餐馆,这家餐馆供应价格不菲的美味牛排。这时,他看见一辆BMW轿车停在路边,他在不经意中发现,缓缓从里面跨出修长美腿的正是马洛内女士,律师麦考尔先生为她拉着门,那模样像煞从男性时尚杂志上剪下来的照片。在这短暂的瞬间,费利克斯竭力端视马洛内女士的面部表情,"美皇后"容光焕发,面带微笑。看得出来,至少,因为今晚的约会,她把生活中所有的不顺心都暂抛脑后了。她的金发披落下来,被深色的上衣衬托得非常显眼。她的颈上挂着一串贵重项链。灭虫人把车开过去,从后视镜里看见他们经过一道铜门迈入餐馆。费利克斯抵达拉巴特俱乐部,进入它那个具有怀旧风味的酒吧,但他没有喝啤酒,他喝的是汤姆·柯林斯鸡尾酒,他在扑克游戏机上输掉了三美元,但在和两个从大克拉波特来的表兄弟玩桌球游戏时赢了四美元。整个夜晚，他沉浸在成功的喜悦中。

第二天正是十五号，是他到马洛内家喷洒的约定日子，马洛内用咖啡款待他，言语中不再像先前含有哀愁，但是也没有片言只语吐露她和律师之间的进展。当然，灭虫人不便询问，但他从马洛内女士为他准备的一大杯浓咖啡中得到了满足，从她卧室里的变化，比如梳妆台上新的化妆用品，他获得了令他欣慰的信息。他细心认真地做完他的工作便去"鼻涕虫"家。虽然他们家的卫生间臭气熏天，但是这并未减弱他内心深处微妙的不可言传的兴奋。这兴奋几乎可以说是一种期待和希望，正如农夫在插秧之后，对它们的长势执着地怀有热望。

费利克斯走进厨房喷药的时候，斯卡尔逊太太正在和丈夫吵架。她把丈夫推倒在地，用一只平跟鞋抽打他。她的嘴唇张开，额头和脸颊肿胀得像凝固了似的。斯卡尔逊先生从太太手里逃脱，从炉灶上抓起一罐正在炖着的青叶芥菜猛地扔过去，击中他太太的腿部。这时候，尖声叫喊比堆放在炉灶边的变质食物更令人受不了。费利克斯看着青叶菜飞散到地板上，柜子下面四处都溅上了汤水，一大块咸肉弹落在桌子底下。他知道，在那里，它准会留上一个星期。他们年幼的女儿跑进厨房，她头上的乱发和那副头戴式耳机纠缠在一起。她从冰柜里取出冰块，为她母亲烫伤的皮肤作冷敷。费利克斯觉得再等下去也是徒然，眼下这情景，是不可能有人出来为他结账的。他沿车道慢慢向自己那辆白色卡车走去,它就停在那里,刚被擦洗得干净明亮,漆色可鉴。让每一样东西保持清洁整齐,是他久有的习惯。

夏季进入八月,费利克斯·罗比绍调配了一种性质温和但更有效能的药水,用它为整个教区服务,到各种类型的家庭去做灭虫喷洒作业,和任何他接触到的人交谈,喝无论是谁递给他的咖啡,他又像是上帝那双无形的带着道德审判的眼睛,对他们生活中的隐私洞察无余。他开始使用新的药剂,它没有气味,也不像老的喷剂那样,会留下模糊的斑点和滴痕。他活在尘世,和普通大众一样度过自己的人生,他不知道,这对他来说是不是正确的选择。

他对马洛内女士的关心和好奇与日俱增,他们之间的关系也日趋密切,他会直截了当地向她问及麦考尔先生,这时她的眼睛便会扫来轻柔的一瞥。毫无疑问,几个星期以来,她成了一个快乐的女人,她询问克拉丽丝的近况,她告诉他她准备重新启用院中的游泳池,因为她发现律师爱好游泳。

但是想不到后来事情竟起了变化,八月十五日那天,费利克斯照例上门去灭虫,但马洛内女士没和他作任何交谈,她独自走到水槽边,清洗前一天留下来的餐具。当他在客厅喷药水的时候,突然听到她喘着粗气,费利克斯站在厨房门口向里探望,看见一只精致的盘子从她手中滑落到铺了瓷砖的地面。

"让我来帮你清扫吧,"他说,"我知道畚箕放在哪里。"

"谢谢,今天我觉得有些虚弱。"他注意她,她的脸色尚好,但是能够觉察得出,她那双原本直率清澈的眼睛中隐含着一种焦虑。他单足跪地,细心地将瓷器碎片扫入畚箕,然后弄湿一块纸巾,用它将地面上的瓷屑除干净。

"要不要帮你煮些咖啡?"他问。

她微微地低下头,让眼睛避开他的目光。"好的。"她说。

灭虫人安顿好咖啡器,然后去其他房间喷洒,其间,咖啡器滴下了满满一罐咖啡。当他返回厨房的时候,她呆坐着没动,他有数以百计的主顾,他对他们的家居了如指掌,他能确定他们的杯子和糖匙放在哪里。他只是打开第一扇厨门,就看见了他所要的餐具。

"是不是出了什么问题?"他一边说一边为她倒了杯咖啡。

"噢,没什么,我只是有些心神不定。"她慢慢叠起她的腿,扯了扯藏青色的裙子。

"还和麦考尔先生在一起吗?"

"不再和麦考尔先生碰头了,"她淡淡地说,"他告诉我不要再见了。"马洛内女士和律师对费利克斯来说,就像他母亲爱看的肥皂剧里的角色,举止高雅,罩着一圈圈迷人的光环,但那也是他永远看不透、永远也理解不了的人物,他是个没受过什么教育的人,从不踏足乡村俱乐部,除非那里出现蟑螂之类的虫害。他想,有许多富有的人,他们内心世界过于丰富复杂,感情生活过于细腻脆弱,也许正是这些东西使得他们总是郁郁寡欢,不易得到快乐。但是,对于事情怎么会变成这样,他依然是一头雾水,弄不明白。他突然想到克拉丽丝,觉得自己是幸运的。"我很遗憾听到这个消息,"这是他想了很久唯一能说的话,"我觉得你们两个真的是很相配的一对。"

她从桌上抓过一张餐巾纸,开始抽泣起来。这使得费利克斯不知所措,他环顾厨房,一会儿抬起他的双手,一会儿又无可奈何地放了下来。"是的。"她说,情绪异常激烈地看着他,费利克斯让眼睛避开她的目光,他能够肯定,她真的是在盯着他看。"我们确是相处得很好,我觉得戴维有点像我的丈夫。"她朝后院看去,但目光显得游移不定,"我原以为,他该是个做事有始有终的人。"

"唉,马洛内女士,事情总是有办法解决的,你说呢?"

"我怀孕了,"她终于告诉他,"但戴维并不想娶我。"

费利克斯·罗比绍喝下一大口滚烫的咖啡,张开嘴巴想说些什么,然而,马洛内女士的话就像一个惊雷,使他的思维顿时清晰起来,他觉得有一束光照在他的脑后。"你作何打算呢?"最后他这样问。

"我还没考虑好,"她收拢目光,打量着费利克斯。"为什么?"他迅速坐回到椅子上,左手从白色的工作服上移了下来,他的手指下意识地摸了摸绣在衣上的绿色姓氏。"我的意思,你是打算自己抚养这孩子,还是让别人领养,或是还有什么其他的想法?"他把眼睛睁得大大的,圆滚滚的臀部滑到椅子边缘。

这时,她的声音带有几分不信任,这令费利克斯甚为沮丧。"我不应该和你讨论这些。"她的目光落在粗糙的瓷砖地面上。

"让我来说吧,马洛内女士,克拉丽丝和我,我们这么多年来一直想要个孩子。如果你打算放弃这个孩子的话,我们倒是很乐意收养。"当灭虫人说出这番话的时候,他的脸涨得通红,仿佛是一个手足无措的求爱者。

"美皇后"从椅子上直起身。"又不是丢弃一张沙发,我们不要在这儿讨论这类问题,罗比绍先生。"

"马洛内女士,你别生气。你知道,我不过是个灭虫人,不可能有律师和生意人那样得体的谈吐。"他说着向她摊开一双粗厚的手掌,"我只是心里怎么想就怎么说而已。"

她站起来,把门拉开,一副逐客的架势。灭虫人赶紧收拾药桶和喷具,走了出去。"一个月以后我们再见面。"她说。当她把门关上时,她那优雅的香水气味飘游在门廊里,一会儿工夫,就把费利克斯衣服上散发出来的药水味淹没了。

费利克斯心怀一种朦朦胧胧而似有似无的希望,焦虑地等候下月中旬的到来。他什么也没告诉克拉丽丝,尽管这些天他显得有些异常，他会比往常更热切地拉住她的手，他会突然蹦跳起来，走到门廊边口察看庭院，考虑哪个地方适合安置一副秋千……他对这一切不作解释，这令克拉丽丝感到纳闷。日子一天一天过去，这个月的十五号越来越临近了，他心中的希望越燃越旺，然而他的忧虑也在随之增添。当他到律师的住所去喷洒时，麦考尔没有露面，躲在他楼上那间小办公室里，让他自个儿在这幢奢华而空荡荡的住宅里喷洒药水。灭虫人决定送他一个雅号——"犹大"。

终于等来这天，十五日下午五时不到，"美皇后"让他进了屋，他以飞快的速度做他的灭虫作业，最后，像往常一样到厨房喷洒水槽下面的地方。他注意到，她没有为他准备咖啡。他到门厅和客厅去找她，他折回走过的地方，为掩饰尴尬，他在角落里再作一些喷洒，似乎正在检查自己工作中的疏漏。最后，他在卧室里找到她，她躺在床上，倚着床头板上，正在读一本书。

"我的支票留在柜子上。"她说。

"我看到了，你还好吗，马洛内女士？"

"我很好。"但是，她僵持的嘴巴和深陷的眼睛告诉他并非如此。她把书放在她的衣服上面，书的封面是百合花图案，后面用黑色的背景衬托。"是不是有哪里你忘了喷药水？"

"是，夫人，我常常忘了喷洒你的床下，特别是挨着你的床放了糕点盘和茶杯的时候。"他弯下双膝，调节好喷管端头的喷嘴，开始喷洒起来。"关于孩子的事,你决定了吗?"他问道,心中在琢磨,对这个问题,她是否会像先前那样情绪大大反弹。她不假思索地回答:"明天我就去做人工流产。"她好像不是在回答他的话,而是在背诵书中的一个句子,那本书正搁在她的膝盖上。

他像是受到致命的一击,拇指从喷具的杠杆上滑落下,双膝仿佛被冰凝结在她床边的地板上。"那会是个多好的宝宝啊,"他说着直起背,目光经过松软的床罩,直向她射去。"你是选美皇后,他是个英俊的律师,生下的孩子怎么样,这是可想而知的。"他开始嗫嚅地吐出一连串的话,窘迫得脸颊发烫。此时他的感受恰如一个渴望得到心爱之物但愿望无从实现的孩子,因为他被冷酷地告知,他永远也不可能得到他想要的。"如果你答应,克拉丽丝会很高兴的。"他一边说一边尽力露出笑容。

马洛内女士缩起腿,注视着他。"罗比绍先生,你能为这样一个孩子做些什么呢?事情并不像你和克拉丽丝想的那样简单。"

他膝盖着地,一动不动地看着她,心想,接下来她是否会有什么长篇大论要说。

"这对我们非常重要。"这是他能够对她说的全部。

"把孩子交给你,这是残忍的。你为什么就不明白呢?"有好一会儿,她脸上的表情就像她后院的大理石雕像,带着冷漠和蔑视。"请你马上离开。"她说,目光定在她的书上,捏起一只白皙的拳头撑在自己的前额上。

灭虫人离开马洛内的住宅，他忘了替她关上门，他觉得心中空空洞洞，什么都没有了，就像是一根被白蚁蛀空的木梁。二十分钟之后，他驱车进入斯卡尔逊家那条垃圾堆积的肮脏车道，这时他还没有缓过神来。他比约定的时候晚了些，"鼻涕虫"一家围着一张破败不堪的桌子，正在为了一盘炸鸡块而争吵。费利克斯站在门口，将他的药桶加满药水，他端视泛黄的天花板和墙壁，它们上面满是水的印迹和溅痕。他端视铺在地面的油毡，油毡开了裂且沾满污泥。他端视斯卡尔逊一家人，他们一个个睡眼惺忪，像是没有梳洗过，正扯开嗓子尖声叫喊。祖父一边在一盘堆得高高的炸鸡块里挖找，一边责骂孩子们把鸡肝全吃掉了。母亲一块一块地把鸡肉上的皮扯掉，把它们堆在自己的盘子里，孩子们则用油腻的手掌相互拍来打去地戏闹。所有的人都争先恐后地吃着，就像一群在院子里觅食的动物，把面包屑和卷心菜色拉撒得桌底到处都是。"快给我一块鸡翅膀，你这小杂种。"斯卡尔逊先生对儿子嚷道。

"你们不要这样闹了。"费利克斯说，他实在是受不了了。所有的人顿时转过身来，把目光聚焦在他身上，受到如此的关注，这在灭虫人来说还是头一遭。

"哦，我真该死！法国人今天来。管好你自己的药水桶吧，上个月虫子又在我家造反，我付你钱难道就是为了这个？矮鬼！"

当斯卡尔逊打开门准备逐客的时候,灭虫人按动他药桶的手泵,五下,十下,二十下。他调节喷嘴,使喷出的药液成为一条针状的细线,然后按动杠杆,让药水向斯卡尔逊先生的左眼窝射去。这个彪形大汉痛得哇哇叫了起来。费利克斯一不做二不休,开始对着所有人的脸部、胸部狂射起来,杀蟑螂的药水像利钻一样钻进祖父的嘴巴之中。斯卡尔逊家的人一时反应不过来,像傻子一样地呆坐着,当他们的眼睛再度被药水喷击的时候,才慌慌张张地叫出声来。斯卡尔逊们一个接一个惊惶地蹦跳起来。父亲摇摇摆摆地扑向灭虫人,他急忙躲开,挥动手中的喷管,在对方的脸上划开一道横过鼻梁的裂口。祖父操起一把椅子朝他砸来,灭虫人挡在头顶的铜喷管立刻被折成两段,他脑壳上的皮肉绽开,出现一道鲜红的裂缝。

第二天,天气和暖,黄昏时分,费利克斯和克拉丽丝坐在黄色的弹簧铁椅上,椅背有平面的金属花卉作装饰。他把所有的一切都告诉了她,他们一起默默注视几只在草丛里一闪一闪的萤火虫,那就像失败者间歇而不灭的希望。路对面,一个母亲在第二次呼叫她的孩子,接着,他们看见那孩子飞快地从田野里跑出来。

屋子里电话铃响了,费利克斯懒懒起身去接电话,是马洛内女士的,她的声音显得有些不安。

"我能为你做些什么呢?"他问,他让电线绕过他的拳头,闭上眼睛。

"今天下午我在诊所候诊室，"她开始说，"我在本地报纸上看到关于攻击事件的报道。"

当他听到"攻击"这个字眼时，脸部的肌肉抽搐起来，他低下头注视客厅清洁无尘的硬木地板。"对那件事我真的很抱歉。"他立刻想起那天妻子带着钱把他保释出来时脸上的表情。

"你离开我家之后，做了这事，这我可以理解，"她说，她提高自己的嗓门，"我不知道自己对此应该有什么想法。"

"是的，夫人。"从电话里他能听出她的呼吸声，这不均匀的呼吸声至少持续了半分钟之久。他不知道再说些什么。他自己也说不准到底为了什么他竟去伤害斯卡尔逊一家人。在那个时候，他只是想阻止他们那种腐臭的生活状态罢了。

"我不想让你再为我服务了。我不能让你再进我的住宅。"

"我不会再打扰你，马洛内女士。"

"不，"她的话像是颗飞出枪膛的子弹，"你还是别来了。"

事情就这样结束了。

从那天开始，在以后的十年里，每个工作日费利克斯都是天一亮就早早出门工作，在这种走门串户的勤奋工作中他也阅尽了人世的百态。他的业务日益扩展，以致不得不雇用三个当地的男工来协同他完成喷洒作业。他盖了一栋小楼，以作仓库和办公室之用。还雇用了一位年轻妇女，处理灭虫预约事务和财务管理。克拉丽丝去地区学院进修，当上了一年级的教师，还在幼儿园兼职。费利克斯加入当地一个锻炼俱乐部，很快就把自己的大肚腩减掉了，尽管他的头发稀少了很多。

在费利克斯三十七岁之际，镇上另一个独立灭虫人决定将自己的生意转让给他。这些新的业务是很有经济效益的。费利克斯手下最得力的喷药手乔·布拉瑟对主顾认真尽职，两年里从没失约过一次，直到这天因为生病，不得不打电话通知费利克斯。费利克斯察看了地址，了解了布拉瑟下午的工作行程，然后决定自己去喷洒这些住宅。

大约四点钟的时候，他驾车经过一条长长的车道来到"美皇后"的住所。他从卡车里出来，抬头注视旁边的橡树和周围的环境，这里有了一点变化，后院的游泳池里晃动着闪亮的水光。植物长得葱茏茂盛，形成一道齐肩的绿色边界。私家车道上没有车辆，只见门锁上插着一把钥匙，钥匙上吊着一副小小的塑料骰子。他按响门铃，然后弯下腰为药桶抽满药水。他抬起头的时候，门开了，站在他面前的是个小男孩，棕色头发，蓝眼睛，下巴微凹，有着一张纯净无邪的聪明脸蛋。费利克斯还注意到他的脚很大。"有什么事，先生？"孩子问道，不知所措地拉了拉腰上的裤带，他穿着足球服式样的衣服。

费利克斯沉默了片刻,他不知该怎么回答。他想伸手抚摸男孩的头顶,但是他没有,他的手最后指向他的药桶。"我是来喷洒杀虫剂的。"

"乔在哪里?是乔为我们喷药的。"

灭虫人怀着希冀朝门里望去。"你妈妈马洛内女士在家吗?"

"她不在家,很抱歉,她不让我带陌生人进屋。"男孩想必是注意到费利克斯正盯着他看,警惕地后退了一步。

"别害怕,"费利克斯向他投以和善的微笑,目光仍在端详他,"我是灭虫人。"

男孩眯起明亮的双眸。"不,先生,别走近我,你最好还是离开。"

他像是受到当头的猛击,顿时泄下气来,浑身感到难受,仿佛成了一只遭到药水喷射的昆虫。费利克斯思忖,是否应该告诉这男孩,自己认识他母亲,也知道他是谁。然而现在,费利克斯已经是一个善于处理业务失约的老手,他甚至可以推诿于没有准时赶上出站的列车。他再一次把不舍的目光向男孩投去,然后转身走开。

他把车驶离车道,在反光镜里,他瞥见这个皮肤白嫩的小孩站在门前的台阶上,看着他的车尾,但是他知道,那孩子并不是在为他送行。他允许自己投去这最后的一瞥,这一瞥是他应得的。

沟中小蛙

在前门的门廊里,老汉方特诺特注视着他的孙子,他的孙子伦尼在死命抽一支细细的纸烟,不断地把烟灰弹落到新近涂过磁漆的地面。此刻,这男孩正在生闷气,因为他刚被街上那家洗衣店解雇。对于老汉方特诺特来说,他的一生只有过一个职业,他在一家发电厂一干就是四十五年,因此他根本不可能理解眼下发生在孙子身上的事情。

"那个让我走人的草包,他的脑袋瓜还不及我的一半好使。"伦尼·方特诺特说。

老人点点头,然后从一个没冰冻过的易拉罐里喝了口施利茨啤酒。"你那个店主,他肯定不喜欢你皱得不像样的裤子。"他踌躇了半响,终于挤出这句话。他看见一朵透亮的云彩从海湾那边飘来。

"我告诉你吧,"伦尼用近乎咆哮的声调说,这时他的脸转向纱门,一只颜色微黑的鸽子在门外掠过,"在这世上有一些蠢人,不,应该称他们为笨狗。"

祖父将头偏向一边。伦尼因为今后不能收到薪水支票而怒气冲冲，情绪失去了控制。

"回想我那时，真觉得有些人确实是够傻的。"祖父对他说。

伦尼直起他的脖子。"你想说什么？现在的人甚至不懂'愚蠢'两个字怎么写，"他用夹着烟的两根手指指向洗衣店，"如果不是因为这些蠢人，当今美国商界也不会流行人造指甲和折叠鱼竿之类的买卖。"

"你的嘴巴歇一歇吧。"老汉边说边朝街上望去。洗衣店的铁皮屋顶被绵绵细雨打湿，屋顶的排气孔里缓缓冒出一股带有泡沫的蒸汽。这回，他的孙子又跑来和他同住，吃用全在他身上，包括每天早上用的热水也都是他付钱，而且恼人的是，孙子还滔滔不绝地抱怨资本主义的邪恶。祖父往下拉扯他的卡其布便帽，让它遮住自己的双耳。他身子后仰靠到摇椅背上，叠起的双臂压在紧绷在身上的绿色针织衬衫上。伦尼从没在一个职位上长久地干过，这源于他自身的一个毛病，他不能尊重他的雇主，甚至不能和任何同事和睦相处。在他眼里，每个人都是愚蠢的，所有的生意人都是骗子和恶棍。他已经二十五岁了，可是他的经济常识却像是一个六十岁的俄罗斯老农。

"是的。真的是这样。除了食物和必需的生活用品，难道你真的还需要购买什么？"他猛地吸了口手中的纸烟，这是他向女友安妮索来的六支烟中的最后一支。"一辆车,对,买一辆白色的四门车,不是铬合金的,不是镀金的,什么也不是。但是等着瞧,如果你买了辆不起眼的车,底特律会让你有很糟的感觉。它得有与众不同的漆色,它得有绝佳的立体音响设备,让你时时觉得莫扎特就在后座演奏他的小提琴,它还得有一个力大无穷的引擎,使你在路上跑得轻轻快快。你有了这个,又想要那个,直到用在车上的钱足够买一幢廉价住宅。如果你买了辆平庸无奇的车,你会觉得它像头出现在赛马跑道上的驴子,让你丢尽脸面。"

祖父喝了一大口施利茨啤酒。"如果你工作态度稍许好些,也不至于把饭碗弄丢。"

伦尼站起来,把鼻子贴在纱门上,重重地吸了口气,似乎祖父刚才那句话里含有难闻的臭味。"只要我想,我就准能保住我的工作。要知道,我是做销售员的材料。"

"你别吹牛了吧。"老人感到很疲倦,他已经出来和孙子待在门廊里两个小时了。其间,他看见孙子不住地从宽松下垂的裤子里掏纸烟,听见孙子不停地诅咒别人的不是,却从不反思自己那副瘦骨嶙峋、长发蓬乱的颓唐模样。

伦尼扔下手中的烟头,用磨得很薄的平跟船鞋的尖端将它碾灭。"时下,到处都是傻子,所以我可以把砖头卖给一个溺水者。"

方特诺特注视着门廊地面留下的污点。"不,你别胡说了。"

"我还会向修女去兜售假乳房。"

"不,你千万别这样。"

"我还能去销售,"当伦尼的目光落到水泥地的侧院,触及后面一座用木料搭成的旧车棚时,他张开的嘴巴停顿了片刻,"销售鸽子。"

祖父脱下帽子,充满疑虑地看着他。"谁会买鸽子?"

"我能够找到买主。"

"伦尼,如果谁想要鸽子,他准会自己去逮。"

"别担心,自会有傻瓜来买我的鸽子。"他推开纱门,哒哒有声地跑下台阶,走向侧院。空地后面那座已经废弃不用的木车棚,里面堆放了一些家用杂物,几扇窗扇,一台坏割草机,一辆轮胎扁平的手推车。他抬头察看车棚的檐口,棚檐下筑着一个个乱蓬蓬的鸽子窝,下面一根木梁的侧面落满了鸽粪。他伸手向鸟窝掏去,瞬息之间,一只石蓝色的鸽子就被抓到他的手中,鸽子在慌乱中眨动它玛瑙色的眼睛。他转过身,这时,祖父正步履僵直地跟在后面。"你瞧,逮住它们易如反掌,就像摘地上的草莓一样。"

老人方特诺特反感地瞥了他一眼。"没人会吃鸽子。"

伦尼低下头。"吃?谁说要吃它了,"他对着手中的鸽子微笑起来,"这可是只信鸽。"

祖父一只手搭在伦尼的肩上。"听我说,让我们去煮一壶咖啡,打开收音机听雇人广告，我想，我们能够为你找到一份好工作。来吧，你会像政客一样，弄得一身臭味，放了它。"老人推了推他的肘部。

伦尼的眼睛发红，里面闪动着光彩。"你那辆福特的车头有道裂缝，你甚至都不能用它过河去购买杂货。我要去推销鸽子，我会修好这辆老破车。"

祖父愣住了，说不出话来，他知道伦尼一直想要他这辆车，他看着孙子捧在手中的鸽子，它正在蹬脚，眨动珠粒一样的黑眼睛。老人还从没有过一辆性能安全可靠的汽车。他总是开老旧的报废车，当然，为的是省下钱来贴补儿孙。他记得有一个星期天，他们全家去落羽杉公园远足，他那辆不争气的破"漫步者"竟在九十号公路和联邦大道的交叉口抛锚。他忘不了拖车喇叭狂乱的鸣叫声，忘不了妻子和儿子为了拖车的费用而大声争吵，那时伦尼正坐在一只畸形的西瓜上玩耍，这瓜是小鬼为了这第一次家庭野餐，壮了胆子从邻居瓜园里偷来的。

"这只鸟，"伦尼边说边把手中的鸽子放回鸽巢，"可以让你的车子开动起来。"

"我对你父母说过我不会再让你惹什么麻烦。"他通过眼角看见伦尼对他做了个鬼脸。看来，他的父母是不可能再照顾他什么了。祖父想起他们那幢有空调装置的牧场式砖屋，这男孩在里面有一间大房间，可是他父母把住宅卖掉让男孩没了住的地方，换回一辆温尼贝戈旅行车。然后驾着它去周游全国，他们已经走了四个月，至今没有打过一个电话回来。

整整两天，老人看见伦尼的情绪似乎很低落，伦尼埋身在一只被海绵填得又软又厚的红沙发里，这是一件有四十五年历史的旧物，是他妻子在一次教会的宾果博彩游戏中赢来的。它的面子上覆了层发光而有黏附力的塑料，上面满是凹雕的 X 字母和没有光亮的火红旋状图案。当伦尼在沙发上挪动时，由于塑料的黏附作用，他身下的坐垫发出嘶嘶的声响。对伦尼来说，坐在这沙发里想必使他有和父母又住在一起的感觉。他父母是属于勤奋工作类型的人，他们一心想让他进入中产阶级的行列，成为一个体面的人。所以，当他醉心于经营国内仅有的一个由路易斯安那州法人后裔组成的朋克萨尔萨乐团时，他们甚为失望，其实这个职业远比他做的第一档买卖——向小学生兜售碾碎的鸟食——要好，他称那种鸟食为"predope"，或"pot lite"。一天，伦尼度过一个长周末后回到家里，他把自己所有的物品堆放在车棚下面，在屋前挂上一块"出售"的招牌。有很长一段时间，他离家到洛斯黑德舒克尔鬼混，住在朋友们家里，但是，即便这些蓄着长发、整天烂醉如泥的玩世不恭者，最后也受不了他喋喋不休的责难，受不了他那种不能带来任何结果的吹毛求疵，他们一个接一个对他下了逐客令。

伦尼把报纸的分类广告折叠到宠物栏，找到自己的广告，上面写着："出售信鸽，每只十元，包括培训指导。"下面还给出他的联系地址。祖父挨在他的肩膀上看到这广告，然后走进厨房，加热两根环状的粗制黑肠以作早餐，还拿出一罐快餐燕麦片。伦尼跟进来，双眼盯着炉灶。

"你再煮些鸡蛋好吗？安妮挺爱吃鸡蛋。"

"她又会来吗？"他试图让自己的声音显得有些恼火，其实在心里他还是挺喜欢安妮的。安妮是一个车床操作工，长着一副大骨架，她在河边的一家机械厂工作。他想也许只有她能对孙子的习惯和教养起一些正面的影响。

伦尼跑下台阶，步子噼啪生风，祖父在厨房透过窗户看着他。只见他从车棚后面拖出一只高脚兔笼。笼子是用所谓"金属织物"的粗铁丝网做成的，网孔大约两英寸见方。他把笼里陈年的兔子屎粒抖落掉，把它放在台阶旁边。他伸出被纸烟熏得发黄的手指，从棚檐下飞快地抓起一只花岗岩颜色的鸽子，然后将它投进笼子。其余的鸽子一个个嘎嘎地拍打起翅膀，他看中了一只桃红色和灰色相间的鸽子，趁它飞出鸟巢的时候，用双手把它抓住。老人哒哒地咂着舌头，把黑肠下面的炉火调大，一股胡椒的香味飘然而出。

安妮用力提着一个工具箱走上后台阶，由于晃动，工具箱里面发出砰砰的响声。这时，伦尼跟在她后面一同进了屋。老人已经吃完早餐,独自坐在厨房后面的简陋小室里。他不爱同时和他们两人相处,因为这会使他对姑娘抱有歉意。他实在想不通安妮怎么受得了他孙子喋喋不休的牢骚。也许因为伦尼是唯一对她青睐的男孩。她拿了她的一份食物在早餐桌旁坐下,再用汤匙为自己舀了燕麦片和鸡蛋。

"安妮,心肝儿。"伦尼在她对面重重地坐下。

"我看到了广告,你告诉我的那个广告,"她剥开法国面包,"为什么会有人买鸽子?鸽子到处都是,连我们家后院的储物棚也被它们侵占了。"她将自己蓬松的金发甩到肩后。"你到底想做什么?"她问,"你是想要证明什么吗?"她的目光离开自己的盘子,落在伦尼的脸上。她下颚略呈方形,皮肤光滑细腻,肌肉在一上一下地颤动。

"我想弄些钱把老头的那辆车修好。"

"还有呢?"她用舌尖扫落黏在口腔壁上的燕麦片,把脸颊顶得鼓了起来。她那双钴蓝色的眼睛定定地看着伦尼。

伦尼缩起双肩。"我不知道。也许我乐意看到人们挥霍他们的钱财,你知道,我就是喜欢他们这样做。"

"也许你想知道他们为何这样?或者,也许因为你没钱挥霍,所有你就发狂。我猜得对吗?"

伦尼的视线落到桌上,他摇摇头。"我们脱离社会太久了。"

一个声音从小室里传来。"我要买五十股。"

伦尼大声嚷道："我的意思是,她知道我的想法。"他把一只手掌按在小小的早餐桌上。"有人愚蠢到不分青红皂白地乱花钱,我真感到吃惊,有些人花在一辆坐式割草机或一辆红色摩托车上的钱足够让我生活一年呢。"

安妮又咬了一口面包,抬头注视他。"难道这真的让你弄不明白吗?"

他的视线从她脸上移开。"他们赚的越多,用的也就越多。"

她放下叉子,看了一下手表,九点钟她必须登上去虎岛的渡轮。"伦尼,记得读高中时老师让我们朗读一个剧本,是关于一个老国王的故事。它很难读懂,于是老师不得不作解释,否则我们就只好胡乱猜测。这个老国王把王国分送给两个坏心肠的女儿,自己只要求留下一百名年长的随从,伴他在钓鱼的闲散生活中安度晚年。过了些日子,一个女儿在城堡喝得烂醉,下令把老人的随从减少到五十名。于是,老人上路去另一个女儿的领地,你猜,后来怎样?"

伦尼仰起头看着天花板。"那个女儿给了他五十名随从,并且挖掉另一个坏种的眼珠。是吗?"

安妮眨了眨眼睛。"你的脑袋瓜得转转弯,笨蛋。"她举起一只粗厚的手掌,装出要打他的样子。"听好了,这第二个女儿更狠,把他的随从砍少到二十五名。老人气疯了,称她为贪婪无比的兀鹫。后来,第一个女儿又出现了,对他狠狠发话:'说说看,你到底是要十个、五个或者仅仅是一个随从?我看,你根本就用不着他们。'"

伦尼不耐烦地哼了声鼻子。"你就赶快说下去吧,他对此有何说法?"

安妮低下头想了想。"他对他们说,即使一个以乞讨为生的流浪汉,也拥有一些并非必需的东西,比如一个指甲刀。如果一个人只要生存必需的,那他就和一只负鼠或是一头奶牛没什么两样。"

伦尼做了个鬼脸。"这是什么意思?"

那个高昂的声音从小室里传出来。"你上次在一辆红摩托车上看见一只负鼠,是什么时候?"

"你在说什么?"

安妮将自己那只长了老茧的手放在伦尼的一只手上。"动物不会拥有什么东西,它们没有这种要求,人和犰狳的区别就在于人懂得拥有财物。伦尼,有时候我们买下的东西,即使是你的一只鸽子,它也会像一块小小的身份标签,提醒大家,我们是谁。"

伦尼坐在椅子上把身体转向一侧。"至少,我一时还想不通,难道我买了辆卡迪拉克,就等于向别人表示自己是上流人士?"

那个声音再次从小室里冒出来。"你可以买一包熏制的牛肉香肠。"

"我是在说卡迪拉克。"伦尼光火地喊道。

安妮·迈耶站起来,扯了一下丁尼布的帽子。"我该上班去了,"她说,"陪我走走,送我去巴士站。"她挽起他的手,"你父母有消息吗?"

伦尼摇摇头。"没有,什么也没有,没寄来过一张支票,连一张明信片都没有。"

这时,祖父跟在他们后面,手中拿着一个装了垃圾的塑料袋。他们一走出门,就看见一个满头白发的老先生,正拿着一块从报纸上撕下的碎纸片看。此人身穿一条褐色的便裤和一件彩色的方格牛仔衬衫。他把张开的手掌伸向伦尼,伦尼握住他的手摇了摇。

"我叫佩里·勒热纳,住在附近的布鲁萨尔街。大约在十个街区外,我看到了你的广告。"

方特诺特先生怒视了孙子一眼,气呼呼地脱下帽子,仿佛想把帽子扔掉似的。

伦尼抖擞起精神,露出牙齿微笑着。"勒热纳先生,您对信鸽有所了解吗?"

那人摇了一下脑袋。"哎,我的小侄子阿尔文住在我家,我想找些事情让他打发时间。他的妈妈把他交托给我,我得让他过得充实。你懂我的意思吗?"勒热纳耸了耸肩膀,"我已经太老了,不再适宜和孩子玩球类游戏。"

"别担心,我会满足你的要求。"伦尼说。于是大家都跟着他来到家中侧院的后面,旁边就是堆放杂物的简易停车棚。他把手放在兔笼上,用眼睛瞄了一下勒热纳先生。"刚好我这儿还剩两只,这只蓝灰色的,"他向那只外表不显眼的鸽子点了点头,"在雨中飞得很快,但是,如果你喜欢外表好看的,我可以把那只粉红色的卖给你。"

勒热纳先生举起一只手,好像是阻止他继续说下去。"我不会买体格瘦弱的,不会的。"

"蓝灰色的那只绝对是只好鸟。当然,在这个价格上,我还包你懂得怎样训练它。"

"对了,关于这个,我正想问你呢。"勒热纳先生伸出右手的食指和拇指,夹住自己的下巴,仿佛那是一把钳子似的。安妮向他们靠拢,似乎也有兴趣听一听有关信鸽的训练。祖父站在后台阶底下看着他们,无可奈何地摇摇头。他想起伦尼读高中时闯下的一桩大祸,由于他的纸牌骗局被揭穿,十三个高中新生把他从蒂博的店里抓出来,拖到垃圾堆场,紧接着,一只只骨节突出的小拳头雨点般飞来,直把他打得鼻青脸肿。老人担心这次他会不会惹出比那次还要严重的祸事。

伦尼把手伸进笼子,抓住那只鸽子。"你得用金属网做一只笼子，开一个单向的门。"

"对呀，我懂你的意思，这样，它飞回来的时候可以自己进笼。"

伦尼看了勒热纳先生一眼。"正是，现在开始培训，首先你要把它像球一样捧着，把两只拇指按在它头上，用其余的手指托着它身体的下面。你看见我的手势了吗？"

勒热纳先生戴上他的老花眼镜，弯下腰来在鸽子身体下面察看。"嗯哼。"

"你把它带到你家屋外，就站在住宅的地界线。然后用食指和中指抓住它的一双小腿，记住，它两条腿分别由你的两只手控制，是这样，你看见了吗？"伦尼双膝落地，碰到高低不平的地面，痛得缩了缩膝盖。"像这样，让它双脚着地，看见吗？"

"是的，我看到了你的动作。"

"然后让这鸟沿着你家的地界线走，你移动它的双腿，陪着它一起走。你看，就像这样。重要的是必须把屋子四周的地界线都走到，这样它才能记住你们家所有的外部特征。"

"是，是，我看见了，我懂了，以后可以让它短距离地飞行。"

安妮皱着眉，用一只光洁的手捂在嘴巴上。伦尼的祖父坐在台阶上，也不看他们，一个人不知在想些什么。

当伦尼手中的鸽子眨动眼睛，上下摆动脑袋，想用嘴啄他的时候,他把鸽子按在地上轻轻地摇动着。"现在,我示范了对鸽子的训练,这是很专业的,要知道,在鸽子的训练方面,不是随便什么人都能像我这样小有名气的。"

勒热纳先生点点头。"喂,你这是在和一个结婚四十三年的人说话。我要问的是,我得训练它们多久?"伦尼站起来,把鸽子扔进笼里。"连续两个星期,你得每天这样做。"

"下雨天也和晴天一样?"勒热纳先生两道雪白的眉毛翘了起来。

"那当然,两个星期之后,用笼子装着它去海湾公园,把它放了,你会看见它在天空盘旋而飞,然后你回家去等,它准会给你一个惊喜。懂了吗?"

那人点点头。"小阿尔文会喜欢它的。"他摸出钱包,"还要加多少税?"

"一美元。"

勒热纳先生先给了他一张十美元的纸币,然后又抠出一张一美元给他。"本市的税率不是百分之八吗?"

"另外百分之二是野生动物税。"伦尼对他解释。然后从笼子下面拖出一只鞋盒,盒子上用碎冰锥扎了许多洞孔。

那人带着鸽子走出车道后,伦尼的祖父清了清嗓子。"如果不是亲眼所见，我还真不敢相信。"

"这就是资本主义……"

"哎，好好把钱放着，你收了那家伙的钱，可他什么也没得到。"他爬台阶，他手拉栏杆举步维艰，上到过渡平台之后他停住，转过身回望伦尼他们。

伦尼侧过身低声对安妮说："当我让那老维多利亚皇冠再跑起来时，他的感觉是会好起来的。"他走向车棚，从檐下的鸽巢里掏出一只带铅蚀色的幼鸽。

"你认为你的话会起到作用吗？"她问道，弯下身提起粉红色的工具箱，箱子里发出滚动的声音。

"见鬼，我怎么知道一只鸟想些什么。听我说，你身上有烟吗？"

"头儿不让我们当班时抽烟。"她看着他的背，他的背又弯下去。"我得上班去了，"她说，"当心，别把鸽子卖到警察手里，听到了吗？"

那一天，伦尼卖了鸽子给曼卡托斯·贾恩，他是个刚来美国不久的非洲移民，在一个法人后裔经营的软管厂修理液压设备。伦尼还把鸽子卖给了自己的远房表弟埃尔莫·布鲁萨尔，他住在河对岸的比威克。还有两个孩子骑着生锈的越野自行车来向他购买鸽子。

第二天早晨，一个看上去受过教育的男子走来，对伦尼的货摊做了个鬼脸，没有买鸽子，又回到自己轿车里。另外也有几个看客表现出和他类似的举动。不管怎样，到第三天，他总共卖出二十三只鸽子，赚到的钱足够修理那辆停在栅栏边被树叶覆盖的破车。他对每一个顾主都作了训练信鸽的指导。他对祖父说，两个星期之后，如果鸽子第一次试飞不能返回，他们会把这归咎于运气不佳或训练上的马虎。总之，两个星期中不会有什么麻烦让人费神，而且他们的花费才不过十一美元而已。

自刊登广告那天算起，两星期后伦尼一边点着钱一边往大门的门廊走去，他祖父在那里已经喝完了一大杯热咖啡，他看见伦尼手中的现金。"那是什么？"

"修车的钱凑足了。"

祖父把目光转向洗衣店的方向。"我看见你用两只无用的烂鸽作诱饵，竟然从孩子手里收取二十多美元。"

"嘿，"伦尼拿钱的手像受到突然一击似的缩了一缩，"这是为了你的车，你真是的。"

"那个可怜的有色人，几乎不会讲一句英语。黑得像块煤炭，竟会相信你的鬼话。想不到的是，我……我的孙子能狠心收他十一美元，要知道，这些钱可以供他祖国的一个亲人生活一年，他的亲人可能就住在博戈斯拉维亚或其他什么穷地方的草棚里艰难度日呢。"他仰头看着伦尼,由于激动,他那双充满血丝的褐色眼睛闪烁着光亮。"你可知道你的毛病出在哪里?"

"我有什么错?"伦尼喊叫着退后了一步,"每个人都在为钱绞尽脑汁,并不只是我!即使我没有工作,也并不比别人差,我自己开辟一条生计,从赚区区几个美元开始。听着,实际上我不是为了自己,我这样做,全是那个我想诅咒的卑劣老头逼出来的。"

"你对生意根本一窍不通。你是在行骗。"

"好,"他用纸币重重地拍了一下大腿,"我就是骗子那又怎样,我和卖奔驰的家伙有什么不同?"

祖父抓住摇椅的扶手。"不同的是,当你为奔驰出了个好价钱后,它不会消失在云层里,它不会把屎拉到你的眼睛里,它不会迷失方向回不了家。"

伦尼猛地把头转向街道。"事情全在于你怎么看它。"他声如咆哮。

"只能用一种方式来看待它,就是诅咒它。这才是正确的。"老人站起来,"你给我滚出这屋子,现在我才明白你父母为什么要摆脱你。也许,花几个晚上去听教会的布道能对你有好处。"

伦尼后退到另一级台阶上,钱还抓在他的手中。"爷爷,他们不是甩掉我,他们只是搬家离开西部而已。"

"他们做得正是时候,他们把你推出门,逼你去找份工作,你简直就是一只油滑的黄松狼。"他走近孙子，伸手去夺孙子手中的钱，因为用力过猛，钱被甩落到他的椅子里。"你看好，要不了多久，那些倒霉的家伙就会陆续上门讨钱，我要把这些钱退给他们。"

"这么说，除了鸽子，他们还将享受获得十一美元的快乐。"

"你走，"老人两道稀疏的眉毛低垂下来，汗珠在他光秃的头顶闪着微光，"不要回来，除非你找到一份工作。"

"你总不能让我露宿街头吧。"伦尼说，他的声音软了下来，他力图使自己脸上保持微笑，可这微笑含有嘲讽的意味。

"骗子的下场就是流落街头，最后还要在地狱里遭受火烧呢。"老人咬牙切齿地说。

伦尼走向纱门，然后停下来向北贝尔托街望去，它狭窄的柏油路面和九十号公路相接，九十号公路又和州际公路连通，州际公路又和整个充满凶险的外部世界连在一起。

他对准纱门的底部重重踢了一脚，惹得祖父大声喊叫起来。

后来，他手中提着一只焦糖色的手提箱，在屋前的人行道上站了足足半个小时。当老人从兔笼里抓出鸽子，将它们一只一只抛向屋顶的时候，伦尼听到它们羽毛丰盛的翅膀发出噼啪噼啪的响声。

他走进冰饮店隔壁的布罗咖啡馆，点了一杯咖啡，边喝边看报纸。然后他开始在家附近的街道上踯躅，手中笨重的手提箱不断撞击他的小腿，令他尴尬不已，更不堪的是，他还得时时忍受一些妇女的好奇目光，她们在清扫自家门廊的时候看到他那副狼狈相。他虽然知道此刻安妮还在上班，但他还是摇摇晃晃地来到她家。安妮的父亲穿着管道工的深灰连裤工作服，坐在门廊的台阶上，顶着下午的酷热，一口一口地呷着一只长颈瓶里的酒。他看见伦尼向他走来，发现伦尼那模样就像一个将要出海的渔夫，眼睛里飘浮的是饱含雨水的阴云。"小伙子，干吗拎着手提箱？"伦尼把手提箱放在路旁的镶边石上，摇了摇脑袋向他示意。"哎，老头和我……我们意见不合。"

迈耶先生笑了起来。"小子，你是说，他把你这蠢驴赶到街上。"

伦尼斜侧着他的头。"此刻，他对我怒气冲天，不过，他会冷静下来。我想找个地方暂住一两夜。"他的目光定在迈耶先生的脸上，迈耶看上去就像是要去为贫困妇女布道的教会道格拉斯。"你总不会赶我走吧？要知道，只是夜晚留个宿而已。"

迈耶先生的表情没有什么变化。"伦尼，你和安妮同住在这屋里，这恐怕不太妥当。"他拿起瓶子死命地吮吸，大概是想把它喝光。

"那就算了，天黑下来我就回去，睡在他的车里。那辆车的后座挺宽敞。"

"所有的鸽子都被你卖掉了？"

"他不让我做卖鸟的营生。我是为了他才干这行的。我觉得这是个好主意。我看不出这有什么害处。"

"这正是引他发火的原因。"

"什么？"

"你榨取人们的钱，你看不到这有什么不对。我和洗衣店的丹齐克谈到过你。他说你认为在宽松裤的裤腿上多加一两道皱褶没什么害处。他告诉我，每逢星期一，你穿的裤子总是怪怪的，它的皱褶甚至比修女学校姑娘们的裙褶还要多。你的毛病是从不反省自己。你只关注乐意看到的东西，对自己的坏习惯和它的恶果总视而不见。"

"我廉价为那老家伙工作，他总是把人看扁。"

迈耶先生站起来，身体有些摇晃，他把酒瓶塞进臀后的裤袋里。"小子，你弄砸了他的生意。"

"生意，"伦尼近乎咆哮地说，"简直瞎扯，人人都会懒懒散散地烫自己的衣服，这算什么生意！"他对着自己的手提箱狠狠地踢了一脚，箱子滚到草地上，把那里的一堆狗屎压扁，迈耶先生回过头笑了起来。

那天夜晚，祖父没有丝毫睡意，他走到床边的窗子旁，隐在阴暗中，面对洒满月光的后院，双眸定定地落到那辆停在栅栏边的旧车上。他想象伦尼正满头大汗,像一段圆木似的在后座吱吱作响的塑料垫上左右翻动,试图在闷热和蚊子的双重夹击下入睡。老人跪在地板上,双臂叠在窗台上,心想怎样才能使伦尼回到干洗店工作,让他愉愉快快地使用蒸汽熨衣机。他想起自己当年在电厂工作,无怨无悔地和雷鸣般的发电机为伴四十年之久。下面的院子里,那辆福特车在微微地颤动。他想象,这一定是伦尼在翻身,鼻子贴在座背底部的裂缝上,闻到的都是灰团、旧硬币和纸烟过滤头的气味。祖父心里思忖,是不是现实生活中一些似是而非的道理迷惑了伦尼。他又想,伦尼是不是真的喜欢安妮·迈耶,欣赏她白如牛奶的皮肤,欣赏她凹凸有致的身材曲线。曾经有一次他目睹过安妮操作车床,那时她正在加工泵轴和液压活塞,两只白皙的脚踝几乎埋在螺旋状的钢屑之中。他又想起伦尼曾经谈到甚为羡慕她的收入,每个月她差不多可以收到二千四百元的薪水支票,她全部存了起来。老人爬上床,可是怎么也睡不着,他想起那些向伦尼购买鸽子的人,他们的容貌一一浮现在他的脑海中——那些懵懵懂懂的孩子,那个来自非洲的移民,他不明白伦尼为什么要这样坑他们,他得到的仅仅是十一美元而已,可为了这点钱他却出卖了自己的灵魂和良心,怎么值得呢?

天亮以后他走进院子,拉开车子的驾驶座门,伦尼用钥匙拧开了无线电装置,这是这辆车现在唯一能够正常工作的部件。他正在听一个重金属音乐广播台的二十四小时连续播音，那声音就像是一架小型飞机的引擎在高速运转，里面混合着一种像是受到电刑折磨的号叫声，反反复复地出现像"汉堡包和炸薯条"这样的歌词。

"这声音简直令人作呕。"老人说。

伦尼靠着座背，手臂放在充满血丝的眼睛上。"怎么啦，老爷子？"

祖父推了一下他的肩膀。"有没有找到工作？"

伦尼抬起通红的眼睛。"这么短的时间，我怎么能找到工作？我身带臭味，不修边幅，浑身被蚊子叮得起了疙瘩，这让我怎么去找工作？"

老人沉吟了片刻，端详着孙子惺忪的眼睛，想起他襁褓时候给人的那种呆滞的感觉。"好，答应我一个条件，我可以宽限你一些日子。"

"什么条件？"伦尼的脑袋从椅背上探出来。

"圣露西教堂每天七点钟开始弥散之前，有忏悔仪式，我希望你去作忏悔，把你做的全告诉牧师。"

伦尼直起腰，朝屋子里瞄了一眼。老人知道他在想什么，他在想屋里那个又大又深的浴缸，他在想那台容量特大、让他舒适无比的热水器。

"难道基督教教义手册里写着，出售鸽子是极大的罪恶？"

"你是要执迷不悟地陷下去,还是想迷途知返?"

"你要让我对牧师说些什么呢?"他把两只手放在自己的膝盖上。

祖父在他旁边蹲下来。"你还记得有一次在基督教义的问答课上,弗洛里塔姐妹对你说的话吗?如果你在忏悔之前闭上眼睛,你的罪恶就会发出声音。"

伦尼闭上眼睛。"声音。"

"对,它们就像沟里小青蛙的聒噪声。"

"真是这样,"伦尼笑着说,他的眼珠在闭合的眼皮后面转动。"我什么也没有听到。"他张开眼睛看着老人,"如果我什么也没有听到,那我忏悔什么?"

祖父喘着粗气费力地站了起来。"那就静下心来继续听。"他说道。

等伦尼梳洗完毕之后,他们便到图兰大道的餐厅去吃早餐,然后步行回家。他们看见安妮正手提工具箱从街上走来,她的金发披落在肩上的牛仔布衬衫上。

老人整了整帽子。"你好,安妮。"

安妮在微笑中打起手势。"方特诺特先生,您早。"

伦尼用臀部撞了她一下。"安妮,这么早就出门,宝贝儿。"

她抬起下巴。"我来看你,老爸说你像个在街头流浪的乞丐。"她把最后的"乞丐"二字咬得特别重。

"祖父不喜欢我最近的生意……"

"那不是生意。"她厉声说,她低头注视脚上的工作靴,像是在试图控制自己的情绪。"伦尼,昨天早晨,我经过布鲁萨尔街,你猜我看见了什么?你别插嘴,让我说下去,"她放下工具箱,伸出双手,像是向他比画一条鱼的长度,"那个上了年纪的勒热纳先生,按照你的鬼话,捧着那该死的鸽子,双膝跪地,沿着地界线颤颤抖抖地兜圈子。"

伦尼笑了。"那想必是一道很特别的景观。"

安妮看着祖父,然后目光又移向伦尼的眼睛,最后喊叫起来:"你还不明白,对吧?"

"明白什么?"当伦尼觉察到安妮的表情,脸上的笑容蓦地消失。

安妮叹了口气,看了看表。"你跟我来。"她提起工具箱,沿着被树根拱起的人行道向布鲁萨尔街走去,走了一个多街区,一条马路牙子旁边长了一棵冬青灌木,安妮在这棵冬青后面停下来。路对面有一幢陈旧的住宅,护墙板漆色斑斑驳驳,夹在两幢相同住宅的中间,两边各有一条长满青草的窄巷作为分界。

"昨天我差不多就是这个时候看见他的。"安妮说。

"看见谁?"伦尼问,他低下头,仿佛担心被人认出。

"还不是那个老头,你卖鸽子给他的。"

"见鬼,你想让他看见我?"

安妮用她那双沉静的蓝色大眼睛盯着他。祖父心想,她可能会情绪失控,大声喊叫,可是她的声音有所克制。"你心中要是没鬼,为什么害怕被他撞见呢?"她下意识地退到冬青灌木后面。为了上早班,她已经把自己收拾得漂漂亮亮,样子就像伊甸园里的夏娃。

路对面,那幢屋子的旁边有了动静,勒热纳先生绕着他家的阳台缓慢移动双膝,仿佛是一台开动的机车。祖父踮起脚,看见那个老者累得涨红了脸,鸽子也显得疲惫不堪,醉了酒似的垂头丧气。"天哪,"他嘀咕起来,"他在膝盖上包了碎布。"

"昨天我看见他把鞋尖都磨破了。"安妮告诉祖父,"你看那儿,"在勒热纳先生后面,笨拙地跟着一个面色苍白的瘦弱男孩,"他不是说他有一个侄子吗?"男孩正脸带微笑和叔叔讲话。"这孩子显得很兴奋。"

"因为两个星期到了。"伦尼说。

"嘿。"祖父用一只手摸弄耳朵。

"今天刚好到两个星期。下午他们可能会去海湾公园放飞鸽子。"

勒热纳先生仰起头,他的目光突然投向他们站立的地方,他看到了他们。他朝旁边欠了欠腰。然后步履蹒跚地走来，身子摇摇晃晃，就像汽车挡风玻璃上雨刷的摆杆。"喂，你们在马路上干吗呢？"

三个人穿过马路，站在一条表面不甚平整的短步道上，它通往木结构的阳台。"我们刚好出来作晨间散步。"伦尼对他解释，"鸽子驯得怎样？"那鸽子仰起头朝他看，眼神仿佛饱含愤怒，然后眨动眼睛，挣扎起来。它的爪子被红色的指甲油涂过。

"它叫阿梅莉亚，"勒热纳先生说，"是阿尔文给它取的名字。"他看了他的侄子一眼。祖父看见他在微微哆嗦，虽然他脸上带着微笑。他的两脚呈内八字，左手因残废萎缩了，露出粉红色的皮肤。

"伙计，你好吗？"祖父轻拍他的脑袋，问道。

"很好，"男孩回答，"我们四点钟去海湾公园，然后把阿梅莉亚放到天空。"

伦尼的笑容显得很勉强。"你和叔叔花了很多时间训练老阿梅莉亚，是吗？"

男孩的目光投向他叔叔，这时，勒热纳先生已经走过去坐在前门廊的台阶上，他正在擦掉膝盖上沾着的泥巴。"是的，这可不容易。第一天我们就碰上了雷雨，我胸口着了凉，吃了药，现在感觉好些了。"

"去看过医生吗？"安妮问，一边摸着他的脖子。

"它也一样,"男孩用高扬而尖细的声音吐露,"双腿像中了枪似的。"他抬起头看着伦尼。"只要阿梅莉亚能从镇外飞回来,这都算不了什么,非常值得。"

"为什么这对你这么重要?"伦尼问。

男孩耸耸肩。"这鸟高高飞在天上,竟然能认出我住的屋子,真是好了不起啊!"

"喂,"勒热纳先生招呼道,"你们要不要喝点儿水?"

"不,谢谢,"祖父说,"我们喝过咖啡了。"

勒热纳跺跺脚,从膝盖上解下衬垫。"至少它会回到后院,盯着它待过的笼子出神。"他抖了抖裤子,拉着男孩向屋后走去,那里有一个紧凑的小院,当中长了一棵橘子树。一只高脚鸟笼紧挨屋子放着,崭新的经过电镀处理的金属网闪闪发光。

"我敢打赌,做这个鸟笼费了不少工夫。"祖父对伦尼说,伦尼耸耸肩回答说是他关照勒热纳先生怎样做鸽笼的。笼子中间有一个斜坡,通往一扇可向里旋转的小门。鸽子从勒热纳先生手中挣脱,飞进笼里,仿佛因为拥有这个用钢网圈成的自由空间而欢快得嘎嘎鸣叫起来。

"为了让它能长途飞行,我们得先让它好好休息。"勒热纳先生说。

伦尼对安妮的脸瞄了一眼。安妮在注视鸽子,然后伦尼的目光落到突然靠在橘树上的男孩身上。"你想好了，如果你觉得鸽子没带给你快乐，我可以把钱退回给你。"

勒热纳先生迅速转过身子看着伦尼。"那不成，它现在已经受过训练。我敢肯定，即使把它带到北极，它也会返回这幢屋子。"

伦尼笑了。"这我相信，你是又一个满意的主顾。"

祖父对勒热纳先生说，他十分喜欢这个鸟笼。

"嘿，这算不了什么，"他说，"我的背出毛病之前，我在三角洲桌椅厂的书柜部门工作了足足三十六年。老兄，你用手摸摸这角上的接缝，如果你闭上眼睛，你准会觉得它平滑得像玻璃。"他用摊开的手掌在笼子上方挥动，那架势就像正在干他当年的老本行。

祖父碰了碰安妮的肩膀，接着他们便和勒热纳先生道别。回家的路上，安妮默不作声。当他们走到伦尼祖父家门口的时候，她停住，手中的工具箱里发出格格的撞击声，她若有所思，眼睛不看伦尼和他的祖父。最后，她回头朝街上瞭望，开口说话："伦尼，如果那只鸽子没回到孩子身边，你说怎么办？"

他摇着头。"如果它越了河，飞过谷仓，就不会再认出布鲁萨尔街，这我可以肯定。"

"可两个星期前，他为了孩子把这鸽子当作宠物买下。"

伦尼不耐烦地翻动他的手掌。"难道我该对那些鸟儿所做的每件事负责？"

祖父的眼睛转向安妮。安妮不是一个感觉迟钝的人，她注视伦尼的时候，眼睛里总是饱含热情和希望。

她时而捏紧又时而松开她那双苍白的大手。"如果我是个凶狠的人，准会操起月牙扳手砸烂你的头。"

伦尼眨了两下眼睛，也许正在盘算该说些什么她爱听的话。祖父很清楚，伦尼丢了工作后，他们的约会都是安妮付账。她为他买纸烟，买音乐会门票，当有线电视有精彩节目时会让他去她家小聚。她总是用操作车床时审视旋转工件的那种眼光来注视伦尼，也许是因为担心他又会做什么出格的事情。

伦尼点燃一支烟，吐出口中的烟气，他说："我很遗憾，如果鸽子飞不回来，我会认真考虑怎样给孩子一个交代。"

安妮对他的话玩味了片刻，突然靠过身去，在他嘴边飞快地吻了一下。然后她大踏步地走下人行道。这时祖父听见她工具箱里的威廉套筒在砰砰地滚动，他还看见伦尼拭去安妮的双唇在自己脸上留下的滚烫湿痕。

那天晚上，天黑下来有半个小时了，安妮、伦尼和他的祖父正在简易室看电视，是约翰·韦恩主演的电影，后面的纱门上响起敲叩声，是勒热纳先生来访，因为阿梅莉亚，他心中焦虑万分。

"大约四点三十分钟，我把它放飞了，可到现在还不见它回来。"老者用手指梳理着头发,他不安的目光在伦尼和安妮坐的躺椅之间游动。"你有什么高见?"

伦尼盯着自己脚下的一只鞋子。"哎,你为什么不让我把钱退回给你呢?"

"好了,"他摇摇头,"这并不重要,问题是孩子很难过,他等着鸟儿飞回来,可他大为失望。"这时,阿尔文苍白的小脸蛋从他叔叔的腰后探了出来。

安妮穿着短裤,从塑料睡榻上站起来。祖父用布满雀斑的手掩起双眼。伦尼则神情严肃地把脸转向勒热纳先生。

"这些鸟在飞行中有时候会和其他鸟结伴,有时候它们也可能因为受伤而飞不回来。这让我怎么说呢?你想我把钱退给你吗?"他的一只手伸进口袋,但是停留在里面没有动。

老者朝外横跨了一步,走到门廊里。"我和阿尔文得走了,我们会耐心等下去。那鸟儿一旦回来,我们所做的一切,包括在地上绕着屋子爬行,都是值得的,你说不是吗?"他拉起男孩那只残手,朝前面一个台阶走下去。安妮走进厨房,把一只杯子打碎在水槽里,祖父很是紧张不安,他担心接下来还会有什么事发生。

伦尼跑进厨房,想看看究竟是什么引起这声音,哪知劈面撞到的是安妮怒气冲天的指责。

而后,伦尼不服气地咆哮起来:"为什么非要这样没完没了地埋怨我?"

"因为你欺骗了那个老人和那个有残疾的孩子。我从来没有想到你会做这样的浑事!"

"好,那你最好对此习惯起来。"

"习惯什么?"她拉大嗓门和伦尼争吵起来。祖父心想,她的声音比大多数妇女都要动人。

"习惯我乐意做的事情!"

"什么?习惯从老人和孩子手中去偷盗,习惯像鼻涕虫一样的怪异举动?现在我才明白,为什么你父母会把你这蠢驴赶到街上。"

伦尼的声音穿过厨房的门,虽然声调高却显得软弱无力。"嘿,没有谁抛弃我,他们是去度假,你这臭婆娘简直是胡说。"

"要是去度假,他们不会卖掉房子,不会离开习惯的时区,不会不写信不打电话给你。他们离开是因为他们明白了一个事实,而这个事实是我花了很长时间直到现在才看清的。"

"什么事实?"

祖父听见安妮的声音带着呜咽,他垂下了头。

"作为人,你丢失了一种至关重要的东西,而且它似乎不会再在你身上出现。"

"你不能这样说我,"伦尼气得暴跳如雷,"我会让你明白为什么你不能这样说我。"从厨房里传出一声噼啪的巴掌声,祖父默默祈祷，但愿他们千万不要闹僵。他颤颤栗栗地从沙发上起来，但是还没有站稳脚就听见像钢琴倾倒的声音，把整幢屋子振得摇晃起来，然后是伦尼痛苦的喊叫声。

这天晚上，祖父准备好一个冰袋后就上了床，但是怎么也睡不着。他想起安妮脸上的手印，想起他送她回家时走过她家屋后那条寂静的步道。他的思路一路流淌下去，他想象勒热纳先生一直到夜里还在惦记阿梅莉亚栖身的鸟笼，想象小男孩不断地用轻柔温顺的声音问叔叔一些有关鸽子的问题。他的脑中甚至出现这样的幻境：阿梅莉亚正蹲在圣玛丽食品公司电梯上面的排气孔上，晃动着它的小脑袋，在琢磨布鲁萨尔街位于哪个方向。大约到深夜一点钟的时候，他仍没入睡，他张开手掌拍打着前额，起身穿上衣服，拿起手电筒走向院中那座破败的木车棚。屋檐下，在手电筒的光束中，他看见一只只圆滚滚的鸽子脑袋在攒动。他察看里面有没有伦尼已经卖掉的阿梅莉亚，他看到它好像就在里面。他把电筒的光熄灭了一会儿，把手伸进稻草窝里，不等它挣扎就把它抓了出来。没错，它的爪子上涂了红漆，祖父慢慢地坐到旁边的手推车上，双手拢住鸽子，这鸟用嘴轻啄他的手。他心中盘算，是不是应该放了这鸽子，并且忘掉勒热纳先生，但是他马上想象出小男孩面对那只空鸟笼时脸上的失望表情，那鸟笼就像一座荒废的屋子，男孩每天都会巡视它，想不通阿梅莉亚为什么会忘记自己的家。他捧着这只鸟，想起伦尼父母也许现在旅行到了犹他州，正在某个峡谷中停好温尼贝戈，他们就这样远远地躲开他，逃离他无休止的索取，逃离他那惹人生厌的音乐。他们为什么真的抛弃他了？想着，想着，老人摇起了脑袋。

大约两点十五分钟，老人来到勒热纳先生的住宅旁，靠墙站在路灯照不到的暗处。他转过弯角进入后院，这时他完全处于黑暗之中。他摸索着，他摸到了鸟笼，然后又摸到了那扇会旋转的小门。当他感觉到一个毛绒绒的圆球从他手中滑出并蹦入笼子里去的时候，他怦然一阵心跳。

正在这一瞬间，后门吱吱嘎嘎地打开，一道光亮从里面泻了出来，只见勒热纳先生站在门口，穿着一条宽大的芥末色睡裤和一件无袖背心。"嘿，谁在那里？"他自言自语地走下台阶，来到院中，步子显得异常僵硬。

祖父说不出什么话来，他不可能编造一个谎言来安慰自己的良心。他只能站在那里，让视线无所适从地在鸟笼和后门之间游动。"我想探视一下这鸽子。"最后他终于开口。

勒热纳先生走过来，朝笼子里看了看。"什么？你是怎样逮住这无用废物的？"他把手伸到后面搔了搔屁股。

祖父垂下下颚，嘴巴慢慢张开。"你都知道。"

"是的，"勒热纳先生发出沉钟般的吼叫，"我也许有些傻，但我不是笨蛋。方特诺特先生，恕我直言，你孙子的行为完全是模仿汽车推销员的那套。"

"你既然知道鸽子不会回来，那为什么还来我家询问？"

"那是为了小阿尔文，你懂吗？我想让他认为我很焦虑。"勒热纳先生抓住他的臂弯，引着他进入厨房，两人在一张瓷面小餐桌边坐下。勒热纳先生打开冰箱，拿出两罐冰冻的施利茨易拉罐啤酒。"我挺喜欢喝这个。"勒热纳先生边说边扳开易拉罐的拉片，啤酒的雾气随即喷出，他本能地缩了缩脸。"小阿尔文没有父亲，他母亲是个不可救药的瘾君子，跟着一些摩托车骑手跑到阿拉斯加去了。"他把一罐啤酒推到祖父面前，祖父拿起它大口地吮吸，因为他早就热得满头冒汗了。勒热纳先生压低声音，把身子向祖父靠拢。"小阿尔文对一切都还浑然不知。亏得秋天学校开学的时候他妈妈会回来。不过他一定能变得坚强起来，去勇敢面对现实。这就是我为什么要从你孙子手中购买这只会上屋顶的大老鼠。"他坐回原位，开始擦弄他的膝盖，"为了这样一个小东西，他会沮丧和失望。可这只鸽子也许会促进他的成长，教会他怎样去面对更大的难题。这孩子的人生道路还很漫长，方特诺特先生，你明白我的意思吗？"

祖父将帽子放在桌上。"不会那么糟糕吧？"

"嘿，我们将接连两天焦虑地注视天空，我会让他看到我是怎样度过这些日子的，我们会共同承担失望带来的痛苦。"勒热纳先生低下头注视自己颜色发紫的双脚。"他虽然身有残疾，但他很强壮，而且聪明。"

祖父举起啤酒罐喝着，他的眼睛隐隐有一种被刺痛的感觉。他想起在前卧室里熟睡的伦尼，此时脑后鼓着一个大肿块，肿块上还有一个黑色的洞眼呢。他听勒热纳先生喋喋不休地倾诉，直到睡意袭来，让他感到疲惫难支。"我得告辞了，"他起身朝门口走去，"谢谢你的啤酒招待。"

"喂，别担心会有什么事，只是请你把这鸟放回它的窝里，让我了却我的心愿。"他们来到屋外，勒热纳先生用手探进鸟笼，抓出阿梅莉亚，把它扔到一个厚实的杂货袋里。

"你确信你非这样做不可？"祖父问，"现在改变主意还不迟。"他帮着把袋子的口子扎紧。"你可以仁慈些。"他推想，如果男孩看见鸽子回到笼中，脸上的神情会是多么灿烂。

勒热纳先生动作迟缓地把袋子交到他手中，两人一起捧着它沉默了一会儿。里面，鸟儿挪动涂了红漆的爪子在来回踏步，弄得袋子的底部发出窸窸窣窣的响声，他们想，它大概是在寻找它的家吧。

合法偷窃

柯蒂斯·拉多慢慢从床上爬起，扯了扯身上那件打皱的卡其布衬衫，然后走进厨房，一边打着呵欠，一边用双手搔着后脑。他在一张桌腿镀铬的小餐桌旁坐下，注意到炉灶上并没有锅罐炖煮食物时发出的轻轻沸腾声，空气中也没有咖啡的香味在飘浮。他的目光落到黏了福米加塑料贴片的桌面上，看见上面有一张留言条。"我已经受够了。"纸条上这样写，他认出这是他妻子的字迹。他站起来，摇摇撞撞地推开生锈的纱门，走进后院察看妻子那辆一九六九年出产的都灵，但车子已经不见了。他注视卵石铺就的车道，车道上空空的，他自言自语地说："这究竟怎么啦？"

柯蒂斯穿着咖啡色的塑料拖鞋走到街角，用马德巴格餐厅外面的投币电话打给他儿子努基，努基在庞沙图拉的一家香肠加工厂工作。

"你想怎样？"努基在电话里喊叫，他的声音盖过厂里碾磨机的呼呼声,"此刻我得把一头猪加工成奥斯莫比①的形状。"

"宝贝,你妈妈出走了,我不知道她去了哪儿。她有没有和你说过什么?"

"你听好,打我出生以后,她能说些什么她都说了,她和一个没钱养家的人生活在路易斯安那,她确实累了。她说,她想搬到美国去。"

"这句话是什么意思?"

"我不知道,"努基嘀咕着,"我也不知道她去了什么地方。她只是说两个月没付电费,因为她需要一笔钱去旅行。嘿,这头猪想必是用打鹿的来复枪撂倒的,我得去忙了。"

"等等,先别挂电话,告诉我你弟弟在哪里?"

"布齐在监狱里。"

"哪个监狱?"

"哈蒙德监狱。"

"哦,再见,也许他知道一些情况。"柯蒂斯挂掉电话,伸手到口袋里摸硬币。他开始拨哈蒙德监狱的电话号码,这号码他记在心里。布齐接到了他的电话,可他这个染上毒瘾的儿子竟然连现在是几月份都不知道,更不要说他母亲的下落了。

---

① 美国汽车品牌。

"也许她去比洛克西了，"布齐猜测，他用缓慢而心不在焉的声音说，"每年这个时候，那里很优美，到处是美丽的沙滩。"

"儿子，为什么她要离开我？回答我这究竟是为什么？我会弄清楚她在哪里。"

"也许她只是去跳蚤市场逛逛。"

"不可能，宝贝。她给我留下一封信，把事情全都交代了。"他的声音近乎嘶哑，显然开始意识到事情的严重性，"我真想不通，布齐，她为什么要这样，她过得并不赖，她有一台能运转的冰箱，她有一幢粉刷过的砖墙住宅，她还有我们大家。"布齐上个星期因贩卖大麻被抓后就再没见过他母亲，所以他确实无从提供母亲的线索。柯蒂斯在电话机的狭槽里检查了一下有无硬币落回，然后走回家去。

在他的口袋里还有些折成一团的纸币，这是从他妻子最后一张支票里兑取的。他能有的仅此而已了。从一九七八年以后他就一直没有稳定的工作，尽管他也意识到必须尽快找到一个职业，他明白，如果没有妻子伊内兹那份收银员的工资收入，电力公司早就来拆走他家的电表了，弗兰德利·威利财务公司也会上门搬走家中的电视机。他那辆一九七一年出产的道奇小货车还没有付清贷款呢。虽然柯蒂斯确信他的心脏不好，那份驾车运货的紧张工作使他的胸部时感不适，但他得吃饭。这时，他进入狭小的卫生间，把自己银白色的头发染成铁灰色，再喷上 VO5 发乳，他扯了扯贴在他圆溜溜肩膀上的牛仔衬衫，这是他最棒的一件衬衫，他面对镜子欣赏了一番衣服上珍珠似的钮扣。最后，他走出家门，点燃一支幸运牌纸烟。

他驱车沿着五十一号公路来到阿米特，在那里他看见了一家铸造厂的雇人启事。可是办公室接待人员叫他一个小时后再来，因为此时负责招工的人离开了。于是柯蒂斯又沿着五十一号公路开回去，想找个地方吃点儿什么。他把车开到大西西里人酒吧门口的车道上，只见一栋像煤块一样的棕色建筑匍匐在一块高悬的迪克西啤酒广告牌下。他飞快地钻出小货车，走向人行道里侧，拐进酒吧。在里面他一口气牛饮了三瓶啤酒，瞧他那副模样就像一个从沙漠里走出来经过两天饥渴煎熬的旅者。"给我来客腌蛋。"他对女招待雷恩尔说，她是个大个子红发女人，眼睛上面没有眉毛。"我要尝尝你们这儿的美食。"

"你何不尝尝猪唇。"她提起柜台上一只一加仑容量的罐子，上面贴着标签，粗黑的大字写着价格"猪唇每只五角"。

"娘们，来一个吧。"他说。他用完餐，用餐巾纸擦了擦嘴，再将剩下的啤酒一饮而尽。然后驾车返回铸造厂。

深南金属铸造厂的人事部经理是个三十岁的漂亮金发女人，脸上涂了浓妆、抹了香水，仿佛是个化妆品推销员。她的姓名标识上写着"塔米·米歇尔"。她抖动着一张申请表，把它递向柯蒂斯，柯蒂斯窘迫地接过来，花了一个多小时才把里面的一个个小空格填满。可是交到她手里，她仅用一分钟就读完了，她把表格放在办公桌上，看着坐在对面一张塑料椅子上的柯蒂斯。"拉多先生，我看了你的履历，你读到八年级就休学了。"

"是的，夫人，"他说，"可我比我们家任何人都更有远见，我总是对我儿子强调教育的重要性，在我认识的人当中，就数我大儿子的教育程度最高。"

塔米·米歇尔对他浅浅一笑。"你是说他获得了某种学位，比如学士或硕士？"

"是的，夫人，他取得了 GED[①]。"

人事部经理抿着她那两片光滑红艳的嘴唇，目光落在桌上那份字迹涂涂改改的表格上。"你的申请表告诉我，你被雇用最长的工作是在一个禽类加工厂，干了三年，对吗？"

"是，夫人，在那里我负责处理鸡脖子和鸡肝。"他神情严肃地向她提供这些信息，似乎不这样她就不会对他作出一个录用的决定。

"嘿，嘿，你失业已经有好些年了吧？"

---

① 相当于高中学历。

此刻柯蒂斯意识到自己必须小心应对,因为他不想吐露自己胸口时有心跳不均匀的不适感觉。没有谁愿意雇用一个不健康的人。"是这样的,我妻子有一份相当不错的工作,足以让我们过上宽裕的生活,加上我不是一个有所贪求的人。我不是那样的人,虽然有时我也指望能每天去工作,但同时我更指望享受每一天的生活乐趣。我爸爸常对我说:'让未来顺其自然,当一根钉子钉得牢固了,就绝不要再多锤它一下。'我最聪明的儿子努基,他和我一样,九年级的时候就离开学校,因为他明白,要想获得那张文凭,他得花掉四年时间,再参加一场轻松的考试。"

塔米·米歇尔的脸上露出不悦的表情,她似乎闻到了什么不同寻常的气味。"拉多先生,你酗酒吗?"

"我不至于那样,那会影响我的工作。不是这样的,夫人,我吃饭时喝点儿酒只是为了快些把饭咽下去,要不晚上因为想念我哈蒙德的儿子而喝点儿酒解闷,不过在早餐前喝上一口是极罕有的事情。"他机警地对她露齿而笑,极力显示自己没有因为她的疑问而感到不快。

"是这样。"塔米开始说话,她用双手把亮丽的头发拂到肩后。"我没有看到你有什么工作经历可以表明你适合我们铸造厂目前空缺的岗位。我注意到你曾经在一家锯木厂干过,能告诉我吗,在那里你确切的工作是什么?"

柯蒂斯必须闭上眼睛才能回想起来,因为那是太久以前的事情。"我是一个锯工。"他打量眼前这个年轻女人,知道她不可能明白锯工是做什么的。他在心中盘算,怎样才能向这个身上散发香水味的漂亮女人解释清楚锯工的含义。

"你能够说得具体点吗?"

"我想可以,"他回答,"通常,我操作的设备是一台五吨重的铁制机械,它是放在轮子上的,轮子是由长长的蒸汽活塞推动的,它会夹起一根大圆木向前或向后移动。我操纵它靠向锯片,把圆木切成一片片木板。我得控制许多操纵杆,我操作这台机器可说是得心应手。那可不是一种简单的工作,确实很带劲。那时我和我的儿子在同一家锯木厂工作。我们不停地让大块的木头飞速变成片状。我干得真的很利索,非常利索。我当班半小时后,锯下的木材多得让所有的搬运工人叫苦连天,他们呼喊,求我锯慢些。"他有些忘情地沉浸在对自己第一个职业的缅怀中,他的声音突然低下来,"可是,两年以后这家工厂关闭了。"

塔米·米歇尔似乎并没有被他的话打动,她甩了一下滑下来的头发,对他说,他们厂没有适合他的岗位。

他的目光回到她的脸上,眼睛一眨也不眨地盯着她。"那么,让我干那些男孩干的活,把不合格的热铸件碾碎,怎么样?这工作再简单不过,恐怕连猴子也会做。其实,我并不是想要一个机械操作工的岗位。"他感觉到塔米·米歇尔审视的目光定在他的脸上。他心存希望,他想,也许她是个善解人意并具有特殊性格的女人,就像一块口香糖那样可爱。但是,他立刻痛苦地意识到这是一个冷血女人,她曾经决定过数百个男人的命运。他发现她在注意自己眼睛下面的眼袋,她在注意他眼珠里的血丝。他还发现她在注视他的双手,注视他那些虽然粗壮有力却被尼古丁染黄的手指。

"拉多先生,"她回应道,她的声音像刀刃一样刺痛他,"在铸造车间工作的都是身强力壮的小伙子,可你已经五十二岁了。"她把他的申请表对折后放到一个已夹了十几份申请表的活页夹里。"在我们这里工作,你还得有一张高中毕业文凭。"

"我会安心持久地工作下去,直到你们不需要我,"他一边说一边慢慢站起来,"我知道,我在两份工作中间休息过一些时间,路易斯安那州的男人,对工作是不会太专心的。他需要放松一下,闻一闻玫瑰花的香味,喝一小杯啤酒解闷,或是开车出去兜兜风。"

塔米·米歇尔低头看下一张申请表。"再见,路易斯安那州的男子汉。"

柯蒂斯驾车返回大西西里人酒吧,在三小时的时间里,他一罐接一罐地猛喝冰冻啤酒,还吃掉了十个腌蛋和三个猪唇。其间,他喋喋不休地向高大结实的酒吧女招待讲述他的不幸遭遇。雷恩尔倒是对他甚为同情。"柯蒂斯，他们竟然没有一个职位来安置像你这样的好人，这真是他们的耻辱。"

"他们感兴趣的只是工人的教育程度，全然不管他实际上懂得多少。"他狠命地吸了一口手中的幸运牌纸烟，把烟灰弹落到地上。

"教育，教育，教育，现在，我满耳都是这两个字，"雷恩尔说，"要命的是每个人都比我聪明，你看我，连六年级都没毕业。"她伸出一双粗壮的手臂，"嘿，可我并不缺什么。"柯蒂斯看着她那件无袖衬衫，认可地点了点头。

"是的，"柯蒂斯开始唠叨，"通常，一个男人最重要的就是要有勇气，会刻苦耐劳地赚钱。可是，现在勇气和刻苦耐劳全都成为别人的笑柄。"雷恩尔用鼻子哼了一声，扯了扯胸罩的带子，它们深深地勒在她的肩上，就像棉花包上的打包钢带。

到四点钟光景，柯蒂斯开始感到有些醉意，他想该是回去的时候了。他攀上他的卡车，动作别扭地把它发动起来，然后用力对无线电的一个按钮捅了一下，平时他都是用自己粗短的食指轻轻按的。收音机里传出乡村音乐。车子开过一个静电干扰严重的地段后，他听到一支他喜爱的歌曲："如果你不让我一个人待着，我会找个能让我单独待着的人。"他的情绪有些激动，刚才的懊丧也暂丢脑后，他用拳头在一排按钮上敲击。收音机里发出一阵吱吱嘎嘎的声音，橘黄色的小指示器蹒跚着朝刻度板的左边移动，一直滑到一个公共音乐电台方才停住。电台在播放弦乐四重奏，那旋律回响在道奇车的驾驶室里，柯蒂斯做了个怪相，这音乐令他感到不舒服，他的表情就像看见一只鼬鼠从座椅底下爬出来似的。他试了很多按纽和旋纽，但是收音机总是被小提琴和大提琴的声音占据。他不满地咒骂起来，砰砰地敲打仪表板，他再也忍受不了这柔和迂回的旋律，他啪地关掉开关。他想与其听这样的东西，还不如没有音乐为好。

他驾车摇摇摆摆地在五十一号公路上前行，天际飘浮着鼓囊囊的夏季雨云。在独立镇的红绿灯路口，他的目光触及一块手写的启事牌，上面写的是"敬请帮手"几个字。他把车子开进一家小金属制品商店泥泞的停车场，走进这幢用锈锡板搭成的建筑，他和年轻的店主攀谈起来。他轻松自如地把自己肚子里有关焊接的知识全倒出来。可是最终店主仰起头对他说："老兄，我真的很想留下你，可是我需要的是能读图纸和做数学计算的人。"

柯蒂斯仰起脖子，那模样就像是一只倔强的公鸡直视一条守院大狗。"嘿，切割铁板是我的拿手好戏。要不，你能不能让人在铁板上画一些线条，看一看我切得有多准？"

店主无奈地摇摇头，柯蒂斯还在为自己的焊接技能唠唠叨叨地辩护，最后他不得不放弃。他钻进卡车，但是引擎只咕噜两声就没了声息。他下车掀开引擎盖。碰到这种情况，有时候他让太阳直晒在蓄电池上，加热里面的盐酸，让它产生充足的电源来启动引擎。金属制品商店过去两个门面就是一家酒吧，正好让他有个凉爽的地方等蓄电池充电。

在这家名为"安塞尔莫绿洲"的酒吧里，他开始和一群种植草莓的农场主及运输纸浆原料的司机展开了一场有关教育问题的激烈争辩。一个农场主对他说教育是至关重要的，因为有一天你可能藉此而成为一名议员，或者赢得百万财富。他说，巴吞鲁日的大多数议员是聪明的，甚至比律师还要精明。他们为了帮助建筑业朋友的生意，会抛出兴建一座桥梁或一座消防站的紧急计划。"所谓民主，就是那么回事，"老农场主说，"无非绕着利益打转。"

但是柯蒂斯坚持自己的观点，他不放弃自己认为在理的看法。他又灌下六瓶啤酒，在酒精的作用下，他变得暴躁不安，他抓住农场主的肩膀使劲地摇撼。"你真蠢，要知道，路易斯安那州的男人不会成为只懂挥霍钱财的四眼学究。我也能够使议会里的那些狗儿和马驹工作起来。如果我有一件三百美元的西装，如果我有一个扭着大屁股日薪二百美元的秘书，我也能像他们一样手法高超地偷盗税款。"

老农场主借题发挥，在酒吧里前前后后地嚷嚷呼叫，说柯蒂斯对他动粗。安塞尔莫和一个运载砾石的卡车司机过来抓住柯蒂斯，在一阵靴子击地的哒哒声中，他被扔到门外。他头晕目眩，摇摇晃晃地摸回到卡车边，砰地按下引擎罩盖，总算顺利把车发动起来。他上了公路，朝家的方向直驰。

回到家，开门进屋，经过厨房的时候他按下电灯的开关。可是不见灯亮，他检查屋子旁侧，不出他所料，电表已经被拆走。他颓丧地回到黝暗黝暗的起居室，坐在那张开裂的塑料躺椅上，他觉得整座屋子在他脑中旋转，他想呕吐，眼睛胀痛，心脏怦怦地锤击胸口，就像一只大啄木鸟躲在空心的树干里作祟。他思忖自己到底错在哪里。他回忆往昔，他曾经把自己看作是铁打的汉子，再多的烟酒都不在话下。年轻的时候，他希望自己永远保持强健的体魄，他希望自己拥有足以终生受惠的谋生技能。他告诫自己要努力工作，不断进取。他想起他在锯木厂的工作，那是他倾注了自己全部喜怒哀乐的职业。他操纵设备就像牛仔驾驭快马，他让圆木运转车来回冲刺，夹起一根根圆木撞向嗡嗡飞转的锯刃。一晃之间，二十五年已经过去了。此刻，他注视着电视机黑黝黝的轮廓，心里难受得直想哭，但是对他的人生，他确实不明白自己究竟犯了什么错。

第二天是星期五，是努基的休息日，他像往常一样来访，把父亲从睡梦中催醒。他消瘦，但骨架大，圆浑的肩膀托着一件长袖彩色格子衬衫，他不论冬季或夏日都穿它。他的帽子低低地压在那双坚韧的灰色眼睛上面，帽子上有小圆点图案。努基颇费力气才唤醒他爸爸，他将父亲的一条腿拖下床，让它落到地上，就像在搬弄香肠制品厂里一条待加工的猪腿。

冰箱里的所有食物闻起来都带一种异味,他们赶紧关上它。他们钻进柯蒂斯的卡车,决定开车到马德巴格餐厅用早餐,柯蒂斯刚转动车钥匙,努基就把收音机打开。激昂而充满情欲感的女高音歌声从扬声器里飘出来,可努基觉得十分刺耳,他跳下车,仿佛突然发现车子起火似的。"那是什么鬼音乐。"他喊道,他站在砾石路上迟疑了好一会儿。

"嘿,这该死的收音机被调在披头士音乐电台了,"柯蒂斯解释说,他顺手把声音关掉,"别犯傻,上车吧。"

"老爸,"努基一阵狂笑,重新攀上卡车,"那声音就像一只猫,被吊在风扇皮带上哀号。"

"有一件事得告诉你,我需要一个有固定收入的工作,"柯蒂斯说,"我正在找工作,这样我才能够恢复家里的能源供应。"

努基甚感意外,他侧过脸朝他点头,那神情就像一条猎犬对着一只马蝇不知所措地眨眼。"我们会有谷物,会有鸡蛋。我会陪同你跑遍每个地方去申请工作,只要我们能想到的地方,我们都去试试。"

他们果真这样做了。可是镶板厂说他们需要懂操作计算机的人,储木场说他年纪太大,水泥厂想招聘的是能熟练使用度量衡的人。最后总算有一个电力站表示会考虑他的申请,他们需要一个守门人，每周工作五天外加星期六上午三个小时。柯蒂斯听到这个工作日程表很是恼火，他甚至在招聘负责人面前也毫不掩饰他的愤怒。因为他一路碰着钉子跑到这儿，腹中满是怨气，加上还带着酒意，所以说话毫无顾忌。他每遭到一次拒绝后都会就近找家酒吧，喝上几杯为下一个就职面试打气。

接着，他们来到大西西里人酒吧。努基狠狠地拉了拉帽檐，但他还是极力克制，让自己的声音不显得是在抱怨。"老爸，供电站的那个人只不过是需要有人星期六上班，你就咒骂他，这太过分了。"

"难道不该骂他？"柯蒂斯暴跳如雷地说。对于他，冰啤酒是他胸中怒火的最好助燃剂，"像这样的职业会把人送进地狱。一周工作六天？那我还有什么时间娱乐？"他一口气把刚叫来的啤酒喝掉半杯，又向女招待打手势要求再添。"儿子，一旦成为一个供电公司的野鸡工人，我就得过整天喝土豆汤的穷日子。"

努基把帽檐往上推了推，伏在吧台上拨弄自己的手指。"老爸，其实我有时周六也上班。"

柯蒂斯怒气冲冲地看着儿子，他眼睛通红通红，像是红酒酒池。"所以我说你的脑袋和犰狳没什么两样，你究竟打算做什么？发财？儿子，想清楚，这是路易斯安那州，在这个州，没有人能够靠勤奋工作致富。"当女招待给他拿来啤酒时他扔给对方一美元纸币。酒吧招待是个上了年纪的深肤色女人，发型粗俗不堪，染黑的头发就像涂了柏油，她斜靠在吧台另一边，听他们谈话。

"老爸，我觉得你有时喝得多了点儿。"努基说，他瘦长的脸上稀疏地长着金色的短须，他用手擦弄胡须，神情悲哀地垂下头，拿起还剩一半的杯子，晃了晃，然后又放下来。

柯蒂斯只管痛饮，他的眼睛湿润了，又一口气把圆筒大杯里的啤酒喝掉一半。"你想这样一直工作下去，直到把自己累死，你想在香肠加工厂劳苦终生，直到把你的手指统统磨掉，这为的是什么？就是为了能买一些没有价值的红泥碎片和一个二手活动房屋。为了这，你的钱差不多被地产骗子榨干，剩下的再被一个律师卷走。你以为他们工作勤奋？你以为他们有权沉湎派对、追逐女人、过上纸醉金迷的生活是因为他们的四年大学苦读？你真的认为他们是汗流浃背和勤勤恳恳地度过四年中的每个日日夜夜？喂，不是，儿子，他们没受教育，他们只是有能够偷窃的执照而已。"他越说越激动，声音也越来越火爆。他喝下一大口啤酒，突然注意到一幅画面生动的啤酒广告，两个青年女滑雪手站在一座朦胧的山峰前面摆弄姿势。柯蒂斯脑子晕乎乎的，心中泛起一阵懊丧，他想，到处碰壁，也许自己确实有错，但是他不知道问题出在哪里。"即使我不喝酒、不抽烟，然后每周为那家大型电站工作八十小时，我想我的日子也不见得怎样，不会比现在有一幢烂屋子和一辆破道奇的状态更好。"

"唉，老爸，拜托你别这样。"

柯蒂斯不理他儿子，眼睛依然盯着广告。"该死的姑娘，跑到这乌七八糟的地方来干什么？"他突然激动地喊叫起来，"嘿，她们中一个是混账的律师，另一个是每晚在科罗拉多户外挥霍我们二百美元税款的政客。"他对着广告上的人像挥动拳头，他觉得应该羞辱她们，因为她们的奢侈无度，更因为他自身的困扰，他需要这样来发泄内心的积郁。

努基发出一声长长的叹息。"我想我们该走了。"

酒吧女招待收拾掉他的杯子。"你是想找个工作？"她问道，"坎特雷尔先生正在重建一家老锯木厂，它就在奥尔巴尼后面的森林里。厂里的领班今天早上来过这里，说他们正在雇人。"

柯蒂斯顿时把眼睛睁得大大的。"那是有很久历史的坎特雷尔锯木厂，我没在那里干过，但我曾经在另一家锯木厂工作过。"

"像过去那样操作圆木运转车。"努基口中嘟囔，闷闷不乐地摇动脑袋。两分钟后他们驰上公路，卡车在白色的车道线之间飘飘浮浮地迂回前行，那不规则的蛇行轨迹就像是一辆扫街车留下的。柯蒂斯喝得实在太多，努基试图从他手中接过方向盘，但老头不让，两次轻拍努基的鼻梁以示拒绝。当卡车在拜伦遇到红灯停住时，努基跳下车。"如果你想把车子撞进沟里，你就继续这么开吧！现在我才明白，妈妈为什么要离开，我相信她是对的。"他站在柏油路边缘的白线上，差一点儿就要哭出声来。他似乎在等待父亲说些什么，但柯蒂斯瞧也不瞧他，只是把手伸过去，拉着门砰地关上。然后他猛地推上离合器，道奇就像一匹马似的颤动起来，污泥块纷纷从轮胎的挡泥板上落下。

他把车子开进坎特雷尔锯木厂泥泞的停车场里，他虽然有些头昏脑涨，但是心中充满信心。他似乎看到了一个美好的前景正在眼前展开，他将会有足够的钱支付电费账单，买一箱又一箱啤酒，买一包又一包幸运牌纸烟。钱是必需的，周末的休闲，工余的消遣，到吸烟点吞云吐雾，去酒吧和女招待闲聊，这些事全都需要钱。

这座工厂是一个陈旧建筑的合成体，由许多木结构的大平房组成，它们的锡板屋顶千疮百孔，锈蚀不堪。柯蒂斯把车停在办公室前面，他向左边看，目光越过沼泽地般的空场，落到一幢五十英尺高的建筑上。这就是厂里的主锯木工场，地面有可在水平距离二十五米内作往返运动的圆木运转车。很明显，工厂还没有正式开工，尽管在主锯木工场后面二百英尺的地方，三根歪歪斜斜的锅炉房排气管正在冒出银灰色的烟气，那是燃烧木屑产生的，排气管在阳光下闪闪发光。

到了办公室，他和一个男人搭话，此人无精打采地坐在一张写字桌后面，桌子油腻腻的，上面堆满乱七八糟的杂物。"你是来找工作的？"男子问。柯蒂斯点点头。"你得去见坎特雷尔先生。你会做什么？"

"我走过那儿，怎么没看见有人在锯木材？"柯蒂斯含含糊糊刚说了两个词就觉得整个房间像艘离岸的渡轮一样慢慢旋转起来。他的脑袋瓜像是油炸的熏猪肉，爆出嘶嘶呀呀和噼噼啪啪的响声。

"我们刚刚开始工厂的重建工作，这家厂关闭了八年，早在它关闭的时候它的设备就已破败不堪。"他带着异样的微笑说，仿佛他的解释缺乏说服力似的。"对了，你说你会做什么来着？"

"我会操作运转车。"柯蒂斯说，他显得有些心不在焉。

"在我们把新的锯木系统建立起来之前，我们确实需要一个锯工来操纵老式的锯木设备。但是今天我们不能测试你。"

"你们已经能供应蒸汽。"

"是的，我知道。因为所有的木材都锯不好，所以我们拆开运转车末端的安全保险杠作检查，现在是坎特雷尔先生说了算。"

一个面色红润的大个子从里面一间办公室的门里走出来。他穿着一件定制的白衬衫，打一根细窄的丝绸领带，还戴了顶黄色的安全帽。他用冷峻而审视的目光看着柯蒂斯。"你是什么人？"他声色俱厉地说。

"我叫柯蒂斯·拉多，我来找工作的。"他一只手放在脸颊上，摸着那里的胡须茬，他脑子迟钝起来，而且觉得疲惫乏力。

坎特雷尔先生的脸轮廓清晰，像是用火石雕出来的。他向前曲身，用鼻子连连吸气，发出吸气声。"我不会雇酒鬼的。"他丢下这句话就匆匆离开，走进里间办公室，边走边哗啦啦打开一张蓝图。柯蒂斯不知所措，那感觉就像被人猛地从一个酒吧凳上推了下来。他斜斜地朝通往停车场的那扇门走去，他不能控制自己的动作，门就在门框上，可是他费了好一会儿工夫才打开它。他感到办公室所有人的目光都落在他的背后。他步履踉跄地走下阶梯，出了办公室，来到工厂潮湿的户外场地，他斜靠在自己的卡车上，注视那幢容纳大型锯木机和圆木运转车的建筑。它和许多年前他工作过的地方十分相似，那时他年轻，充满锐气。由于他岁处青春年华，由于他天生的体格，他处处春风得意，赢得许多朋友的尊重，有一个十分不错的职业。终于他离开卡车，试探性地迈开步子，跨过地上的污水坑向那栋建筑走去，他攀上一个长长的通往大型锯木机的梯子。

两个人在里面焊接设备的零件，他们瞥了他一眼，然后继续专注于自己的工作。他发现四周的蒸汽管都在发出嘶嘶的泄漏声，冷凝水纷纷滴落下来。主锯木装置被拆卸开来，而圆木运转车已整修完毕，面上被涂了一层亚麻籽油，闪动着诱人的微光。一组工人把一根三米直径的圆木滚到它上面准备试机。他向运转车走去，跌跌撞撞地坐到操纵者的座椅上，一根根他熟悉的操纵杆就高高地竖在他面前，他把手放上去，忘情地笑了起来。他轻轻推动一根操纵杆，运转车顿时微微颤动。柯蒂斯露出微笑，他觉得自己还有能力驾驭它。他回想起昔日操纵机器时的威风劲儿，随着长形蒸汽活塞的连杆充满神力的猛冲，铁制的运转车被推向锯木机，然后又轻轻巧巧地被拉回来，如同一股轻飘飘的空气。他捏紧操纵杆，他想，人生最重要的不就是判断力和自信心？他确信这些是他与生俱来的秉性。他使劲推动操纵杆。

接下来，锯木工场里和户外场地上出现了可怖的一幕，一股股强劲的蒸汽间歇地从锯木工场屋顶上的管道里喷射出来，伴随而来的是一阵阵像是燃烧树桩时发出的爆裂声。运转车和那根巨大的橡树圆木穿过墙和屋梁飞到外面，刚好砸到停车场里一辆最新型的卡迪拉克上，在方圆数英里之内的工厂区，它是最豪华的一辆车。木板、铁板像雨点一样撒得到处都是，锯木工场的屋顶被穿了个洞，从里面传出蒸汽的咆哮和怒吼。柯蒂斯坐在运转车上，他那双没有血色的手依然紧握在操纵杆上。突来的剧变使他的醉意消失殆尽，他痴痴地看着下面那辆被砸得面目全非的卡迪拉克，逼着自己考虑该怎么办。但是他一脑糨糊，什么思路也没有，他不知道自己该做什么。是呼喊？是狂奔？是痛哭？他不知道。他端视身下卡迪拉克的惨状，被压扁的车身在悲哀地闪动微光。他呆若木鸡，脑中一片空白，似乎什么也想不起来了，他甚至抱有侥幸，认为也许什么都没有发生过。

坎特雷尔先生走进停车场，站到他的车旁，用手中带有夹子的书写板轻轻拍打被砸扁的挡泥板。他抬起头，看见了坐在上面的肇事者，令他奇怪的是对方居然穿过一道木墙而毫发不损。"柯蒂斯·拉多，你刚才是说你叫这个名字对吧？好，我想也许你在什么地方有一点儿财产。一辆车？一块你祖父留下的手表？听好，到时候我公司的律师会和你作个了断。其实我知道，你仅有的东西就是你这副臭皮囊，我会把它投入监狱。记住，即使你出了狱，在你的余生，无论什么时候，只要你拥有一枚五分硬币，我们就会从中拿走四分。"他转过身，呼叫一组人员去哈蒙德调派一辆吊车和一些千斤顶来抢险。

柯蒂斯从废墟上爬下来，向他的卡车走去，在场地上忙忙碌碌进行善后的工人一个个向他投来嘲笑的目光，他感到脸上火辣辣的。在窘迫中他渐渐清醒，他想还是赶快回去，躲在家中，静候风暴的来临吧。

他把车钥匙塞到道奇的点火装置里，拧动它，但是只听到一声难听的咕噜声就没了反应。他试着再次点火，不成，再试，还是启动不了。他一次次重复最开始的动作，直到引擎除了发出连续的咯嗒声之外什么动静也没有。周围忙于工作的人又开始注意起他，坎特雷尔若有所思地将双手放在臀后，然后在他的写字板上写下什么，这时他的视线落在卡车的牌照上，显然他是在抄车牌号。透过办公室的窗子，柯蒂斯看见里面一个正在打电话的人回过头来看他。他的心脏在胸口快速而不规则地猛跳，就像一台快耗尽汽油的引擎。他在前排座位上躺下，避开人们的视线。他伸出手，拧开收音机。

一个播音员正在用受过良好训练的柔和嗓音进行播报，说十七世纪生活在法国的作家认为路易斯安那是块荒凉的土地，那里瘟疫横行，到处是邪恶之徒和野蛮的印第安人。生活在那片土地上的人们不可能有希望，不可能有光明的未来。柯蒂斯闭上眼睛，琢磨这段话，想弄懂它的意思，它是对一部歌剧的评述。但是这台收音机的声音于他就像是对牛弹琴，他怎么也听不明白。"一个法国作家，"播音员继续说，"在介绍自己作品的一个章节时曾经声称，故事发生在路易斯安那的沙漠里。"柯蒂斯侧转身子，耐着性子，静静地听，想抓住每一个词的意思，但是最终他发现，里面说的是一种他从没学过的语言。一团蒸汽腾腾地飘过车前的挡风玻璃。这时电台里奏起一支管弦乐曲，忧郁而令人难以理解的旋律在卡车破败的驾驶室里久久飘荡。

劫　持

T-让

　　T-让的大轿车飞一样地穿过主干道,在一条满地都是荚壳和落叶的小路上疾驰。这时,路面就像被一支鸡毛掸子掠过似的,尘土和杂物纷纷扬扬朝四处飞散开来。他必须在那个小女孩的踪迹完全消失之前找到堂兄弗洛伊德,他的车如同水上快艇越过一个个积满雨水的凹坑,溅起的污水像一阵暴雨,散落在汽车引擎罩壳上。T-让的车速太快,使他对路边波光粼粼的运河有些心存恐惧,他干脆不去注视那片水光,而把自己的视线投向一望无际的农田,落到一座耸立在前方的白屋上。很快他就转入一条农家的私人车道,他的轮胎把树叶和荚壳甩到旁边的水稻田里。他踩下刹车,还没等车子完全停住就跳下来,他急急忙忙穿过走廊,冲进纱门,几乎和坦特·西多尼撞了个满怀。

　　"弗洛伊德在哪儿?" T-让上气不接下气地说。

坦特·西多尼推了推她的远近双光眼镜，惊奇地看着他。"你的T恤衫湿得快成一块洗碗布了。"她说。

"快告诉我，弗洛伊德在哪里？那个得州佬带走了他的女儿。"

她需要想一想得州佬究竟指谁，当她记起来后便喊道："沿树界走到头。"她跟在他后面走出门，用双手急切地推着他的背。

T-让的福特大轿车又飞了起来，毫不迟疑地朝着目标而去，渐渐，满是树叶荚壳的车道变得泥泞，天又下起雨来。最后他的车在一个陈旧的拖拉机停车棚旁边停下来，棚屋里只停了一台国际牌重型拖拉机，由于出产年久，而且耗油量很大，所以主人已让它退休，不再使用。T-让快步攀上这台农用机械，用力猛拉启动器，老掉牙的引擎转动两次才总算被发动起来。T-让砰地将调速杆推到第二档位置，撞穿车棚朽烂的后墙，把它开了出来，轮胎粗厚的橡胶防滑条在后面把破碎的木板掀到空中，当拖拉机加速摇摇摆摆在高低不平的地面朝树界前行时，木板又落回地面。T-让朝树界尽头望去，他看见弗洛伊德那辆有空调装置的约翰迪尔正抛锚在雨中。他在座椅上放声喊叫弗洛伊德的名字，他声嘶力竭的呼喊声和身下拖拉机的轰鸣声交织在一起，但是仍不能被弗洛伊德听到，因为他们相距实在太远。弗洛伊德矮矮的个子，穿条蓝色的牛仔裤，站在面积二千英亩的水稻田边上，T-让足足花了五分钟时间才最终来到他面前。

弗洛伊德

"出了什么事?"弗洛伊德问,T-让的灰色眼睛显得有些茫然不知所措。这眼神很快就传染给了弗洛伊德,但他还是使自己镇静下来。自从进入三十岁之后,他就试着让自己遇事沉稳冷静,何况现在他还是父亲,膝下有一个十岁的女儿由他独自抚养。

"你妈妈在店里的时候,那个得州人来了,他把莉泽特带走了。"

弗洛伊德脸上的表情立刻起了变化,他的肌肉紧紧绷起,看上去很是可怕。"你是指我妻子的新男朋友?"

"是的,老兄,祖母看见他了,她派我来的。她正在家里等你回去。"

"他们走了多久?"

"不到二十分钟。"

"沿着九十号公路向西走了?"

"无非是顺着他熟悉的老路去得州。"

弗洛伊德用双手合成杯状罩在眉毛上,咬着嘴唇,用鼻子嗅了嗅他的小胡子。此刻,整个教区的道路系统全在他脑中清晰地呈现出来。他朝远处望去，只见一根根黑色的电线后面衬着水灵灵的蓝天。他要去追赶，打得那个家伙跪地求饶，他转过身，跃上那辆笨重的绿色拖拉机。他迅速将拖拉机发动起来，拖拉机立刻滚动起它胀鼓鼓的大轮胎，朝田野北面急急而去，瞬息之间就驰进一片荒芜的荆棘丛和仅比拖拉机高些许的幼树林。突然，随着一声尖锐的机械爆响，一股浓黑的柴油烟雾腾腾升起。一棵又一棵树木被啪啪地压倒在他的轮下，像是一堆折断的骨架。他想起布德罗女士的小白屋离这儿只有一英里远，比坦特·西多尼的家更靠近主公路，如果能够走出这片树林，就到她的后院了。弗洛伊德整了整他的便帽，用两条细腿推顶着刹车踏板，让失控的机器安静下来。他想现在该怎么办，他告诫自己千万不要慌乱。他不知道他妻子住在哪里，在他心目中她仍然是自己的妻子，因为他认定只要一个牧师为你主持了婚礼，那么这婚姻就是永久的。他蔑视离婚法庭的无聊介入，蔑视新教徒法官的无理判决，更蔑视那个脚穿蛇皮靴子从中作梗的得州无赖。

弗洛伊德在脑中勾勒他女儿莉泽特的模样，她有一张月亮般的圆脸，有乌亮乌亮的黑发。姑娘很惧怕她母亲，有一次因为玩弄母亲的化妆品被母亲用一根瓷棒毒打了一顿。她很聪明，脑袋远比弗洛伊德好使，她的聪明伶俐有时也会给他带来烦恼，引起他和别人的纠纷。他希望她不要和那个得州佬顶嘴，否则会吃亏，因为那人不是一个善良之辈。

布德罗女士

"咯,咯,咯,咯,你们这些贪吃的东西。"布德罗女士在不住地咒骂她饲养的一群白母鸡,这种口吻和很久以前她惯常在餐桌上教训六个孩子的口吻很像。她大声嚷嚷,说那些该死的鸡把她后院刨出一个个泥坑,她转身朝杉木小屋的台阶走去,由于经过雨水的冲刷,这屋子显得非常清晰,泛着淡淡的白光。突然,树林里传来一阵轰隆隆的巨响,惊动了她的鸡群,它们争先恐后朝她前面逃跑。她转回身,看见坦特·西多尼那辆绿色的大型拖拉机撞倒了三棵柳树,闯入她的院中。然后她看见弗洛伊德从驾驶室里爬下来,跨过一簇矮蔷薇。她发现他的表情闷闷不乐,他像他祖父那样蓄着一脸大胡须。她记得弗洛伊德还是婴儿时,她抱他在怀里,觉得他结实得像一团硬鼓鼓的小肌肉,那可是上帝为了他能够应付未来艰辛生活而赋予他的秉性。他不是一个刚愎自用的人,但他总是毫不犹豫地去做自己认为正确的事情。没有任何人的帮助,他独自抚养一个幼小的女儿,这是十分不容易的。他的妻子跟着一个红脖子的混蛋跑了。当弗洛伊德向布德罗女士走过来的时候,她看见他用舌头发出啧啧的声音,在她眼里他是个可爱的男人,是她喜欢的那种小个子身材，由于劳作，他的皮肤被晒得乌黑。

"你好，布德罗女士，T-曼还在上班？"

她怀里揣着给鸡喂食的钵子。"怎么，你想用他的车？"她问道。心想，他肯定有事，否则不会这样急急地穿过树林跑来这儿。

"就在刚才，那个得州佬跑来，拐走了莉泽特，我得去追他。T-让的祖母正在家里等着告诉我具体细节。"

她把目光转向轰隆作响的拖拉机，脑中记起那个得州泼皮。当她想到长着一头乌亮黑发的小莉泽特将被带到得州，将要毁在陌生的外地人手里时，心中一阵剧痛。根据牛仔电影里的画面，她能够想象得州是个尘土飞扬的干旱平原，她禁不住打了个寒战，同时感到一阵反胃。她心中又思忖，不知孩子的母亲在基督教的节期里是否会带她去做弥撒，或带她去宗教场所做祷告。她知道得州人中间也有一些上帝的信徒，但是他们对上帝的信仰并不虔诚，他们不在宗教节日和忏悔日颂扬上帝的恩典，他们甚至星期日都不去教堂跪拜祷告。

"我的旧道奇速度慢，你可以用T-曼的那辆车，但愿你能把它发动起来。"她对弗洛伊德说。

她目送弗洛伊德向谷仓边一个用塑料布遮盖的巨大隆堆跑去，他推开压着的砖块，松开边缘的绳子，掀开塑料布，看到T-曼那辆打了底漆的尼桑Z系。钥匙就在车上，车立刻就被发动起来，声音既响亮又狂暴,仿佛一只落进鸟儿嘴喙里的蜜蜂在作垂死挣扎。十秒钟之后,车子开上柏油路,这时布德罗女士在心里默念,希望车子飞速前行,希望她的屋子在车子的后视镜里快快成为一个不断缩小的白斑点。弗洛伊德的车子在休格米尔公路上渐行渐远,最终消失,但是她仿佛仍然能听见车子声嘶力竭的吼叫,仿佛依然看见车子正在朝三英里外弗洛伊德的家飞驰。自然而然地,她脑中构想出一幅图景:T-让的祖母正撑着助行架,站在信箱边疯长的草丛里。她穿的是一件褪了色的棉布连衣裙,裙边在她的脚踝上摆动。

T-让的祖母

土豆沙拉。我准备做一些土豆沙拉,然后用肉汁炖一些蔬菜。再做一些甜豆。我要从冰箱里拿一块鹿肉出来烤。我要弄一些大蒜,做一盆油脂面粉糊。她总是这样为家中一日三餐的烹饪作精细的盘算,整天忙忙碌碌,不是为丈夫就是为住在隔壁的孩子们操理厨艺。她的孙子T-让要她站在路边等弗洛伊德,好告诉他一些事情,可是此刻她已经记不清那是什么事情。她甚至忘记自己为什么站在门外的薄雾中。终于,她记起了莉泽特,她想这个可怜的孩子晚餐会吃些什么呢。

在卢伯克她能吃到开胃的海龟酱汁吗?T-让的祖母想到莉泽

特准会思念加了秋葵荚的肉菜浓汤,思念那汤里秋葵的浓郁香味,思念那汤里作为底料的喇蛄肉。缺少这样的美食她将怎样度日?这不就像星期日没有圣餐一样不可忍受!没有自己为她烹饪美食佳肴,她的生活不就如同失去上苍的怜爱?

她听到车子逼近的气流声,当她听到刹车杀猪般的号叫声时,弗洛伊德的车已停在她的身旁。她觉得弗洛伊德驾驶的简直就不是一辆车,它灰色的表面灰暗而没有光泽,那倒像是一个来自外星的太空舱,不过底部带有轮子。弗洛伊德问她得州佬开的车是什么颜色,她这才想起自己为什么站在这儿,她开始用苍涩的声音告诉他:"哎,弗洛伊德,宝贝,为什么会这样?[①]哦,那是一个狂妄的大个子男人,戴了顶约翰·韦恩帽,把车开进你的车道,他瘦得就像一根直挺挺的路轨,还穿着一双滑稽的高统大皮靴。莉泽特哭着想带上一个手提箱,可硬是被他狠命地拖进车里。"

"他开的是辆什么车?"弗洛伊德用手背在驾驶盘上磕撞着。

"哦,对了,那是一辆绿色的雪佛兰卡车。是旧的,至少我认为它是那么样的一辆车,可我,我分不清它和其他车有什么细微的区别。你瞧,碰到这种天气,我脑子应该警醒一点的。"弗洛伊德启动引擎准备离开,但是她的身子从助行架的横杆上面探过来,一

---

① 原文为法语。

只手按在车窗凸起的边框上。"你打算怎样拦截他?"当她向弗洛伊德的车窗俯身之时,弗洛伊德看见她的脸色阴郁黯然。他赶快安慰她,说开车时会时刻注意路上的车辆。"嘿,你应该走田间小路,绕过尤尼斯,在波托逮住他。你看,"她对他说,"带上这个,这是我从我的普林梅特车的仪表板上拽下来的。"

弗洛伊德从她满是雀斑的手中接过一个塑料的圣克里斯托弗雕像。"祖母,教皇说圣克里斯托弗并非真有其人。"他瞥了一下塑像底部的磁石。

T-让的祖母用一种讥嘲的眼光看了看他。"如果你相信某样东西的存在,它当然就是真的。教皇总是对的,但是他把大量的时间用在思考问题上,其实他更该做的是去走访住在茅屋里的平民。"

弗洛伊德将雕像吸在仪表板上。"就放这儿了。"

她用疙疙瘩瘩的食指做了一个拨弄的动作。"把他转个身,这样他才能看见路。"

弗洛伊德将塑料雕像转过一个角度。"这样可以了吧?[①]"

"当然,[②]嘿,你知道吗,弗洛伊德?"

"什么?[③]"

"那个得州佬。"

[①][②][③]　原文为法语。

"你说什么?"

她露出灿烂的笑容,密布在脸上的皱纹就像阳光下池塘里闪亮的涟漪。"他是头蠢驴。"

弗洛伊德

教区刚为农场的车道铺了柏油路面,所以弗洛伊德在上面行车颇不习惯。弗洛伊德紧张地盯着车速计,他的精神疲惫不堪,必须加倍注意行车安全,他感觉车轮有时会在某个点上摇摆和打转,在这种状况下,车子完全可能滑出柏油路面,冲到绿意葱茏的稻田里。这时他仿佛看见女儿玛丽·莉泽特·贝热龙的身影显现在前方闪闪发光的路上,她脸色苍白,继承了父系坎切恩氏的遗传特征,长着一头乌亮的黑发。他想象自己的女儿将要生活在一个四季多风的大草原上,在一个野性十足的小镇上长大,那里到处是脸膛被太阳晒得起皱的古怪男人,他们大口猛吃西红柿烧烤酱,没有节制地狂饮珍珠牌啤酒,发狂似的迷恋乡村音乐。西部得州并不是什么坏地方,但是让一个不属于它的女孩生活在那里显然是残酷的,许多美好的东西只能作为记忆永远留存在她的心中,她会记得阿姨婶婶那宽大温暖的膝盖,任她在上面淘气地蹦跳。她会记得雷雨降临时在低洼稻田和甘蔗田上空翻滚的黑云。她会记得音乐韵味十足的法语，她会记得她所作的一次次祈祷。还有，她叔叔奏出的悠悠扬扬的手风琴乐曲会经常萦绕在她耳中，更让她难以忘怀的是每逢周末她父亲会把小提琴架在肩上，面对后院奏起她爱听的小夜曲，那如丝如缕如怨如诉的旋律是多么令她陶醉。想着想着，他内心的波澜渐渐平复下来。这是为什么？难道因为他觉得她母亲也需要她？莉泽特的母亲，勒布朗氏的不肖子孙，一个堕落的女人，每天睡到十点钟方才懒懒起床，然后整天守在电视旁，直到必须起身做晚饭。后来，她又学会了酗酒和抽大麻，这两样东西让她把原先的一些嗜好丢弃，她不再听法国音乐和乡村摇滚乐。两年前，她开始像一只不归家的猫，每天在外面通宵达旦地滥饮狂喝，往往到早上他离家去坦特·西多尼的农场干活的时候还没回来。再后来她像野猫一样失踪了，留下他每天夜晚在门廊里来回踱步，心急如焚地担忧她的死活。她是个浅黑型的漂亮白种女人，有一点儿神经质，所以更让他担心她是不是遭人绑架或诱拐、她是不是已经死在树林里了？或者更糟，被拐卖到西部的某个酒吧当牛仔舞娘，受尽别人的白眼和讥嘲？六个月前，她终于打电话回来，向他提出要带走莉泽特，他要她回家，可是他听到的回答是她的一阵狂笑，他气得真想就此挂掉电话，他推开窗，觉得那来自西部的刺耳笑声仿佛正越过穗头低垂的稻田向他滚滚袭来。然后，她对他宣称会派她的得州佬来，还得意洋洋地说今后他休想在得州这样一个没有边界的地方找到莉泽特。

弗洛伊德的黑眼睛虽然小,却总是明亮而有神,他的胡须就像是爬在人中上的一条黑毛虫。虽然坦特·西多尼提供的伙食很油腻,但是他一百四十五磅的身子还是精瘦得没有一点儿脂肪。坦特·西多尼过去总是不断用高油脂的肉菜浓汤满足她丈夫的食欲,直到把他送上黄泉,她为自己对老公的爱付出了代价。弗洛伊德的生活很简单,只是在周末和朋友一起喝些啤酒聊聊天,他的钱大多花在女儿身上,为她买衣服,为她上天主教学校付学费,为她的音乐老师按小时支付薪金。在大克拉波特地区他名声甚佳,几乎每个人都知道他是个明事达理的人,会不失时机地出手做他需要做的事。即使在他极为沮丧的时候,他也和善待人,从不去伤害谁。他把一切处理得井井有条,院中的草地总是按时修剪,车子总是被洗得一尘不染,还有,在他家的纱门上,你休想找出一个破洞来。

T-曼的这辆尼桑Z系在九十号公路南面一条笔直的公路上飞驰,车轮在柏油路面留下擦痕。两边的稻田里雨水高涨,像是一面面水汽蒙蒙的镜子。在两个交叉路口作了心焦的暂停之后,他驰入一条向北而去的岔道,沿着它猛冲两英里后他来了个急转弯,拐入西去的九十号公路,向得州直奔,车后腾起一团团浓黑的烟雾。"驾驶一辆绿卡车的会是个怎么样的人?"他思忖着。他看了看表,在心里默算走过的里程,他觉得自己应该快要追上了,当然,除非那该死的得州佬对他耍花招,走的是另一条路。不过他确信,这个经常驾驶水泥卡车在这条路线上奔走的牛仔肯定会按照习惯在这条路上狂飙,以摆脱他的追赶。他开过三英里后,以八十五码的速度掠过路面上的一个个凹坑,这时他看见那辆载重四分之三吨的绿色卡车,驾驶室后窗上贴了一层钢网。透过窗子,他刚好能够瞥见莉泽特靠在驾驶室一侧的头顶,还能看见另一侧得州佬的破帽檐,这不是一顶真正的牛仔帽,只是一顶舞帽而已。他加速超过他们,然后按响喇叭把那车逼到路边。在后视镜里他看见对方的卡车被逼得开上绿草茂盛的路肩。弗洛伊德的脸上露出微笑,心想要对付这恶棍还很容易。他下了车,与此同时得州佬也走下车来。他们走到一处,弗洛伊德意识到与他妻子的新男友相比,自己的体格要小得多。他低头看了看自己脚上那双又小又短的白靴子,然后又打量起得州佬那双像爬行动物一样面目狰狞的大靴子。

"你真是头狡猾的驴。"牛仔骂道。他有一个令人作呕的习惯动作,那就是把脑袋歪到一边,嘴巴向左微微噘起,仿佛口水就要止不住流下来似的。

"我要带我女儿回去。"弗洛伊德对他说,他朝驾驶室看过去,他看见莉泽特聪明而苍白的小脸,她正斜着身子探出窗外。

"爸爸,我要回家,"她说,"这个人说话怪里怪气的。"

"她要去她该去的地方,去和她妈妈一起生活。"牛仔说。

"不，她不会，决不会。"弗洛伊德说，他迈开步向卡车走去。得州佬抓住他，举拳重重地击向他的嘴巴，把他打倒在地。他摇摇晃晃地站起来，在得州佬的下巴上回敬了一拳。两人纠缠在一起，打了一会儿，随着两下来自一双尖头靴子的猛踢，弗洛伊德发现自己背部着地，躺在路边的污泥里。他看见一大片酝酿着暴雨的黑云从海湾那边涌来，他听见那辆绿卡车发出尖锐的呼啸声，这声音越去越远，最后在一望无际的平原上消失。他坐起来，感到脑子一阵阵眩晕，他要开车奋力追赶，但他想最好还是先歇一会儿。一辆车在他旁边慢慢停住，一个庄稼汉问他是否需要帮助，但是他挥了挥手让对方离开。然后又有一辆车开过来，停在路肩上，原来是布德罗女士驾驶她那辆开了三十年的道奇赶来。坐在前排座位上的是T-让的祖母，她用细弱的手推开门。弗洛伊德钻进车，坐到她们旁边。

"准是你追上了他们，于是他对你动粗。"老妇人说话的时候伸出一只冰凉的手，抚摸他前额上的肿块。

"但是，我终于看清了他是怎样的货色。"

布德罗女士仍然穿着她在院里喂鸡时的那条粗斜纹蓝布裤，她斜靠过去注视弗洛伊德。"你得赶快去追，弗洛伊德。"

"我一会儿就动身。"他的头仍然眩晕得厉害，就像一条卷入漩涡中的独木舟。

"对。"T-让的祖母开始表示意见。"你得歇歇，那个坏蛋把你打得鼻青脸肿，他确实是想废了你。我和阿利达能追上他的。"

"不，不，我开车速度快。"

布德罗女士陷入沉思，用舌头在嘴里发出啧啧的响声。"此刻，如果我们有一架飞机就好了，准能追上他们。"说出这句话，她和弗洛伊德的目光立即碰到一起。

"罗恩克·勒内。"他们不约而同地叫出一个名字。

罗恩克

勒内·巴多坐在自家前门廊的台阶上，用强力胶水把一块从旧桌布上撕下来的油布粘在手风琴的一个破洞上，他的手风琴是全音阶的。他拉动风箱，使乐器发出一阵嘎嘎的响声。"狗屎。"[①] 他自言自语地说。他试图演奏《拉斐尔的婚礼》，但是在奏出第四个音符的时候，那一小片粘上去的油布脱落了，如同一片没有生气的落叶朝路上飘去。然后，他按下一个C音按钮，摇摇头，后悔在胶水干涸前没演奏一支轻松柔和的华尔兹舞曲。他抬头看见一架刚刚从他简易机场起飞的飞机，想起那是上星期他雇用的飞行员，一个黑人小伙子，去北面为方圆三十英里的农田喷洒杀虫剂。他等着，直到

---

① 原文为法语。

引擎的嗡嗡声越过树界,才松开C音按钮,将这台老旧的帝王牌手风琴架在他凸起的大肚腩上拉奏起来。手风琴发出的乐声悠扬如笛,萦绕在院子上空,就像为空气注入了一股生机。在这音乐的诱引下他唱起歌来。"我向东飞的心灵呀,它整个儿破碎了。"① 这歌声如醉人的醇酒,令他陶然自乐。他唱着,唱着,突然他的歌声被打断了,怎么搞的,连他自己都感到诧异。

当他看见弗洛伊德的时候,弗洛伊德已经坐在他旁边的台阶上。弗洛伊德是个沉静寡言的人,当他出现的时候,他只说他需要说的,绝不会喋喋不休地用一大堆废话烦人。当然,此刻他必须对叔叔讲明来意,他把莉泽特遇劫的事情告诉叔叔。长年以来罗恩克·勒内的日子过得很不顺心,他用歌声来排遣,他会唱很多很多柔情十足的歌曲,对音乐的爱好使他成为一个非常敏感的人,他把妇女看作是在尘世忍受巨大痛苦的福音献身者。这时,他想象他的侄孙女将无望地在那块贫瘠的不毛之地生活,看到的只有蜥蜴和岩石,听到的只有墨西哥风味的手风琴音乐。在她可爱的小脑袋里,将不再有悠扬的小提琴声,不再有打击乐器清脆的叮当声,不再有带有鼻音的柔情歌曲,这让她怎么忍受?

"罗恩克,我想,"弗洛伊德说,他的小眼睛在黄昏的光线下饱

---

① 原文为法语。

含期待地闪烁着,"你知道我想说什么,你知道我要做什么,还是直说吧。我能驾驶飞机。"

"你可以向警方报警。"勒内故意逗弄他。

"路易斯安那的警察?白搭,罗恩克。"

勒内擦了擦他脸上灰色的胡须茬,目光朝飞机停机棚投去。"洛利斯开走了那架最好的飞机。"

"即使是架低性能的飞机也足以追上一辆轻型卡车。"弗洛伊德面带微笑说,其实那不是什么微笑,那只是一种求人帮忙时的小把戏,与黑色的小眼睛配合使用。

罗恩克·勒内所等的正是他这种不是微笑的微笑,他毫不犹疑地作了决定。他想起当年弗洛伊德的一则轶事:因为将一台老旧的DC-3型引擎安装在一架大双翼飞机上而在当地名声大振。当他在空中操纵这台双子黄蜂串联辐射状引擎时,他的自制帆布飞机在云层里上下翻滚。不过,这台引擎仿佛并没能驱动螺旋桨,而是在迫使机翼打转。最后飞机垂直坠下,落到水稻田里。当罗恩克和他的兄弟们赶到时,除了发现污泥表面有一层汽油油膜外其他什么也没看见。他们赶紧动手,用从栅栏上拆下的木板做工具,把弗洛伊德从蓄了水的稻田里挖出来。由于受到猛烈的冲撞,他的衣服被扯得破碎不堪。三兄弟急忙用手指抠出他嘴里的池塘污泥,让他能够呼吸。他们还挖出他鼻孔中的黏土,清洗他的眼皮,用细嫩的树枝剔除他耳中的脏物。最后他们把他送到医院，在洗手间的抽水马桶里他拉出的尽是污泥，其中还有六粒稻谷。

八分钟以后他们飞上了天空，布德罗女士和 T-让的祖母通过道奇的挡风玻璃看着他们。双翼飞机在轰轰的巨响中向西掠去，沿着九十号公路以每秒二百英尺的速度飞行。

莉泽特

事情好像是这样开始的，一个瘦削的高个子男人没有敲门就径直走进她的家。此人脖子特长，莉泽特从未见过有谁长着像这样奇怪的脖子，脖子的中间还鼓起一个大肿瘤。此人用手臂挽住她说："让我们去看你的妈妈。"此时，她能够闻到一股未经加工的生皮气味，那是从此人俗丽的腰带上散发出来的。他不让她收拾她想携带的任何东西，当她抗拒时，此人不由分说，蛮横地拉着她就走，就像一个猎人从洞穴里拖出自己的猎物，她的胳膊都被扭伤了。她问此人要带她去哪儿，他说："上帝的王国。"她有些担忧此人会不会是恐怖分子，虽然她不能确定恐怖分子是否都是一头红发，手臂上都有黄色雀斑。她坐在车上，迫使自己尽量朝好的方面想，她注视田野，发现大地上有许多乌鸫鸟和水洼，所有这一切构成一幅幅美丽的田野景色，飞快地从卡车的窗前掠过。后来发生的事情是他父亲开车追上来，逼得那个陌生人停住车，当高个子男人将她父亲击倒在地并猛踢他的时候她拼命叫喊。得州佬回到车上时她仍在大声呼叫，然后，他打了她，用一只凸起硬骨的手背扇在她的嘴上，她感到一阵从来不曾有过的剧痛，她的牙齿撞到肿起的嘴唇，嵌在里面。然而对她来说疼痛和流血是次要的，她最受不了的是他手中飘散出来的气味，那种令人恶心的纸烟味使她想起她的妈妈，她的妈妈总是躺在沙发上一支接一支地抽烟，目不转睛地看电视，从不对她有所关注，仿佛这世上就只有电视的存在。

卡车在去得州的路上飞驰，她时时回头张望，期盼父亲能够追上来。他们经过一个个小镇，镇上的屋子全是用木板和锡板建成的，他们经过一座座稻谷仓库，它们彼此之间由弯曲而锈蚀的铁路连接。她看见一个路标，上面写着向前几英里就是得州。这时她觉得她的心像是被挖空似的怦怦猛跳起来。她知道，他们马上就要驰离这块和她血缘紧密相连的乡土，进入一个无法逃遁的陌生之地，这个迟早必须面对的可怕事实终于就要来到。她看着这个穿花格子衬衫的男子，瞥了一眼他的珠母纽扣，然后弯身朝座下的地毯吐出一口血水。她的目光从双膝中间穿过，久久定格在下面的血迹上，这时她又想起她的母亲。她闭上眼睛在心中默念"万福马利亚"，又张开眼睛默念"万福马利亚"。但是，当念出"你是女人中最神圣的"之后她突然停住，因为她看见前方大约一英里的地方，一架农用喷药机在电话线下面低低地掠过公路。这架飞机翻着筋斗打着滚在空中节节攀升，然后又回落到电话线下方，飞到一辆十八轮卡车前面，随即越过农田向南而去，随后又在空中翻起筋斗来了，仿佛驾驶员和他的乘客是在练习空中马戏表演。她看见飞机又打了个滚，再翻了个筋斗，在卡车上面作了个盘旋，接着就消失了，仿佛被百慕大沿海地势高峻的田野吞没。她将窗外各个方向看了个遍，但是不见飞机的踪影。她定下神注视前面的公路，公路像一根笔直的窄带，穿过宽广的田野向前方一直伸展下去。农田刚刚被犁过，隆起一排排田脊，很快就要被种上棉花和大豆。其中一些田地是供农场主作水稻和甘蔗种植试验的，长期以来这种试验从未停止过，一直受到拉巴特家族也即蒂博德家族的关注，他们拥有这片土地已有二百年历史。

当莉泽特再度把视线转向西南方时，她看见那架飞机从一朵低云里窜出，在一英里之外的公路上方向他们这辆绿卡车盘旋而来。飞机越飞越低，最后它的轮子在一辆轿车的屁股后面着陆，触到公路的路面，轿车则拼命加速，仿佛是一只想逃避老鹰追逐的虫子。当这辆轿车飞驰而过时，得州佬砰地踩下刹车，因为此刻飞机正在地面滑行，占据了两条车道和两边狭窄的路肩。两侧路肩倾斜着和十二英尺外的沟渠相接，早晨的一场雨水把沟渠灌得满满的。莉泽特在座位上弹跳了几次方才停住。她的整个脸庞火辣辣的痛。她看见牛仔脱下帽子扔在自己旁边的座位上，转过凶巴巴的脸警告她不得挪动一步，然后跳下车。她很高兴能暂时摆脱他身上令人作呕的气味——威士忌和纸烟的恶臭，还有闻起来带霉味的涂脸香液的气味。

她看见从飞机上爬下来的竟然是她的小个子爸爸和年老体弱的叔公罗恩克·勒内。她知道，他们远不是得州佬的对手，他会把他们痛殴一顿，然后把他们扔进沟渠。她蓦地尖叫起来，连她自己都对这突然爆发的呼喊声感到意外和吃惊。这时她只想她的父亲和叔公看到她，知道她在这辆车上，这样会对事情有所帮助，否则他们准会被打得遍体鳞伤，所以她又按响喇叭。但是他们并没有注意这些，这让她很是气馁，然后发生的事情果然如她想象的那样，只见这个臂上尽是雀斑的长腿外地佬挥动了一下拳头，立刻就把虚弱的勒内打翻在地，她爸爸冲过去用拳头打他，但是仅用一分钟，得州佬就把他击倒，让他滚到地上。罗恩克爬起来，在卡车前面和他们撞倒在一起，三个人混成一团扭打着，显然，她的亲人不敌强悍的得州佬。

大合奏

飞机静静地停在路上，它的后面传来车轮滚动的声音，同时向西去的车道上也有车辆驰来。一辆载重五吨的卡车在得州佬的车旁停下，两个身穿连身工作服的男子跳下车，好奇地观看他们打斗。他们倒在路面上，扭打着，翻滚着，呼喊着。经过五分钟的激烈搏斗，罗恩克·雷克支持不住，仰面倒在地上喘起粗气，大肚子一起一伏地抽搐。弗洛伊德在喊叫中坐下，用一只手撑在两脚中间的地面上。得州佬跪下一只膝盖，歇了一口气，然后试图从污泥里爬起来。莉泽特拼命地按喇叭，希望有人注意她。突然，她的眼角瞄到驾驶座那边的门外掠过一团银白色的丝缕，紧接着听到轻细而急促的敲门声。莉泽特急忙朝下张望，甚感意外，她看到的竟是T-让祖母白发苍苍的头顶。她摇下窗，探身抓住老妇人的手哭号起来。T-让的祖母手握助行架，抬起头注视她。

"你的嘴巴怎么啦？"老人急切地问。

"那个得州人打的。"她呜咽着说。

T-让的祖母低下头，移动助行架朝前面走去，宛如一台农田里的机械。她走到得州佬面前，他的一条腿还跪在地上，她举起铝合金助行架，用它的一条腿朝对方的眼窝戳去，这腿的端部有一个一英寸长的小橡胶头。得州佬号叫着跳起来，然后又跌回到泥泞的地面，痛得只是摆动脑袋，不住地喊叫。

"谁让你来大克拉波特，还来抢走属于贝热龙氏的孩子的。"她怒斥，对他晃了晃助行架以示威胁。她环顾四周，窄细的公路像根带子，在一望无际的田野里蜿蜒而去。"这孩子是属于她父亲的，她是勒布朗和坎切恩的后裔，再往前数，她身上有蒂博德家的血液。"她运足气想让自己能够对这个得州佬讲得更多一些，身上那件图案不对称的连衣裙随同她的呼吸一起一伏地抖动，她提起助行架朝地平线指去。"你看到那边两英里长的树界了吗？张开你那只好眼看。"

得州佬顺从地用左手捂住一只流血的眼睛。

"这些树，它们早就存在，杂乱无章地分布在那条沟渠的两边。现在的地貌是蒂博德的子孙们用斧头大力砍伐的结果。他们硬是用斧头砍掉了所有的杂树，仅让橡树和柏树存活下来，就这样开垦出这两百英亩庄稼地。"她转身注视公路对面。"那里。"她指向稻田中间，一台油井泵上下摇摆。罗恩克·勒内一边呻吟一边用肘撑地爬了起来，顺着她的助行架朝田里望去。"在蒂博德家族人丁兴旺之前，最老的那个蒂博德住在一间用土块垒成的屋子里。"她用力将助行架跺在污泥里，对得州佬怒目而视，得州佬尴尬地垂下一只手，不知如何是好。"你还有什么可说，你怎么敢来抢劫贝热龙家的孩子？你倒是说话呀！"

"喂，伙计，你还有什么要说？"那两个男人从五吨卡车上走来，其中一个插嘴问道。莉泽特发现他们两人穿着完全相同的连身工作服，都长着一头油性的鬈发，都有一个弯翘的鼻子，他们像是一对双胞胎。

弗洛伊德抬起头，突然笑起来。"维克托！文森特·拉鲁斯！"

"弗洛伊德！兄弟，这是怎么回事？[①]"

"得州佬拐走我的小孩，还用头撞断我的手。"弗洛伊德站起来，把那只受伤的手紧贴在自己的牛仔裤上。

"别说了。你会气疯的，拉鲁斯，"T-让的祖母对他们说，"我倒是想听一听他想对我说些什么。"她的头在上上下下不停地颤动，就像钓鱼线上的一个浮子。

得州佬在污泥中微微扭动他的背，污水连成一串水珠从他大腿上滴落下来。"我得上卡车赶路，我该回去了。我要把这个小女孩带给她妈妈。"他朝布德罗女士那边张望，见她正带领莉泽特沿路肩向她的道奇走去。

T-让的祖母再一次把助行架跺进污泥里，把脸转向拉鲁斯孪生兄弟，问他们可还是当年虎岛上的调皮男孩。文森特张开嘴，对得州佬吐了口痰，得州佬向后退缩。文森特拍拍维克托的肩膀，两人一起走回他们的卡车，那辆卡车属于一个公共事业公司所有，公司的名称"穆顿废金属堆场"被橘黄的油漆喷在车门上。车斗载着两套金属切割设备，兄弟俩戴上防护眼镜，在八十磅重的氧气瓶及

---

① 原文为法语。

十五磅重的乙炔瓶上把仪表安置停当。然后操起切割枪走到得州佬的卡车前，让送气软管拖在切割枪后面，切割头嘶嘶地喷出蓝色的火焰，没一会他们就把卡车的引擎盖切割下来，这时，得州佬开始大声呼喊，希望能招来警察。

弗洛伊德看着周围一群为数不太多的旁观者，他们中有的是附近的农民，有的是过路的司机。"你是想告诉警察你偷了一个法官判给我监护的小女孩？你还想告诉警察你对她动了粗？"

趴伏在车辙旁边的得州佬颓然地坐了下来，眼睁睁地看着拉鲁斯兄弟把他车上的轮胎挡泥板切割下来。切割头喷出的火焰噼噼啪啪地穿过薄薄的金属板，就像剪刀剪纸那样轻巧。

"我的卡车。"得州佬喊叫，依然用手捂住他的一只眼睛。

"够刺激，"T-让的祖母说，"嘿，这两个小子，还像当年那样顽皮。"

拉鲁斯割下保险杠的支架、发动机底座、车身的组合件以及减速器的螺栓，这时，两个来自围观人群的志愿者把卡车的一个硕大的部件滚到又宽又深的沟渠里，只听它扑通一声就沉入水底。十五分钟后，他们把卡车的主要构架也切断了，于是众人如同推滚巨石一样，合力将驾驶室和车斗滚翻到渠水里。路边留下的是一个油污的水坑和一块烤焦的草地。

这对孪生兄弟盘起输气软管，把仪表调到零位，然后向得州佬走去，维克托一直没开口说话，这时他面带微笑慢慢开腔了："记住，无论什么时候，只要你回到路易斯安那州，弗洛伊德就会打电话告诉我们，"他边说边伸出一只手的中指，用它指着得州佬，"除非你开一辆石棉制造的车来大克拉波特，否则包叫你这蠢驴化作一团黑烟。"

文森特对他略作致意，跟在维克托后面走回自己的卡车。他们用清洗剂把手洗干净，从冰盒里拖出两瓶啤酒，然后钻进卡车里边喝边等。

T-让的祖母盯住得州佬看了很久，在转身走开的时候再次低头看了看他。"听好了，如果你劫持她逃走，你能带走的只是她幼小的躯体，你带不走她的心。在她心里，她永远不属于你带她去的那个地方。她忘不了这里，每一天她都会在嘴里回味秋葵带给她的感觉。"

弗洛伊德和她一起向朝布德罗女士的车走去，罗恩克·勒内则一拐一拐地走向得州佬，欠下身子对他说："来吧，让我带你走。"

"我得去医院，"他发出呻吟，"那个老女人简直是想要杀了我。"

所有的人坐进道奇之后，弗洛伊德指了指方向盘前面的圣克里斯托弗塑像，这是布德罗女士祈求行车安全的护身符。他用那只好手驾驶汽车。他们看见几个男人帮忙把飞机转过一个角度，这样它便可以滚过排水沟进入农田。在罗恩克·勒内的操纵下飞机的大轮胎在犁沟里滚动起来，在向前的推进中发出连续不断的溅泼声，最后，在污泥暴雨般降落的同时，飞机升上天空。

弗洛伊德载了一车人，但没有直接向东回大克拉波特，而是朝西驰去，车上的人都沉默不语。几分钟后车子在路边停下，前面竖着一块州界标志，那是一块粗糙的水泥板，形状和路易斯安那州的那块一样。T-让的祖母坐在后座，这时她兴高采烈地拍了一声巴掌。弗洛伊德关掉引擎，用手臂勾过莉泽特，吻着她的头顶心，她的黑发从那儿分向两边。

"我们为什么停在这里？"她好奇地问，一面环顾四周平坦的原野。几分钟过后，一架飞机在他们头顶上方一百英尺的高处呼啸而过，进入得州，然后打了个弯急速攀升到十倍的高度，还在高空作了个精彩的翻滚。莉泽特咯咯地笑了起来。"那是罗恩克和红脖子鬼？"

"是的，宝贝。"飞机进入得州的时候，车里所有的人都透过前面的挡风玻璃看着它。他们久久注视铅灰色的天空，飞机倾斜双翼凌空飞行，它变得越来越小，显然它离他们东南方向的家乡也越来越远。久久地，他们目送机翼下面那片轻如薄纱的云彩渐渐往下飘，然后又在海湾的微风中向西飘浮而去。

返　航

　　埃莱娜让自己马不停蹄地忙于农活，她觉得一旦埋头工作就无暇思考，就可以避免老是把念头系在儿子身上。她耐着性子驾驶拖拉机在田里忙活四个多小时，把两百英亩的农田翻了个遍，犁出一条条隆起的田脊，整片农田仿佛变成一块没有边际的灯芯绒布。当她把那辆又老又锈的拖拉机开到农场的中心地带，发动机开始不听使唤，不断发出轻微的爆裂声，最后终于在四月的骄阳下畏缩不前，而这里距停放拖拉机的车棚还很远。埃莱娜手捏方向盘，把引擎的阻气门向外拔出一点儿，希望汽化器能够过滤掉汽油中的水分，她知道，这种故障的起因多半是汽油中有水分渗入。她想起来，她没有把燃料箱底部一小杯之量的废水排光，她甚感懊丧。中年妇女不适宜经营农场，这是她丈夫说的话，她希望这句话是错的，害怕它在自己身上得到应验。是的，汽油箱的内壁渗水，她确实忘了把废水排尽。她皱起眉头，面对这台像咳嗽般打战的机械发愁。早在一九六七年，他们曾筹划购买一辆当年样式的新型拖拉机,后来觉得没有迫切的需要,就作罢了。

引擎发出一阵快速而不规则的跳动,接着便彻底静止下来。她看了看表,已是十一点钟,她的保暖杯用绳子系在金属座椅的底部,她从中倒出一些饮用水,然后从拖拉机上攀下。她转过身,朝自家那座大约在一英里之外的住宅放眼瞭望,她看到被她犁过的一排排隆起的褐色泥土,心中泛起一种满足感,这种感觉是大多数热衷农活的妇女所共有的。

她懂得坚忍不拔是一种素养,懂得这种素养对一个妇女的意义,它远比男人们使用机械的能力更为重要,它可以让她农场里的每一块土地变得生机勃勃。她明白照顾家庭、抚养孩子像培植成千上万株大豆一样,都缺少不了吃苦耐劳的素养。她的血液里流动着一股与生俱来的潜能,它比肌肉和骨骼爆发的力量更为强劲。这种潜能促使她立志成为一个农场经营者。

埃莱娜希望丈夫能够看到她的拖拉机抛锚,并赶快为她带些工具过来。他因背部受伤,点儿事情也不能做,整天不是守着厨房的窗子,就是打开电视,不知厌倦地看林登·约翰逊主持的战争访谈节目。发动机熄火半小时之后,她终于看见丈夫那辆绿卡车在没有犁过的地里颠簸,十分缓慢地向她驰来。

"我想,你不是把汽油烧光就是让引擎进水了。"说话之际他从卡车窗口朝她递过来一个小工具箱。他的皮肤带棕黑色,胡子刮得干干净净，他看上去很强壮，但是，当他把工具箱交到她手中时，他的脸开始抽搐，露出痛苦的表情。

"你待在车上别下来。"她说。

"我想我也只能这样，把车开到这里可费了九牛二虎之力。"他用手梳理头上深灰色的鬈发，"你知道怎么做？"他问，他安然不动，这大概是因为他知道妻子曾经解决过这类故障。

"是的，汽油倒是很充足，我能断定是水的缘故。你坐着别动。"她用忧虑的眼神注视他，扯了扯被汗水粘在背上的棉布格子衬衫。

丈夫眨眨眼，把两条前臂搁在方向盘上。"很抱歉得让你来做这些事。我想再过一个月我可能就会好起来。"

她对他笑了笑，从工具箱里拖出一副活动扳手。"乔告诉过我怎样排除这类障碍。我猜是你在什么时候传授给他的。"

他的目光向农田扫去。"真让人吃惊，他在这里做了这么多事情。"

埃莱娜没有回应。他们还能说什么，他们怎么可能抹去烙在内心深处的剧痛，他们十八岁的儿子，一个星期前还是健健康康、生龙活虎的，他犁地、修理机械，什么活都干，可是到下一个星期竟突然死了，死于脑炎。他们害怕追忆往事，每天用餐的时候，虽然禁不住会思念儿子，但是他们回避谈论他，这时，好像儿子就坐在桌边，只是他们陷入在沉默中没有搭理他。

当他们相互触摸安慰的时候，丧子之痛仿佛渗入了他们的肌肤，令他们坐立不安。相互交谈根本弥补不了他们心中的缺憾。

他们已经把两个女儿抚养成人，如今她们都结了婚，在其他的镇自立门户。这是两个好姑娘，经常来访，当然，她们是来乔的农场。

当埃莱娜将水钵从燃料管路上卸下来的时候，凉凉的汽油溅在她的手上，她做了个怪脸。这气味就像一个不好的记忆，会在她皮肤的裂纹里残留好几小时。她在太阳下专注地干自己的活，听见丈夫把卡车发动起来，然后打个转向家里驰去。她把引擎汽化器上的一个部件拆卸下来，擦干上面的水，然后再将所有的零件组装起来，她再次打开汽油阀门检查，只发现一道裂缝。二十分钟过去，她准备将拖拉机发动起来。她擦干净双手，突然隐隐约约听到远处有直升机在平稳地飞行，对于该地区来说，听见这种声音是极平常的事，因为密西西比州的一个航空培训机构的飞行航线经由这里。她登上拖拉机，拔出引擎的阻气门，一根手指扣在启动环上。这时，她停下朝越飞越近的飞机看去。那架飞机离地面的高度比通常要低得多。哦，是一架军用直升机，配备武器，并且作了伪装。那架飞机在她的农场边缘绕弯飞行，盘桓了一会儿后，带着一阵巨响向她逼近，最后降落在距她七十码的地方，搅起一团浓浓的尘烟。

她按住罩在棕色头发上的草帽，暗自庆幸飞机还好是停落在一块没有犁过的田里。玻璃罩壳下的驾驶舱里只坐了一个飞行员，谨慎地打量着她，这凝视的目光让她感到很不自在。在她的想象中，军事人员总是处于紧张的行动中，故而他们没有时间静下心来思考问题。她觉得这个飞行员的身材有些异乎常规，他的个子显得很小，他的头戴式受话机就像两半皱皮香瓜扣在双耳上。他的皮肤呈深暗色。

过了一会儿，他踢开门跳下飞机，他头顶上方那个巨大的螺旋桨转速慢了下来，渐渐趋于静止。他像是急于摆脱战斗疲劳征的纠缠，一颠一颠地穿过农田向她跑来。他的腿在高低不平的田间泥土上跃动，他腰间的手枪皮套也随之晃动，他手上拿着一份没有完全打开的地图。埃莱娜眯起眼睛，看出他是个亚裔军人，很年轻，大概二十来岁。

"你好，"他说，满脸堆着笑容，"你能帮助我吗？"

她瞥了一眼直升机，脑中顿时闪过一个念头，他是不是出于某种原因擅自驾机外出？"出了什么问题？难道你的引擎也发生故障了？"她问，用手指了指自己的拖拉机。

"不，不。"他说，依旧笑容可掬，他似乎非常担心她会对自己产生恐惧和疑虑。"我需要你的指点。"

她像是读懂了他笑容后面的含意，从拖拉机上下来。此刻，他就站在她的身旁，他是个小个子男孩，圆圆的脸蛋上带着稚气。"要我指点什么？"

"我实在难以启口，"他边说边后退了一步，脑袋不住地左右摆动，从他那张咧开的嘴里迸发出近乎绝望的呼喊，"我迷失了方向！"他打开地图，把它摊在地上。"你如果能够指出我现在所处的位置，我就能够返回基地。我正在作单飞训练，必须在一个小时内返回。"

埃莱娜弯下身试图察看地图，但是她发现这地图很特别，不同于她习惯使用的标注了汽车加油站的地图，不仅公路没用红线表示，而且每一个城镇都没标注名称。读这种地图需要专门的学问，它用的是稀奇古怪的军用代码。她对他说这地图让她如坠云雾，摸不着头脑。她很聪明，父亲曾经送她去大学受过两年高等教育，但是她确实无法看懂一张没有具体标明普瓦罗维尔和勒鲁的地图。"我知道基地在密西西比境内，在那条线上面，但是我无法告诉你怎样飞到那里。你为什么不打个电话给他们，让一个教练员过来为你引路？"

"不。"他哭叫起来，他的笑容终于彻底崩塌，这使埃莱娜想起她在晚间新闻里看到的一张张痛苦扭曲的脸，是稚嫩的孩子们慌乱地从茅草屋里逃出来，背景中翻腾着一股股浓黑的烟雾，还充斥着炮火的轰响。"如果我在飞行学校不能合格，我会被作为步兵送回越南。"他转过身无限依恋地注视那架飞机,好像它已被人从手中夺走似的。

她起身,斜靠在拖拉机上。"你的教练会再给你机会,不是吗?"

他不容置疑地摇摇头。"我的教练他巴不得看见我摔死在稻田里,他是个大个子美国人,每天都对我说:'李同①,如果你开不好飞机,我们就送你回去,让你用蹩脚的来复枪去对付越共。'"

她对他注视了一会儿,回过头看了看远处的农舍,然后又把目光落到地图上。她不无惋惜地想,她的丈夫也不可能看懂它,但是乔也许能行。

"李同是你的名字?"

"是的,我的家也在农村。"他慢慢把地图折叠起来。

"你是从埃克斯特堡起飞的?"她越看越觉得他稚嫩可爱,她想,他是某个母亲的心肝宝贝,她注意到隐藏在他眼睛里的那种神情。为什么他不去尝试别的职业?像这样活着可真累。

"情况是这样,教练员在基地把指令发送给我,然后我用地图飞行,不靠雷达信号,"他的脸色阴沉,"我的教练没有尽到他的责任。"

---

① 音译。

"你得在一个小时内返回?"

他点点头。"谢谢你的好意。"

她在牛仔裤上擦了擦两只手掌。"我说,孩子,根据地图我不能作出任何判断,但是如果你带我上你那架飞机,我也许能够为你指出基地在哪里,然后你再把我送回这里。我想它不会远过三十英里。"她几乎不能相信自己会说出这样的话,她此刻要做的事情很可能是不合法的,或者有损国家利益。他竟然立刻接受了这个建议:"嘿,这倒是个好主意,我们飞到距基地几英里的地方就马上返回这里,接下来我还有足够的时间返回基地。"她把草帽挂在拖拉机的排气管上,穿过一大片没有犁过的农田朝那架带武器的直升机走去,然后跟在他后面爬进飞机。他轻按头顶上的开关,蹬下脚底的踏板,扳动身边的操纵手柄。飞机开始上升,如同一座遭龙卷风袭击的工具棚,剧烈地颤动起来。瞬息之间,它进入空中,发出嗡嗡的声响。

"朝东飞。"她喊道。埃莱娜想寻找普罗瓦维尔水塔,但是她几乎不能让自己的目光离开脚底下移动着的田野。甘蔗、溪流、弯曲的河堤、低矮的柳树林在下面飞掠,她恍惚如在梦中,又觉得像是在一个世界博览会观看宽银幕电影。高大的橡树和长叶松距她脚底只有几英尺,在这样的低空飞行,要识别任何一个地标都是很困难的。李同瞥了她一眼,希望她能指点方向。她看见远处有座水塔,心想那一定是普罗瓦维尔水塔,她指着它,但是当飞机飞到距那座银色的圆塔不到两英里时,她觉得不对头,心里开始恐慌。这座塔不像是普罗瓦维尔的水塔,它太小,而且油漆的颜色也似乎太新鲜。李同让飞机环绕它飞了一个大圈,她希望能在水塔上看到用漆写的塔名,她记得早在她年幼时,所有的小型水塔都用油漆刷上了它们的名称。

"朝哪个方向飞?"他问。

她用目光扫视地面。下面有很多很多树丛。普罗瓦维尔是一个几乎没有树林的村庄,村里的树木差不多都被砍光,它不可能有这么多杂乱丛生的槭树。她想,也许他们朝东北方向偏离了几英里,已经飞过勒鲁了。她向左看,发现一座有几个大烟囱的建筑,她闪过一个念头,要是此刻她丈夫和她在一起就好了,因为当地人只要看见一根烟囱,哪怕它在三英里之外,都能如数家珍地告诉你这是一家什么样的工厂,厂主是谁,他的孩子多大岁数。但是她对这些从不留意。

她发现一条铁路,立刻指着它说:"那是密苏里城至太平洋城的铁路支线,沿着它飞。"她的儿子是个铁路迷,经常拿出地区的铁路分布图让她看,所以她对当地的铁路走向有个模糊的概念。在她儿子尚未到达驾车年龄之前,她带他作长途旅行,他饶有兴趣地拍下沿途看到的火车站和火车头。她记得自己曾对他说不要只顾拍物体，还应该拍人物。人是更值得留存的记忆。这时她看见下面僻静的十字路口有一家食品杂货店，杂货店的窗子大开着。其他什么也分辨不出。

李同在铁路上方以盘旋的方式前进了六英里。他目不转睛地俯视下方，又看了看罗盘。"夫人，我们要朝北飞吗？你能肯定你认识这条铁路？"这时，他的笑容已经荡然无存。由于紧张，脸上冒出一滴滴晶莹的汗珠。埃莱娜也有些着急了，当她感觉到李同的焦虑程度远甚于自己的时候，心中更是忐忑不安。她俯视下方，心想也许这是北面那条老路轨，不是向东去的支线。下面到处都是橡树林，偶尔看见一块平坦的甘蔗田，但是她无法认出这是什么地方。她看见一座她从未见到过的谷仓，一座大白屋，还有两排供佃农居住的屋子。她慌乱不已，感到自己仿佛回到遥远的儿时，在二千英亩的广袤甘蔗田里迷失了方向，在尖削的甘蔗叶里钻来钻去找不到出路。

"朝那个方向。"她喊道，用手指着她的右边。她仔细察看地面，只见一块玉米田从下面滑过，一排佃农的住屋看上去像是空的，铁皮屋顶锈迹斑斑。她看到一条挂满衣服的晾衣绳，这说明下面有妇女在干活。她想，屋前有车辆开过，屋后有晾满衣服的晒衣绳，这也许是个幸运的发现。她不想冒失地让飞机降落在一个倔强的佃农的后院，因为他很可能不等你走出飞机就打电话招来地方上的治安警官。

一座屋顶倾斜的杉木屋从脚底掠过。她问李同有没有双筒望远镜,他从自己的座椅底下拿出望远镜给她。埃莱娜用望远镜瞄准屋子的后院,只见一根晾衣绳在迎风摆动,上面挂满许多湿漉漉的花格衬衫。在前院,有两辆车停泊着。

越过那块农田一英里半,有一座破败的屋子,它的烟囱顶部已经开裂,屋顶凹陷得很厉害。当她看见一条晾了毛巾和床单的户外晒衣绳时,她向它打了个手势。她的思潮随之涌来,那是对往昔的回忆,她想起当她把洗完的衣物晾在晒衣绳上时,会闻到从枕头套中散发出来的潮湿气味;她想起当她儿子和他的两个姐姐在院中追逐嬉闹时,那晾衣绳上的干净衣服会不时扑打到他们的小脸。

李同嚷了起来:"那座屋子已经被甩到后面,还要继续向前?"

埃莱娜回过头用望远镜看下面,她没看到车辆,也没看到在通往屋子的电线上接有电表。"从那座小木屋上面越过车道,然后把飞机降落到旷野里。"她想,没有必要去把那些刚洗净的衣物弄脏。

直升机慢慢向牧牛的草场下降,这时几头被苍蝇紧叮不舍的奶牛踽踽珊珊地走进一片野生的李树林。飞机一着地,埃莱娜的目光就穿过卵石铺就的车道进入那座屋子的门廊,里面,一个肥胖的黑人妇女坐在摇椅上画她的眉毛。

李同关掉引擎。"我们为什么停在这里?"他环顾四周贫瘠的土地和供佃农住的没有上过油漆的简易木屋。

"我们得找一个不会吐露消息的人问一下方向。"她跳下地,他紧跟她来到卵石路上,埃莱娜要他待在这里等。

她走到门廊,看见地面有一条裂缝,她大跨一步避开它。

"当心扭伤你的脚,"黑女人嘀咕着摸了摸束在头发上的方头巾,"等我老公找到一块合适的木板,他会修好它的。"

"你好,我叫埃莱娜·坎贝尔,我们从伯克哈尔特过来。你知道那个地方吗?"

那个妇女站起来,整了整身上的围裙,对着地板愣了愣。"没听说,夫人,"她说,"难道你也不熟悉那里?"

"嗯,我从那里来,我当然熟悉那里,可是现在这个男孩和我看来是迷失方向了。"

黑女人将目光向远处扫去,看见了路口的李同,他站在那里像一根细细的柱子,背后是松松垮垮的铁丝栅栏,上面带有倒刺。"你怎么不穿军装?"

"我不是军人,他是。他在我住的伯克哈尔特上空迷失了方向。我想试着为他指出回埃克斯特堡基地的路线,可是我们再次迷失了方向。"

"我不知道伯克哈尔特在哪里。"

"它离普瓦罗维尔不远。"

"啊,"她坐下来,"那就是说离这里有二十来英里。"她的目光又扫向卵石车道。"他们怎么让一个小个子的中国人来驾驶这个庞然大物?"

埃莱娜转身看着李同,咧开嘴笑了。"他正在执行训练任务,如果基地的人发现他迷失方向,会把他送回越南当一名步兵。我正是想帮助他走出困境。"

"越南,"那个妇女重复她说到的这个词,"我经常听到这个地方。我的独子也被送到那里,我有三个女儿,但只有一个男孩。他以前也是在埃克斯特基地训练。他的名字叫弗吉尔·班克斯顿。"当她说出这个名字时,脸上露出笑容。"我叫玛丽·班克斯顿。"

埃莱娜在一把直背椅上坐下,她向路口的李同打手势要他过来。

当他走近门廊时,玛丽·班克斯顿朝他打量,然后发出一声善意而清晰的叹息。"他还只是个孩子,不过,难道越南人都像你这样容易迷路?"

李同心存戒备地露出微笑,玩味着她的话。他在两个妇女中间的地板上坐下,盘起双腿。"和美国人相比,我真的很笨,大多数接受培训的人都是农民,我们懂得怎样用牛来犁地,懂得怎样使用锄头。"他用双臂做了一个小幅度的锄地动作,"但是要掌握飞行的航向和压缩的无线电信号,要学会怎样让巨大的飞机飞得快而准确,对我们来说确实十分困难。"他的目光在两个妇女的脸上来回移动,"我的表弟陶东①驾驶'海盗'型飞机。在飞行训练中他的驾驶舱罩壳脱落了,他用无线电信号向基地报告情况,基地指挥塔的人员要他立即降落。陶东把飞机停到玉米田里,紧急降落对飞机没造成什么损坏,可是教练把他送回了陆军部队,因为他们的意思是要他立即返航,在机场降落。"他转过头注视自己的飞机,上个月,陶东被打死了。"我的这个表弟是个很好的飞行员,只是他老是弄不明白你们的表达方式。"

玛丽·班克斯顿向他投去充满母性意味的温柔眼光,这是深夜时分一个妇女坐在孩子身边听他咳嗽时才有的眼光,她知道自己无能为力,只能默默地倾注自己对孩子的挚爱之情。"我的炉灶正在煮热水,我马上可以冲咖啡,"她微笑地对李同说,"也可以为你泡个茶包。"

"我们没有多少时间了。"埃莱娜说话的时候眼睛朝下看着李同的迷彩帽,她掀下他的帽子,有好一会儿注视着他那修剪得很短的粗密头发以及发根里的黄铜色嫩肤。他给人的整个感觉就是幼小和稚嫩,但含有发展的潜能。"难道你没有丝毫头绪,我们离密西西比州的边界有多远?"

---

① 音译。

"你们要去埃克斯特堡,是吗?"

"正是。"

"那你告诉他,一直向东飞行大约三十英里就能到达那条竖了崭新标记的州际公路。然后右转弯,沿着公路飞下去,直到看见一块巨大的标牌,上面写着'埃克斯特堡'几个大字。"

埃莱娜将左手掌按在前额上。"我会记住你的话。我从没去过那里,但是现在我知道它在什么位置了。"

"不用担心,"玛丽·班克斯顿说,"即使是一个种田的人,也能发现那条四车道的公路。为了去看我的弗吉尔,我在那条路上走过两次。"

埃莱娜将帽子戴回到李同头上。"你是不是越过那条州际公路进入这个地区的?"

他想了一下,露出一个老人发现受骗时的表情。他回答她:"教练说飞越海湾,然后就到达内陆。"

"那么,拿着这个。"玛丽·班克斯顿要他们带上两个油炸苹果馅饼路上吃,他们谢绝了。

"如果他不多吃些,他永远不会长大。"当他们穿过栅栏时,她在后面喊道。

埃莱娜回过头大声说:"不要和任何人提到我们,尤其是别告诉你儿子!"

她站在她那没有油漆过的门廊里，不住地点头。"谁又会相信我呢？"

李同发动引擎，庞然大物般的武装直升机急速离开地面进入天际。她俯视地面，看见早些时候他们沿着飞行的那条老铁路。"你为什么不朝东飞？你可以把它降落在基地外面的一条公路上，我能够找到回家的路。"

"那可不行，"他说，"你已经给我太多的帮助，我不能把你留在旷野当中。"他回头看了一眼佃农的屋舍，玛丽·班克斯顿也许正在那里目送他离开，就像母亲不放心地看着年幼的孩子穿越马路。"我也到过那个黑人女士提起的大公路，我不知道它是南北走向的，在教练给我的地图上根本找不到它。"

借助望远镜她终于发现她要找的水塔，它是一个坐落在南面的高大建筑物，上面涂了几个色泽鲜明的大字"六十六号老塔"，字是用油漆喷上去的，据说这是她儿子在一个风高月黑之夜干出来的杰作。她想起那天地区治安警官萨米逮住她儿子后把他带回家的情景，萨米站在前面向她数落儿子闯下的祸，乔则害怕地躲缩在警官的身后，脸上满带后悔的表情。

她一直没有将此事告诉丈夫。其实丈夫不会过于严厉地惩罚他们的儿子，但是作为一个母亲，她的舐犊之心让她不愿训斥儿子。他能被平安地带回家，这就是万幸，她不想对他再作什么责难。当那几个油漆喷出来的大字在望远镜里晃来晃去的时候,她有些骄傲起来,她觉得早该把这件事告知丈夫。她迫使自己把注意力转移到公路上,立刻,她发现匍匐在自己农场里的柏油马路。她弄不懂这地方显得如此了无生气,所有的建筑物都无精打采地露出它们生锈的屋顶,一个个水晶般的椭圆形池塘就像小孩困倦的眼睛。为了避免飞机的嗡嗡噪声打扰农场的住宅区,李同在它们的后面盘旋了一番之后把飞机降落在早先降落的地方。

"但愿你的拖拉机现在能发动了。"他说着低下头,脸上勉强地露出笑容。

她靠过去,挽住他的脖颈,在他脸上吻了一下。"打电话到普瓦罗维尔找拉尔夫·坎贝尔,告诉我你的情况。"她说道。他显得有些吃惊,但很快就明白了一切。他点点头,他看着埃莱娜跳下飞机,伸出臂膀向她挥手道别,然后启动引擎向空中攀升。她仰头目送飞机,直到它消失在远处一座邻家农舍的上方。那是约翰·汤普森的家,他家的女儿是个漂亮的金发姑娘,曾经喜欢过埃莱娜的儿子。她听见飞机的嗡嗡声在东面的天空渐渐减弱。

当她转过身的时候,看见丈夫的卡车在颠簸中向她驰来。她迅速摸到拖拉机的油箱底部,关掉汽油阀门。丈夫到达后,下了车弓起背走过来,那模样活像一个衰弱不堪的老人。她不知道出了什么事,紧张地问:"为什么你跑来这儿?"

"我睡着了,"他说,用手擦了擦光滑的下巴,"一阵响声把我吵醒,我跑出来想弄清个究竟,却看见你还没把拖拉机发动起来。"他向她投去一个带有疑问的眼神。"你为什么不回家叫我帮忙?"

"你的背怎么啦?"

他慢慢把身子挺直,好像是在测试自己的状况。"今天下午感觉好点儿了。"

"那就好。我把零部件都拆开,吹干里面的水分,可是引擎依然发动不了。"

他攀上驾驶室,拉了两次启动环,静听机器的声音,然后伸手碰触油箱底部。"你忘了重新开启供油管路。"

她踢起脚下一块泥巴。"简直令人难以置信,我怎么会把这个给忘了!"

"女农场主。"他说,脸上打起皱,露出冷冷的微笑。

"我想,这样的事不会再有第二次。"

他思索了一会儿。"有一天早上,我一次又一次地发动这家伙,我几乎快把蓄电池的电力耗完,但还是不成,直到乔跑来帮我打开汽油阀门,那时他才九岁,他得意地说:'爸爸,没有我你能做什么?'"

她走过去,站在他旁边,她手臂上的皮肤像是扎了刺一样疼痛。空旷的田野寂静得令人难以忍受,她拉动启动环。拖拉机充满生机地发出轻轻的响声，但是很快又沉寂下来，他伸手过去按下刹车按钮，这时，寂静就像是无穷无尽的记忆，死死地将他们包围。"我们得离开一会儿，"他说，他的声音颤抖得十分厉害，以致埃莱娜有些慌乱起来，"把拖拉机留在这里。我们去把自己洗洗干净，然后开车去镇上。"他仰望天空，"我们要兜两个镇，要美美地吃一顿。你需要这样生活，你从未离开过这个地方。"他用拳头敲了一下这台色泽晦暗的红拖拉机。

她朝东方的地平线凝视，用手臂温柔地勾着他的背，拥抱他。她长着雀斑的脸颊紧贴在他刚换上的卡其衬衫上，她一只手向上滑动，抚摸他头颈滚烫的皮肤。她觉得他的血在汹涌奔流，她知道她自己也是如此。他们相拥在一起，他们站在犁到一半的农田里，他们处于迷途的中点。他握住她的手，牵着她走到卡车乘客座位的门边，为她打开门，他们仿佛一对约会中的恋人。

一个小时后，她把两个小小的金耳环夹到耳垂上，丈夫正用刮胡刀修面。书房里响起电话的铃声，她冲出洗手间去接电话，她还从来没为一个电话这样紧张过。

"喂？"她拿起电话问，"我想是你，"她克制住自己激动的情绪，"我认为你很棒，真的。谢谢你打电话来。"她放下电话，脸上露出微笑，她一只手摸在脸上，觉得自己的脸颊滚烫滚烫。

他们钻进外壳闪烁光亮的轿车，迎着下午的骄阳，沿着没有车道线的马路向镇区驰去。她料想在一个月之内，周围的土地将会窜出无以数计的玉米秆，就像一个个生气勃勃的孩子，她用赞美的目光久久注视窗外那一大片被她犁过的农田，注视那一条条笔直的田脊。她又注视埋在污泥里的铁轨，它们一根接一根漫无止境地向东方延展而去，上面是一片明净、空阔、安全无虞的天空。

悔

我要告诉你上一次我做告解的情形。我是在教区的老人院遇见这位牧师的,老人院是我上班的地方,在那里,我的职责是用汤匙为衰弱的老人喂食。他注意到我缺失一根手指,所以知道我曾经是个油田职工,他很奇怪我为什么会接受这份在室内照顾老人的工作。这位牧师长着一头金发,他还有一双清澈见底的眼睛,在路易斯安那州大克拉波特地区这方圆二百英里的地方,他看上去可不像是个无足轻重的人物。他哪里知道当可爱的原油的价格滑落到一桶十二美元以下的时候,大多数石油公司都像胀破肚子散发恶臭的鲑鱼,而像我这样的油田工人就不得不离职去寻找其他工作。我告诉他我参加过一个夜间课程,学习照顾那些老孩子,学习怎样为他们擦洗和喂食,他称赞我有一副好心肠,饶有兴趣地和我闲聊了一番,还邀请我在认为需要的时候拜访他的教区场住宅。

是的,终于有一天我需要见他。因为我想,人们往往会在日常的谈话中获得一些有益的教诲。一个星期六的早晨,我去了勒布朗街那座砖砌的老教堂，我在牧师住宅的小厨房里找到他，他一个人待在那里，我们挨着桌子坐下，桌上放着一大壶咖啡。

于是，我告诉他我的心事，我曾经有一辆一九六二年出产的雪佛兰轻型货车，我一直把它停放在户外的路边，所以它锈蚀得很严重。我难得使用它，只是将它作为备用的运输工具，用以运送垃圾和废品。它非常破旧，我平时也羞于驾驶它招摇过市，除非去垃圾堆场之类的肮脏地方。圣诞节过后的一天，我妻子莫内特要我把圣诞树和节日期间的废旧杂物运走，我手中拿着车钥匙来到路边，我注视那块长形的长满浅色杂草的草坪，我的卡车通常总是停在那里，可是此刻那里却空荡荡的，除了杂草什么也没有。我在心中思忖，我的卡车可能是一小时之前被盗的，但也可能已经失踪一个星期了。事情差不多就是如此，有些东西在你不需要的时候你往往会把它视为敝屣甚至压根儿无视它的存在，只有当你要用它的时候才会觉得它是个宝。

于是我跑到克劳德那间四英尺见方像监牢一样狭小的办公室求助，他说要再过一天他才能抽身为我寻车，因为此刻他正为一件昂贵物品的盗窃案绞尽脑汁。言下之意，我的报失是无足轻重的。然后我跑到县治安官办公室求助，当他们听到我说我的卡车有三十年车龄的时候，他们的表情变得异常冷漠，好像我是在央求他们寻找一张丢失的报纸或其他什么不值钱的东西。但要知道，那可是我的卡车，我当然想找回它。

牧师听了以后仅仅点了点头，他从硕大的铝制咖啡滴煮壶里为我们各倒了第一杯咖啡。倒完咖啡，他将咖啡壶放到他椅子后面煤气灶上的一只盛水浅底锅里。然后，他凝视自己的鞋子，好像正在听取我的告解，我猜他在听告解时就是这种神情。他的脖子上甚至还围着一块紫色的小破布，那是牧师听忏悔时必有的装束。

我告诉牧师警察怎样大动干戈地进行搜寻，我又是如何期待和关注搜索的结果。但是最终我那辆老卡车仍然渺无消息，就像雨水洒在滚烫的路面，被蒸发得无影无踪。莫内特则庆幸自家院子里从此再也不会出现那辆看了令人心烦的破车。可你知道吗？我需要用它来运一些东西。所以过了没多久，当我看到一辆七八型旧福特卡车，标价一千美元，质量还不错时，就买下来，将它停在老地方。

有一天，我和我年幼的女儿莉泽特一同去老人院上班，因为她们学校有一个考察家长工作的课程。在老人院里，她任那些老人搂着她的肩膀，轻拍她的黑发。你知道，看见孩子他们是多么兴奋，好像快要消失的活力又回到了他们的身上。在我当班结束的时候，一个来访者的卡车发生故障，他来是探望他瘦弱干瘪的妻子。我记得他名叫卡努勒特，所以我和莉泽特决定让他搭我们的车回家。我穿着烟色的带有小水果图案的工作服，莉泽特穿着带格子图案的校服，我们坐在我那辆闪亮的三手别克车里，驰离老人院，老人卡努勒特坐在我和莉泽特中间,就像是一根栅栏柱子。我们上了公路,转弯进入夹在稻田中的小路,然后进入通往椰树湾的林荫道。我们经过位于通加河湾另一头的贫民区,这时莉泽特把头伸到窗外,让自己的辫子在风里飘拂。突然我听见她叫喊起来,爸爸,那是你的卡车,在树林里。我把车子转入一条碎石铺就的小路,千真万确!前面大约一百五十码远的地方,我那辆老旧的雪佛兰就停在一片茂盛的橡树林里,如果不是她那双幼小敏锐的眼睛,我是休想发现卡车的。

我们走过去,车边的野蓟已经长得高过卡车的保险杠,据此可以判断这车停在这里差不多有三个月了。我踌躇着,我问卡努勒特先生这附近有什么人居住,他注视着卡车,说:贝朱。这是离开镇区后他说的第一个词。他说姓贝朱的以这片树林为家,他们不务正业、游手好闲,满脑都是邪念。我说我才不管他叫贝朱还是什么,谁偷了我的卡车我就让他进监狱。卡努勒特不说话,只是用他那双银灰色的眼睛盯着我看,这目光让我感到发冷。我把这个老人送到他住的农庄,然后回到通加河湾商店打电话给县副警长,警察一般能在一个小时内赶到现场。

他们派来的是锡德·图沙尔,是个黑人,一个难打交道的恶魔。他蓬乱的鬈发一直拖到衣领上,上面搽了润发油。他的巡逻车里正在播放录音带,是路易斯安那州南方流行的黑人舞曲。他手拿一个带夹子的书写板，无非是为了显示他懂得怎样写字，他还戴顶牛仔帽。他问我是不是打电话报警的博比·西莫诺，甚至还问站在林子里的莉泽特是不是我的女儿，我只是对着他点点头。他看了看卡车，看了看卡车上面的树叶和树枝，他问我是否想让它物归原主。是的，我毫不犹疑地回答。然后锡德走到车边，用一只手小心地触弄车门把手，仿佛那是什么肮脏的东西，我想他心里肯定是这样认为的。他把车门打开，我们愣住了，车里有许多废纸、破毯子和旧衣服。我走近想仔细察看，而莉泽特却向后退缩，用她的两只小手掩住嘴巴。空气中弥漫着霉味和酸臭味，更令人吃惊的是，我们看见一个尘絮蒙蒙的脑袋伏在方向盘上。

他住在车里，警官锡德说。他说话的时候眉毛竖起。尽管他在这个穷人区工作，许多事情司空见惯，但他还是感到有些意外。他又问我是否执意要收回这辆车。对，是的，我用不容置疑的口气回答。他吐了口痰，他的个子特别高，所以他吐出的痰要过很长时间才落到地上。然后他伸手进去，推醒那个男人，那人坐直身子呆呆地看着我们。他是个黑人，一个土生土长的黑人。他并不老，但是脸上有很深的皱纹。老人们把这称之为悲哀的车辙。他的眼睛就像是浮在辣酱汁里的黑橄榄。当锡德试图让他走出卡车的时候，他深深地吸了口气，朝车头方向的小路看去，然后目光又落在卡车生锈的引擎盖上。

终于，他开始说话：我叫费内斯特，费内斯特·贝朱，沿那条路走下去就是我妈妈住的地方。他指了指方向。我看得出这家伙已经醉如烂泥，他那副模样让人觉得他至少有连续六年的酗酒史。他身上的旧棉布夹克已经被电池的盐酸腐蚀得破烂不堪，他的脚踝裸露。锡德把目光投向我，他看我的那副样子像是戴着一副远近双光眼镜，其实他并没有。喂，不要这样看我，我对他说，我要拿回我的车，他偷了它，你该将他送进监狱。于是锡德对他说，你偷了这辆车是吗？费内斯特的目光依然落在小路上，仿佛那里有什么不许他看而他偏要看的秘密。他说车子本来就在这里，只是被他发现后用来睡觉而已。他这样说的时候，我气得脸庞一阵发烫。

锡德拖起费内斯特，让他慢慢吞吞地走到车外的阳光里，就像从缠结的栅栏里拉出一头衰老的奶牛。锡德把他推进警车，要我和莉泽特坐在前排座位上。他说费内斯特母亲住的地方我的别克车是没法开进去的。我们在砾石路上大约行驶了一英里，然后转入一条狭窄的小路，两旁茂密的灌木将枝叶伸向路心，阻挡逆着它们而来的警车，把车子光亮的漆面擦出印痕。莉泽特坐在我的膝盖上，她一会儿注视锡德扔在车底的糖果纸，一会儿打量一只放在座位上的蜜橘，一会儿又玩弄那串绕在后视镜上的念珠。车开到一簇荆棘跟前路到头了，我们左转进入一条河谷，河谷紧靠椰树湾，河谷里还有不少雨水，谷底尽是坚实的卵石。水流不断地冲上警车的罩壳，莉泽特扭动身子，对锡德说我们好像是在乘摆渡船。

我们看见那里有一座勉强拼凑起来的简陋棚屋，匍匐在砖块砌成的堤道上。上面的柏油纸已经破败不堪，一段火炉烟道的残管伸出墙外，门外没有台阶，齐膝的柏类植物东倒西歪地杂生在院子里。到处都是丢弃在煤渣上的硬纸板、鸡蛋盒和水瓶。锡德按响喇叭，让它大约鸣响了十五秒之久，直到前门打开，一个衣着寒酸、瘦得像甘草秆一样的妇人来到门口。锡德摇下窗玻璃，问她那个坐在后座上的人可是她儿子。她俯下身，眯起眼睛看了很久。是费内斯特，她面向河谷说。她确实没有什么可以和我们说。锡德走下车，站在一条木板步道上，他要我跟上他，我抬起腿从车底上的废纸上滑过去，顺手将那只蜜橘带出来。不能把它留在车里，我对他说，莉泽特就爱吃这类东西。锡德从我手中拿过蜜橘，把它抛给莉泽特，她用一只手就接住了它。

他和那妇人谈话的时候，我趁隙探视屋内的陈设，第一间屋里除了着地放的一张床垫、一盏煤油灯以及零落在周围的几个碗钵外，什么也没有。墙上糊了报纸用以挡风。在第二个房间和最末一个房间里，地板全都朝下塌陷。因为白蚁将托梁和边梁都蠹空了，所以整座屋子都在向下凹陷。我决非危言耸听，屋顶的椽子要不了一年就会彻底坍塌。我想这样的地方连野兽也不会乐意住，而宁可待在地下的洞穴里。

锡德问妇人是不是知道有一辆卡车,她说她儿子就住在那辆车里。锡德把脸转向我说,你看这情况,你真的想让我把他关进监狱?

对,是的,我对他说。锡德用那双没有光泽的深红色眼睛死死地盯着我,试图揣测我脑中的想法。他说如果我提出指控把他投进监狱,那会让教区花更多的钱。而我纳的税也将用于支付他的食品和衣服的费用。他说还是把他留在他妈妈身边为好。那老妇人再次俯下身,而费内斯特漠无表情,仿佛她只是田间的一台拖拉机或是天上的一片浮云,与他毫无关系。我再次环顾四周,眼前的一切使我相信,如果把他投进监狱反倒是提升了他的生活质量,是的。

锡德为费内斯特打开手铐,放他走进屋子,老妇人答应让他留下。然后我们开车离开,院子里尽是一条条泥土明沟,它们被挖到了黏土层。警车摆动着车尾从沟底开了出来。回到我那辆被窃卡车停放的地方,我把费内斯特放在里面的所有东西扔出来,堆成一堆。它们有被香烟灰烫出一个个洞眼的外套,有来自镇区免费诊所的药瓶,有肮脏的女人内裤,我用树枝把它们挑出来,还有炸鸡的皮和骨头,还有一只电池漏酸的小收音机。我插进车钥匙,但引擎没有丝毫声响。我掀开引擎盖,看到的是一堆无以计数的枯枝,三只长长的模样像水獭的小动物从里面蹿出,逃入树林。最后,县治安官的拖车将卡车拖回我家。我妻子打量着它,闻了闻里面的气味，然后对我说必须处理掉它。其实它对我确实是多余的，我已经有了一辆卡车。

多雨季节开始来临，我的卡车陷在后院里已经两个星期，它的周围有很多小龙虾窟，后来遇上一个好天，我把它里里外外擦洗了一遍。我想抽空去五金店买一块橙色的"出售"标牌，但令人气恼的是我们老人院新近从政府那里接收了五个贫穷无助的无家可归者，我因此忙得不可开交，一个星期就这样过去了。

我说到这里的时候，牧师的身子微微后仰，靠着窗框，脸上露出心不在焉的微笑。他在注视外面的玫瑰园，那是他的前任朔伊特牧师调任内华达州之前辟建的。我发现，当你倾诉的时候，牧师总是避免用目光直视你，也许他是怕引起你的紧张和不安，怕你在顾忌中不会坦率地将所有的细节全盘托出。接下来，我毫无保留地告诉他，在我把车停到街上挂牌出售的第二天夜晚，它又被偷走了。我立刻打电话给锡德报失。他说你想要我再去找回那辆车？我说是的。他说你不是已经有了一辆卡车吗？我想这家伙的脑子准是在犯病，我对他说这么多年来你搽的润发油大概全渗进脑袋了，脑子被搞出毛病了。他说你有一幢挺好的砖屋，有一个妻子，有两辆轿车，你就放弃那辆破车吧。他说烧掉五十美元汽油去寻找一辆仅值四十五美元的烂卡车，这样的傻事他不想去做。我告诉他我会去找县治安官投诉,他说那好,请便吧。

为了帮助老人院筹备一个名之为音乐日的活动,我忙忙碌碌,被繁多的事务搞得头昏脑胀。这天洛特里格先生携带他的吉他和扩音器来演奏广受老人喜爱的歌曲。老兄,他们就是爱听那些早就过时的东西,比如《时光流逝》《钓虾小舟》之类的歌曲,他们爱用脚跟着那些七八年流行的曲子打拍子。我觉得他们这些人也真是有趣,一只脚已经踩进坟墓,可还如此热衷于爵士乐。洛特里格先生披着一头飘逸的银发,他的眼睛带点烟灰色。他神采飞扬,看上去就像巨星弗兰克·西纳特拉在为一些老女孩献唱。

音乐日的活动终于结束,我来到老人院后面的停车场,我的车在那里。令我甚感意外的是,锡德正靠坐在他那辆警车的引擎盖上,引擎盖被污泥溅得肮脏不堪。我走过去,只见他双臂交叠。他说,我找到了它。我问在哪里找到的。他说还是先前的地方。我说,你的意思是费内斯特·贝朱又把它偷去,停在草地上?老兄,这可真让我怒火中烧!嘿,我放他一马,让他免受牢狱之灾,他倒好,这样来回报我。我愤怒地咒骂,然后吐出两口痰。锡德用双眼紧盯着我,好像我倒是个贼儿似的。我问为什么不将费内斯特投入监狱。他的目光从我脸上移开。最后他说费内斯特是个病入膏肓的酗酒者。这更让我激愤起来。那我是不是可以喝得烂醉,到大方的戈代的二手车场,也偷一辆车,然后也可以平安无事?锡德点点头,不过他说,西蒙尼阿克先生,我看见你陪那些老人玩耍取乐,你像对待自己的祖父祖母①一样对待他们,你不在乎他们在自己的人生中曾经做过什么错事。他说这些话的时候我在他旁边坐下,这时金属引擎盖软软地凹陷下去,吓了我一跳。我想,他们是我在老人院的服务对象,也许,我对他们好是因为我能得到薪金。可是没有人会因为我善待贫民区的一个酒鬼而付给我报酬。我朝人行道吐了一口口水,心想锡德是不是真像他外表看上去那样愚蠢。突然,我想起橡树林里的那幕情景,想起里费内斯特·贝朱被拖出卡车时眼睛定定地看着小路的神情。于是,我说算了,我不追究,就叫拖车把我的卡车拖回家吧。可是锡德却说,不,我不能再打这样的报告,不然他们会把他关起来。

这是什么道理?我得自己去把被盗的车拖回来!难道我纳税就是为了得到这样的结果?

炉灶上的咖啡壶在微微地颤动,汽化的咖啡冷凝成液体后流落到底部的容器里。牧师转身为他自己和我倒了第二杯咖啡。此刻,他微笑的脸上皱起了眉头,仿佛他的臀部被硬座椅子弄痛了似的。他不说话,也不看我。

---

① 原文为法语。

我继续叙述我怎样做我认为正确的事情，叙述我和莫内特怎样在砾石路上驾车朝贫民区进发，海湾的一场强烈风暴就要来临。当我们到达卡车停着的地方时，在狂风的吹刮下，一大片橡树像柔软的橡胶一样弯了下来。莫内特留在别克车里，我下车向那辆红色的旧卡车走去，只见费内斯特坐在车斗里，两腿中间夹着一桶一加仑装的葡萄酒，正飘飘然地陶醉在他的酒精世界里。你又偷走我的车，我狠狠地对他说。他说他必须要有个地方容身。他说这就好比他住在霍利海滩空置的屋子里一样。他仰头注视浓黑浓黑的云团，似乎在等待隆隆的雷鸣。我想，有多少人像这样醉生梦死地生活，直到他们彻底崩溃，我在心中询问，这一切为什么会发生在他们身上。我注视他滚圆的脑袋，他的头发粘满绒毛状的尘埃，他准备离开，但是，他占用我的车，他没有为此付出任何代价。我认为不收报酬白白给他一些东西，无疑是助长他的邪气。我说如果他能出二百美元，这辆车就归他了。我不知道开这个价钱的依据是什么，但是我脱口而出。他说要是他身上有二百美元的话，他也不会坐在林子里喝五美元一加仑的葡萄酒。我想问他要去哪里，但瞬息之间我打消了这个念头。我不想让自己在他的脑中留下什么印象。于是我随意地看了一下卡车驾驶室，引擎的点火开关被他用线接通，我发动引擎试了试。我把他的毯子和一些食品纸袋扔到外面堆成一堆。然后我跳进车斗，放下尾门。我不得不像对待老人院里那些真正失去自理能力的老人那样把他弄下车,他醉得烂如稀泥,即使在风里也能闻到他身上散发出来的一股股酸臭味,仿佛这辆卡车装载的是一堆发霉的湿抹布。我推上卡车的离合器,把他留在橡树下面那块小空地上。这便宜他了,他既没有付钱,也没有受到惩罚。当我把卡车开到莫内特驾驶的别克前面为她引道时,大雨倾盆而下,仿佛一根凌空而过的巨大水管突然爆裂。我回头看费内斯特·贝朱,他站在他那堆破烂的废品旁边,一根手指塞进靠在腿上的酒桶里,他仰起头就像是在洗淋浴。一道闪电横过马路劈下来,雨水像碎玻璃一样被狂风吹刮到一边,在回家的路上,我加足马力朝镇子直奔。

那天,整个夜里我像一段圆木在床上翻来翻去不能入眠。我以为这恶劣的天气很快就会过去,但是暴风雨使大克拉波特地区变得像一块凄冷的铁板,能熔化铁石的强烈闪电在彻夜不停地闪动,直到天明方才停息。在上班的途中我曾经有一个念头闪过,想返回贫民区去看看费内斯特怎么样了,但最后我还是没去。在老人院我整天心不在焉,不是忘了更换床单就是在给老人喂食时让食物漏到地上。足足花了一个星期我才松弛下来,于是才有心思清洁卡车,不像前些日子那样老是仰视天空,出神地想着费内斯特,心里像在期待什么。我把车清理妥当,将它停在草地上,然后我卸下卡车的蓄电池,把它放到车棚里。大约有一个星期,家里谁都没有关注它。

一天早晨，莉泽特和我吻别后去车站等巴士。过了一会儿我听到纱门打开的声音，是莉泽特跑回来，她说有人试图开走那辆旧卡车，她说她听到车子里有声音。我赶紧跑出去，透过玻璃朝车里望，只见费内斯特·贝朱在里面仰面打着呼噜，发出的响声就像一台正在工作的锯木机。当莉泽特发现里面是个不省人事的酒鬼时，吓得惊叫着跑回家去。是的，她确实非常惊恐，但我显得较为平静，我打开驾驶座旁边的车门，对他打量足足有五分钟之久。我可不是爱做慈善事业的普鲁多姆先生，他是个经营了十年甘蔗园的农场主。费内斯特直起身时，左眼还闭着，然后才慢慢睁开。他的眼神极度暗淡虚弱，就像是旭日下的一豆烛火。他的目光透过挡风玻璃落在一个我看不到的地方。

我对费内斯特说，我应该拖他下车，用水龙头浇醒他的脑子，因为他让我年幼的女儿受到惊吓。他张开嘴，含糊不清地说了些什么我听不懂的话。我叫他马上离开，但是他还坐在长凳型弹簧座椅的中间，仿佛在期望我进去载他上什么地方吃点东西。最后，他对我说，他家的屋子整个儿向下塌陷，他母亲离家去了别处，但是没告诉他到底去哪儿了。老兄，他倒好，想要霸占我的车。我对他说赶快戒喝酒，去找一份工。他说他嗜酒如命是一种疾病，我说他现在正坐在一条即将覆灭的破船上，只不过这艘船是在速度缓慢地下沉而已。我回头张望我的住宅，看到窗子下面凋谢的茶花，那是莫内特栽种的。我说如果他能保持一个星期不沾酒，我可以帮他在老人院谋求一份擦地的工作，这样他可以攒钱买下我的卡车。这时，他低头笑起来，我改不了的，老兄，他对我说。他的话激怒了我，我走回家打电话报警。很快，克劳德率领他的一班人马驾着镇警署的巡逻车来到，他先朝费内斯特看了看，然后将审视的目光投向我站立的地方，我旁边有一棵日本李树。他们虽然腰束武装带，显得挺威风，但个个瘦骨嶙峋，我不知道他们会怎么对付这个酒鬼。克劳德问我，你想让我们怎样处置他？克劳德是个地地道道的本地人，讲一口标准的美式英语。他说他可以逮捕费内斯特，这样那辆卡车就不会再受到侵害，但他又说如果费内斯特再一次偷掉我的卡车，市长想必会授予他城镇美容师的称号以作褒奖。我说该逮捕他，但是从克劳德的眼神里我能够看出他根本不会拘捕这个酒鬼，他才不会为此人而消耗资源，夜间还得派人当班看守囚室。你务必尽职，我对他说，你知道吗？费内斯特住在我的车里，把莉泽特给吓坏了。

克劳特对他所作的处置是先把他带上警车，然后在巴格餐厅外停下，为他买了块火腿三明治，最后在城乡的交界处放他下车，那里有很多废弃的制冰厂留下的建筑。这些情况是后来我打电话到警署询问时他们告诉我的。

这时，牧师站起来，伸了伸懒腰。他指着我的杯子问我要不要加点咖啡，我摇摇头。他为自己调制一杯加了许多奶脂的咖啡，从水龙头里为我装了一杯水，在落座的时候他飞快地瞥了我一眼。

他的表情无疑是在鼓励我继续说下去，我告诉他那天夜里以及以后的两个夜晚我都难以入眠。要不就是在昏睡中梦见那个不幸的酒徒。我想很多人都需要帮助，我的独腿叔叔需要有人帮他割草，我去帮他，但他说他不想让我来管这种闲事，他说我可以用这些时间去做更有益的事情。我想，既然别人应该得到我的帮助，为什么费内斯特不能呢？当我上床睡觉的时候，他的影子还在我脑中晃动。后来我在一份报纸上读到对他的报道，我还在刊登在报纸上的一组照片中认出他来。得知他真正好起来我才宽下心。可是你知道，没有多久他就故态复萌，沉沦不堪。我在老人院兢兢业业地工作，为秃顶的男人涂敷治疗头部患处的油膏，为老年妇女的拇趾肿囊涂抹药物，让她们的脚可以穿得上鞋，虽然在老人院里她们并不需要走多少路。

后来，在一天早晨，费内斯特的母亲被送到我们老人院来，她是和另外三个由政府负担费用的穷人一起被送进来的。她消瘦干瘪，皮色如同牛肉干一般。她是在普鲁多姆先生的农场里中的风，她在那里免费住了三天活动房。现在她半身不遂。我有三天没有见到她，直到洛特里格先生出场表演的音乐日，这天，所有的人都聚集在一个大房间里,我从她旁边走过,去为布罗德拿他放在浴衣口袋里的假牙。她伸出一只没瘫痪的好手,抓着我带些儿水果味的工作服。虽然我不想直视她的眼睛,但是我还是这样做了,她伸出舌头湿润一下嘴唇,她对我说她的屋子塌了,家里唯一安然无恙的是那只信箱。我说这真令人遗憾,然后想要走开。但是她不松手,我的衣服在她的拳头里被捏成一团。

她说她儿子从信箱里拿到政府寄来的支票,然后就步行五英里去购买葡萄酒。她对我说他将会死于他的酒瘾,而我却见死不救。我看着她,觉得自己就像条冷血的蜥蜴。我问她为什么对我说这些,她说你是个怪人。我对她说不要怨天尤人,所有的人都帮助过他,是他不自爱,他毁在嗜酒如命的恶习上。我挣脱她走开,我拿上老翁布罗德的假牙,当我走回来的时候,我用眼光扫视房间,我看见她还在用一根手指指着我。你是个怪人,那根手指仿佛在对我说。我笑了起来,我对自己说我没有错。虽则如此,但我在照顾老人院里的老人时总觉得有点心神恍惚,老是想到那个黝黑的喝得醉醺醺的偷车贼。

牧师举起一只手,准备对叮在他另一只手臂上的蚊子重重拍下去,但是,最终他改变主意,只是吹一口气把它赶走。我不知道他是否在认真听。又有谁会知道一个牧师是否在意你的告解呢,我想，反正自己假想是在和上帝讲话就行了，那个脖子上围着紫布的人只不过就像一个电话接线员罢了。不管怎样，我得继续讲下去。

我告诉他，下班以后我在停车场打电话给锡德，要求他帮我寻找费内斯特。是的，我确实非常内疚。我不知道如果锡德找到他我会为他做些什么。但那老妇人用手怒指我，我必须做些事情以减轻心中的不安。我回到家，大约在太阳落山前一个小时，锡德的警车开进我家前院，我赶紧跑出去和他会面，我带着莉泽特，她有点感冒，像所有的小孩一样，她在不舒服的时候特爱缠着大人。锡德已经忙碌了一整天，他那搽了润发油的头发披落下来，像是一簇簇干渴的杜鹃花。他说我们到贫民区去吧，于是我放下莉泽特，钻进我的旧卡车，跟在他的车后驰出去。

我们经过松林地带，经过由蒂博兄弟拥有的稻田，经过他们在通加河湾的破败农舍，然后进入贫民区，这里大部分土地都被荒草和野花覆盖，偶尔可以看见一些橡树林，但是没有庄稼。据老农说种植在那里的任何植物都带有苦味。突然锡德把警车开进路边的三叶草丛，于是我在他后面停下。周围一片荒凉，我走过去，锡德说看见这派荒凉的景象简直令人心酸。他伸了伸腰，我听见他的枪套在嘎吱作响，我问为什么我们停在这里，他伸手指向前面。在那片被野草侵占的田野里，大约一百码开外的地方有一座小小的牲口棚，它的大小差不多可以供十几头奶牛天黑后栖息休养。我们跳过小沟，穿过矮小的灌木丛，踩踏着遍地皆是的牛舌草。锡德停下他的脚步，打起喷嚏来。他说我要他寻找费内斯特，他义无反顾，这可不是件容易的事，但他绝不推辞。他问我想为费内斯特做些什么，我说他的母亲希望我制止他酗酒。但这不是原因，不。因为我是老人院的工作人员，责任感驱使我这样做。我悉心照料他们可以得到报酬。现在我想做一些没有回报的事情，我没有给那个偷卡车的黑人盗贼丝毫东西，现在我想帮助他。想到以前我的冷漠，我真是难以启口把这些想法告诉锡德。

我们走到用锡板作屋顶的牲口棚，我们伸头探了探，但我们不可能一下子看清里面，因为太阳差不多已经西下。我们走进去，先站一会儿让我们的眼睛适应这灰暗的环境，我能够嗅到一股柏树散发出的胡椒味，非常柔和诱人。用柏树作材料搭建的房屋，它可以存留一百年，你一走进去就会闻到这种气味。沿墙有一排木头的饲草架，离开地面有五英尺。费内斯特正睡在那上面，他的脸朝着木纹清晰的板墙。锡德压低喉咙，像女人似的轻声细语起来，他说费内斯特学聪明了，现在他知道要离地腾空而睡，这样可以避免被蚂蚁叮咬。他告诉我两年前有一次费内斯特睡在地上，他在火烤般的疼痛中醒来，发现成千上万只火蚁爬满他周身，那感觉就像一只只红辣椒塞在他的伤口里。他病了三个星期，浑身上下全是带脓的疱粒。高烧退去之后，他的眼睛便处于半失明状态，他的一只耳朵也几乎丧失听力。

我走到喂食槽旁边，伸出手来摇他。他身上的气味很刺鼻，足足有五分钟时间他才睁开眼睛。即使在黑暗中，也能够看出这双眼睛带有病态的红色。我问他一切可好，他醉醺醺地反问我是不是他的妈妈，我无可奈何地在旁僵立，看他慢慢直起身来。锡德走近，他捡起一只空酒瓶，对着酒吸了口气。我伸手掠过费内斯特的肋骨，敲打他的手臂，我问他明明知道酒精会杀死他，可为什么偏要喝得这样酩酊大醉。他抬起眼睛看着我，那种神情仿佛是说在他眼里我简直就是个不明事理的傻瓜。他说酒对他就像空气一样不可少。我对他说也许我能够设法让他在老人院和他母亲一起生活。他眼睛定定地朝锡板屋顶看，然后摇摇头。我问锡德，是否可以让他母亲将他领走，然后把他送进疯人院去。锡德说不行，因为他并没有疯，他只是没日没夜地喝酒，州政府认为两者不能等同而言。费内斯特在喂食槽里坐起来，头上粘满干草，他开始重重地咳嗽，并且禁不住遗出尿水。这让我想起老人院的老人，他们在深夜时常出现这样的状况。值夜班是很可怕的事，因为那些老孩子有时会梦游，在黑暗中游走。再说回来吧，费内斯特的脸在抽搐，他问我要想怎样，我无以为对，我张开我这张不善言辞的嘴巴，不知道该说些什么，最后我说：锡德把我的卡车带来送给你，以后必要的时候你可以住在卡车里。我拿出车钥匙交到他手中。他平静地点点头，仿佛这正是他预料中的事，仿佛人们经常像这样把他叫醒，然后送他一辆车。我注视锡德，我发现他的一只牙齿镶了金，他沉默不语。然后我对费内斯特说，我知道你不可能驾车，所以把车子的保险撤销了，但是你可以在坏天气里用它过夜，就像以前那样。他看看锡德，然后伸出手善意而滑稽地和他握手。我赶快过去把卡车开到牲口棚旁边的草地上。为了以防万一，我将蓄电池拖下来。然后锡德载着我和蓄电池往回家的路上疾驰。我们离开那片荒凉而低洼的空地，大约开了五英里之后，锡德问我为什么对费内斯特说是他把车给他。我看着路边被龙卷风掀翻的活动房屋说，做这种微不足道的小事何必宣扬。警车喀哒喀哒地经过通加河湾的贫民区，锡德把收音机调到一个爵士音乐台。克林顿·里多和埃博妮·克罗非什的歌声飞扬而出："阳光不能毁灭我的风暴。"但是我丝毫都没有用脚随着音乐打节拍的冲动。

我一回到家就想睡觉，但是我没能睡着。我想，我做了件了不起的事。但是到凌晨二点钟的时候，我越想越觉得不是那么回事，我意识到自己只不过是扔掉了一辆毫无价值可言的破烂卡车，它的底盘已经锈烂，所有的窗玻璃都坏了。我放弃这辆卡车主要是为了让自己的良心得到安慰，而不是为了帮助费内斯特。这就是我为什么要来这里，为什么要对牧师讲这些的原因。

牧师看着我，从他的眼里我仿佛看见有什么东西正在驰来，像是一辆大卡车或是一列火车。然后他靠过身子，这时我能够闻到他身上散发出的肥皂味。他对我说只有一件事比我的行为更糟糕。我问他是什么事。他说，你不把车子送给他。

霎时，我感到一阵眩晕，像是马上要从椅子里跌出来。

大约一个月后的一个夜里，费内斯特的母亲去世了，天亮的时候我打电话给锡德。他立刻出去寻找费内斯特，但是跑遍所有的地方都不见他的踪影。高大黝黑的锡德来到我家，我看见他蹦蹦跳跳地走在车道上，好像他血管里流动的不是血液而是音乐旋律。他穿的是一件崭新的黄色卡其制服，像鼓面一样紧绷在身上，到处都是清晰的折痕。他告诉我椰树湾的那家酒类专卖店说他们没见过费内斯特。老地方的信箱也被白蚁蛀塌。也没有农夫看见过他。我说真是遗憾，他母亲去世我们竟无法通知到他。锡德对我睁大眼睛，轻轻摸摸他的双唇，好像在掩饰自己的微笑。我请他进屋，莫内特为我们沏好咖啡，我们在厨房里坐下，开始咒骂政府。

夏季来临，气候转热，就像推门进入一个难以忍受的世界。老人院的老孩子们由于酷热不能外出活动，所以由我们陪伴他们在那间大娱乐室里玩纸牌游戏，消磨时间。我和六个老妇人一起用两副扑克牌玩凯纳斯特牌游戏。在游戏中她们老是记不清游戏规则，所以一天之中我要花三个小时来向她们解释这个我们永远也结束不了

325

的游戏的规则。

我记得大概是费内斯特母亲死后两个月，一天我下班回到家里，坐在靠近空调机的一张舒适的椅子上，莉泽特走过来给我送了个轻轻的吻，然后说锡德打电话找我。于是我跑到厨房接电话，他告诉我他驾驶警车到教区北端巡逻，在马木的西边发现了费内斯特，那个地方属于蒂博先生所有。

我沉默了半分钟，然后问他费内斯特是不是又醉成一团。他说不是，他说费内斯特已经死了。我问什么时候，他说大约是昨天，死在卡车里。我的脑中慢慢浮现一幅画面，在一条僻静的路上，费内斯特正在驾驶那辆将要发生车祸的卡车，他眯起眼睛朝挡风玻璃外面张望，想寻找一个过夜的地方。我对锡德说我感到很难过。他说别这样。他说我们虽然没有给过费内斯特什么实质性的帮助，但是不管怎样，我们尽力了。

99读书人

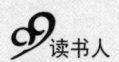

SHORT CLASSICS
短经典精选

短经典精选系列

走在蓝色的田野上
〔爱尔兰〕克莱尔·吉根 著 马爱农 译

爱,始于冬季
〔英〕西蒙·范·布伊 著 刘文韵 译

爱情半夜餐
〔法〕米歇尔·图尼埃 著 姚梦颖 译

隐秘的幸福
〔巴西〕克拉丽丝·李斯佩克朵 著 闵雪飞 译

雨后
〔爱尔兰〕威廉·特雷弗 著 管舒宁 译

闯入者
〔日〕安部公房 著 伏怡琳 译

星期天
〔法〕伊莱娜·内米洛夫斯基 著 黄荭 译

二十一个故事
〔英〕格雷厄姆·格林 著 李晨 张颖 译

我们飞
〔瑞士〕彼得·施塔姆 著 苏晓琴 译

时光匆匆老去
〔意〕安东尼奥·塔布齐 著 沈萼梅 译

不中用的狗
〔德〕海因里希·伯尔 著 刁承俊 译

俄罗斯套娃
〔阿根廷〕比奥伊·卡萨雷斯 著 魏然 译

避暑
〔智利〕何塞·多诺索 著 赵德明 译

四先生
〔葡〕贡萨洛·曼努埃尔·塔瓦雷斯 著 金文彭 译

房间里的阿尔及尔女人
〔阿及利亚〕阿西娅·吉巴尔 著 黄旭颖 译

拳头
〔意〕彼得罗·格罗西 著 陈英 译

烧船
〔日〕宫本辉 著 信誉 译

吃鸟的女孩
〔阿根廷〕萨曼塔·施维伯林 著 姚云青 译

幻之光
〔日〕宫本辉 著 林青华 译

家庭纽带
〔巴西〕克拉丽丝·李斯佩克朵 著 闵雪飞 译

绕颈之物
〔尼日利亚〕奇玛曼达·恩戈兹·阿迪契 著 文敏 译

迷宫
〔俄罗斯〕柳德米拉·彼得鲁舍夫斯卡娅 著 路雪莹 译

奇山飘香
〔美〕罗伯特·奥伦·巴特勒 著 胡向华 译

大象
〔波兰〕斯瓦沃米尔·姆罗热克 著 茅银辉 易丽君 译

诗人继续沉默
〔以色列〕亚伯拉罕·耶霍舒亚 著 张洪凌 汪晓涛 译

狂野之夜：关于爱伦·坡、狄金森、马克·吐温、詹姆斯和海明威最后时日的故事（修订本）
〔美〕乔伊斯·卡罗尔·欧茨 著 樊维娜 译

父亲的眼泪
〔美〕约翰·厄普代克 著 陈新宇 译

回忆，扑克牌
〔日〕向田邦子 著 姚东敏 译

摸彩
〔美〕雪莉·杰克逊 著 孙仲旭 译

山区光棍
〔爱尔兰〕威廉·特雷弗 著 马爱农 译

格来利斯的遗产
〔爱尔兰〕威廉·特雷弗 著 杨凌峰 译

终场故事集
〔爱尔兰〕威廉·特雷弗 著 杨凌峰 译

令人反感的幸福
〔阿根廷〕吉列尔莫·马丁内斯 著 施杰 译

炽焰燃烧
〔美〕罗恩·拉什 著 姚人杰 译

美好的事物无法久存
〔美〕罗恩·拉什 著 周嘉宁 译

魔桶
〔美〕伯纳德·马拉默德 著 吕俊 译

当我们不再理解世界
〔智利〕本哈明·拉巴图特 著 施杰 译

海米的公牛
〔美〕拉尔夫·艾里森 著 张军 译

对不起，我在找陌生人
〔英〕缪丽尔·斯帕克 著 李静 译

爱因斯坦的怪兽
〔英〕马丁·艾米斯 著 肖一之 译

基顿小姐和其他野兽
〔安道尔〕特蕾莎·科隆 著 陈超慧 译

在陌生的花园里
〔瑞士〕彼得·施塔姆 著 陈巍 译

初恋总是诀恋
〔摩洛哥〕塔哈尔·本·杰伦 著 马宁 译

美好事物的忧伤
〔英〕西蒙·范·布伊 著 郭浩辰 译

一切破碎，一切成灰
〔美〕威尔斯·陶尔 著 陶立夏 译

纵情生活
〔法〕西尔万·泰松 著 范晓菁 译

命若飘蓬
〔法〕西尔万·泰松 著 周佩琼 译

爱，趁我尚未遗忘
〔海地〕莱昂内尔·特鲁约 著 安宁 译

水最深的地方
〔爱尔兰〕克莱尔·吉根 著 路旦俊 译

石泉城
〔美〕理查德·福特 著 汤伟 译

哥哥回来了
〔韩〕金英夏 著 薛舟 译

他们自在别处
〔日〕小川洋子 著 伏怡琳 译

恋爱者的秘密生活
〔英〕西蒙·范·布伊 著 李露 卫炜 译

在奥德河的这一边
〔德〕尤迪特·海尔曼 著 任国强 戴英杰 译

当我们谈论安妮·弗兰克时我们谈论什么
〔美〕内森·英格兰德 著 李天奇 译

死水恶波
〔美〕蒂姆·高特罗 著 程应铸 译

一个自杀者的传说
〔美〕大卫·范恩 著 索马里 译